世界科幻大师丛书233

THE NEANDERTHAL PARALLAX TRILOGY

尼安德特人三部曲

混血儿

[加拿大] 罗伯特·索耶 著
仇俊雄 译

四川科学技术出版社

图书在版编目(CIP)数据

尼安德特人三部曲.混血儿/(加)罗伯特·索耶著;仇俊雄译.--成都:四川科学技术出版社,2025.2.
(世界科幻大师丛书).--ISBN 978-7-5727-1730-7
Ⅰ.I711.45
中国国家版本馆CIP数据核字第2025K833E2号
图进字:21-2021-48

世界科幻大师丛书
尼安德特人三部曲:混血儿
SHIJIE KEHUAN DASHI CONGSHU
NI'ANDETEREN SANBUQU: HUNXUE'ER

著　　者　[加拿大]罗伯特·索耶
译　　者　仇俊雄

出 品 人　程佳月
责任编辑　兰　银
特邀编辑　兰　搏
封面绘画　郭　建
封面设计　李　鑫
版面设计　李　鑫
内文制作　贺　静
责任出版　欧晓春
出　　版　四川科学技术出版社
成都市锦江区三色路238号　邮政编码:610023
官方微博:http://weibo.com/sckjcbs
官方微信公众号:sckjcbs
传真:028-86361756
成品尺寸　140mm×203mm　　印　　张　13.75
字　　数　280千　　插　　页　3
印　　刷　四川省南方印务有限公司
版　　次　2025年2月第1版
印　　次　2025年4月第1次印刷
定　　价　58.00元

ISBN 978-7-5727-1730-7

邮购:成都市锦江区三色路238号新华之星A座25楼　邮政编码:610023
电话:028-86361770

致谢与引用

我要感谢在史密森尼学会下属国家自然历史博物馆工作的迈克尔·K.布雷特–苏尔曼博士和里克·波茨博士在人类学和古人类学方面给我的建议。另外，我还要感谢布朗大学的菲利普·利伯曼博士、不列颠哥伦比亚大学的名誉教授罗宾·里丁顿博士、美国自然历史博物馆的加里·J.索耶（我们不是亲戚关系）和伊恩·塔特索尔博士，还有密歇根大学的米尔福德·H.沃普夫博士和在本书前作《原始人》的致谢中所提及的所有人。

至于遗传学和疾病方面的建议，我要感谢卡尔顿大学生物学系的乔治·卡莫迪博士、彼得·哈拉斯、卡尔顿大学的在读博士哈桑·马苏姆、艾莉森·辛克莱博士，以及爱德华·威利特。我还要感谢纽芬兰纪念大学健康科学中心的医学博士、内分泌学家克里斯托弗·科瓦茨，书中其他的医学问题均由他负责解答。

阿特·麦克唐纳博士和J.邓肯·赫本博士向我提供了萨德伯里中微子观测站的相关信息和访问权限，我在此也要向他们表示感谢。

我要感谢诺姆·纳森，他让我注意到，人类的意识其实是一种电磁现象。萨里大学生物医学与生命科学学院的约翰乔·麦克法登博士和奥克兰大学物理系的苏珊·帕克特博士近期分别独立提出了类似的理论，且观点在很多方面都非常相似。如果有人想要阅读更多相关内容，可以看看约翰乔·麦克法登博士写的《量子进化：全新的生命科学》(*Quantum Evolution: The New Science of Life*)末章，书中他对自己的观点做了概述，而苏珊·帕克特博士更是用了一整本书——《意识的本质：一个假设》(*The Nature of Consciousness: A Hypothesis*)来介绍她的理论。

古地磁学的证据证明地磁场曾经历过快速崩溃，我在"尼安德特人三部曲"的第二本《人类》中对相关证据做了许多讨论，由于这些研究的数据在这本书里又出现了，所以我请一些好学的人帮我查证了罗伯特·S.科尔和米歇尔·普雷沃特刊登在《地球和行星科学快报》(*Earth and Planetary Science Letters* ,92:292 - 98〔1989〕)上的原始研究《地磁反转期间磁场变化极快的证据》("Evidence suggesting extremely rapid field variation during a geomagnetic reversal")，还有科尔、普雷沃特和皮埃尔·坎普斯之后刊登在《自然》(*Nature* ,374:687 - 92〔1995〕)上的文章《两极反转期间地磁场异常快速变化的新证据》("New evidence for extraordinarily rapid change of the geomagnetic field during a reversal”)。我还要感谢格兰特·C.麦考米克和阿里尔·里奇博士对其他和地磁反转有关的知识解答。

还有我的爱妻卡罗琳·克林克,我的编辑大卫·G.哈特韦尔和他的同事莫斯·费德,我的经纪人拉尔夫·维辛纳扎,还有他的同事克里斯托弗·洛茨与文斯·杰拉迪斯。另外还有托尔出版社的汤姆·多尔蒂、琳达·昆顿、詹妮弗·马库斯、詹妮弗·亨特等人,以及图书发行公司H.B.芬恩的哈罗德和西尔维娅·芬恩、罗伯特·霍华德、海蒂·温特、梅丽莎·卡梅隆、大卫·伦纳德和史蒂夫·圣阿芒特和其他所有人。

我也要感谢我的朋友和同事们,他们给了我灵感或意见,他们是:琳达·卡森、马塞尔·加涅、詹姆斯·艾伦·加德纳、阿尔·卡特林斯基、赫伯·考德尔和罗伯特·查尔斯·威尔逊。第二批阅读这本小说的读者有:特德·布莱尼、卡罗琳·克林克、大卫·利文斯通·克林克、理查德·戈特利布、彼得·哈拉兹、霍华德·米勒、阿里尔·里奇、艾伦·B.索耶、萨利·托马塞维奇、艾多·梵·贝尔根和大卫·维蒂康伯。

交错宇宙人名录

巴拉斯特人(尼安德特人)

庞特·博迪特	量子物理学家(第145代)
婕斯梅尔·凯特	庞特的大女儿(第147代)
梅嘎梅格·贝克	庞特的小女儿(第148代)
阿迪克·胡德	量子物理学家(第145代)
露特·芙拉多	阿迪克的女伴,化学家(第145代)
戴伯·伦代	阿迪克的儿子(第148代)
班德拉·托尔加克	地理学家(第144代)
哈伯	班德拉的男伴(第144代)
哈伯娜	班德拉的大女儿(第146代)
德拉娜	班德拉的小女儿(第147代)

维桑·伦纳特	基因学家(第144代)
朗维斯·特洛波	机侣的发明者(第138代)

格里克辛人(智人)

玛利亚·沃恩	协力集团的基因学家
科尔姆·欧·凯西	玛利亚的丈夫,双方感情不和分居中
乔克·克瑞格	协力集团的董事
露易丝·贝努特	协力集团的物理学家
鲁本·蒙塔戈	英科公司的驻场医生
维罗妮卡·香农	劳伦森大学的神经生物学家
奎赛尔·伦图拉	约克大学的基因学家
科尼利厄斯·拉斯金	约克大学的基因学家

时常有人提出,人有对上帝的信仰,而低于人的动物则无,这不但是两者之间的最大的区别,并且是最完整而截然的区别。

——《人类的由来》[1]

[英]查尔斯·达尔文

我和你说,上帝不像天主教徒说的那样是无限的。他直径大约六百米,就算这样,他的边缘也很脆弱。

——《极绝之大》

[捷克]卡雷尔·恰佩克

人类仍旧分为两种:一种人灵魂里有玄想的,是少数;一种没有玄想的,是多数;另外还有夹有他这样的混合种,形成一个中间地带。

——《福尔赛世家·出租》[2]

[英]约翰·高尔斯华绥

---

① [英]查尔斯·达尔文著,潘光旦、胡寿文译,商务印书馆1997年版。

② [英]约翰·高尔斯华绥著,周煦良译,上海译文出版社1978年版。

第一章

“我的美国同胞，还有这个地球上所有其他人类，我很高兴今晚能在这里发表演讲，这也是我担任你们的新总统以来首次发表演说。我希望能谈谈作为智人，也就是被称作拥有智慧的人类的我们所要面临的未来……”

“玛[1]，容我向你介绍朗维斯·特洛波。”庞特·博迪特说。

玛利亚起初一直以为尼安德特人身体强健、体型矮壮，为此《多伦多星报》还创造性地把他们叫作“五短身材版的施瓦辛格”。所以她看到朗维斯·特洛波的时候非常震惊，尤其是他和庞特站在一起的时候，对比更加强烈。按照尼安德特人的说法，庞特是第145代

① 由于尼安德特人发不出韵母为“i”的音，女主角玛利亚的名字在他们口中会变成“玛”。

的人，也就是说他现在三十八岁，站立时大约有五英尺八英寸[1]，是同类男性中最高大的那类，多数健美运动员看了他那身腱子肉都会眼红。

但朗维斯·特洛波就不一样了。第138代还活着的人已经不多，他就是其中之一，足足一百三十八岁的年纪让人震惊。虽然他早已骨瘦如柴，步履蹒跚，但肩膀依然很宽。为了适应北方的气候，尼安德特人的肤色较浅，而朗维斯的肤色几近透明，仅有一些纤细的体毛。虽然他的脑袋有着尼安德特人的典型特征，比如低矮的前额、隆起的眉脊、巨大的鼻子、没有下巴尖的方形下颚，可是脑袋上已经一根毛都没有了。相比之下，庞特长着满头金发（还像多数尼安德特人一样梳了个中分），胡子也是金色的。

不过对玛利亚·沃恩来说，眼前这两位尼安德特人最引人注目的五官还是他们的眼睛。庞特的虹膜是金色的，玛利亚发现自己可以就这么一直盯着它们看下去。朗维斯的虹膜是和眼球相独立的机械结构。他的眼球是抛光的蓝色金属球体，中间的晶状体则泛着蓝绿色的光。

“学者特洛波，日康。”玛利亚说。他们没有握手，那不是尼安德特人的习俗。“幸会幸会。”

“那是自然。”朗维斯用的是尼安德特人的语言。在他们的世界里只有这一种语言，所以它没有名字，但植入他体内的机侣正在翻

① 5英尺8英寸约等于173厘米。1英尺约等于30.48厘米，1英寸约等于2.54厘米。

译他说的话,并通过外部扬声器播放数码合成的英语译文。

机侣真是了不起!玛利亚知道,这项技术是朗维斯·特洛波年轻时发明的,换算成她所在世界的年份,就是1923年。为了表彰机侣为尼安德特人所做的贡献,朗维斯被授予了一块纯金的机侣面板。它被装在朗维斯的左前臂,而且因为尼安德特人中左撇子很少,所以显得更醒目。庞特那台叫作哈克的机侣只有一块普通的钢制面板,相比之下的确显得比较简陋。

"玛是遗传学家,我第一次到访这个地球时,就是她从基因层面证明了我是尼安德特人。"庞特伸出手,用手指粗短的大手将玛利亚的小手握在手里,"除此之外,她也是我深爱的女人,我们很快就会缔约。"

朗维斯的机械眼落在了玛利亚身上,其中蕴含的情绪难以捉摸。玛利亚发现自己把视线瞥向了办公室的窗外,这里是协力集团在纽约州罗切斯特市的总部二楼,灰色的安大略湖向地平线延伸。"行吧。"朗维斯吐出几个尖锐的音节,这可能不是他的本意,或许是他那台金色的机侣有意选择后的结果,不过他很快缓和了语气,盯着庞特:"感觉我倒是做了不少跨文化沟通的工作。"

朗维斯真不愧是尼安德特十杰之一,这十人中不仅有像他这样伟大的科学家,也有天才的艺术家。他们穿过传送门,从他们的世界来到这里,阻止了尼安德特政府切断两个世界联系的念头。

"我想为此向您表示感谢,"玛利亚说,"不单是我,还有这里所有人,协力集团的全体成员,都想向来到这个陌生世界的您致以敬意,因为这——”

“是我这个岁数最不可能做的事。”朗维斯说,“无奈最高银须长老会的人都太短视了!”说罢,他厌恶地摇了摇自己上了年纪的脑袋。

“学者特洛波会和露一起工作,”庞特说,“看看能不能用这里现成的设备制造量子计算机,就是阿迪克和我造的那台。”

“露”就是指露易丝·贝努特博士,她是科班出身的粒子物理学家。尼安德特人发不出“i”这个音,不过他们的机侣把尼安德特语翻译成英文的过程中倒是能弥补这个问题。

就在几个月前,庞特第一次来到这个世界的时候,露易丝还救过他的命。那时的他遇到了一场意外,从地下的量子计算机实验室传送到了这个世界里同样的地方,而那里恰好就是萨德伯里中微子观测站,也是露易丝上班的地方。

庞特第一次来的时候就病了,接受了隔离。一同被隔离的除了露易丝,还有玛利亚以及鲁本·蒙塔戈医生。正是因为有了这个机会,露易丝才能从庞特那儿学习到尼安德特人关于量子计算机的所有知识,这也让她成为在这个地球复刻量子计算机的首要人选。这项工作的优先级很高,因为体量足够庞大的量子计算机正是连接其他宇宙的关键。

“我什么时候才能见到学者贝努特?”朗维斯问。

“现在就行。”一个带着法国口音的女声说道。玛利亚转身看去,来的正是她。露易丝·贝努特,二十八岁,棕色头发,此刻正站在门口,双腿和洁白的牙齿都有着完美的曲线。“不好意思,我来迟了,路上堵得要死。”

朗维斯歪着脑袋,显然是在听机侣对那句话最后这四个字的翻译,但还是一头雾水。

露易丝走进房间,伸出白皙的手,“你好啊,学者特洛波!幸会幸会。”

庞特凑近朗维斯,对他耳语了几句。朗维斯皱起眉毛又松开,一个有着眉毛的尼安德特人这样做已经很奇怪了,而玛利亚觉得,这动作出现在朗维斯这样的百岁老人身上,简直有些超现实。而他伸出手来和露易丝握手的时候,就像在拿起一个讨厌的东西。

不过露易丝还是露出了她那灿烂的微笑,虽然朗维斯好像不吃这一套。“我倍感荣幸。”她说,然后看向玛利亚,“我上次那么激动,还是见到霍金的时候!”史蒂芬·霍金之前参观过萨德伯里中微子观测站,但那次参观更像是一场后勤演习,因为观测站在地下两千米深的地方,前往离它最近的电梯更是要在巷道中走上一千两百米。

“我的时间非常宝贵,”朗维斯说,“现在能开始了吗?”

“当然,”露易丝依然带着微笑,“我们的实验室就在楼下。”

露易丝在前方带路,朗维斯跟在身后。庞特走到玛利亚身边,深情地舔了舔她的脸,但朗维斯头也不回地说:“博迪特,跟上。”

庞特充满歉意地对玛利亚笑笑,耸了耸肩,动作间透着一股无奈的情绪。他跟上露易丝和这位伟大的发明家,顺带也关上了身后沉重的暗色木门。

玛利亚走到桌前，开始整理桌上乱糟糟的纸。她之前有些——怎么说呢，紧张？忌妒？她不太确定，但最初觉得不自在，还是因为庞特和露易丝·贝努特的相处。玛利亚发现协力集团的智人们背地里经常把露易丝叫作“梦露”。最后她问成像分析部门的弗兰克这个外号有什么来头，他最初有点尴尬，后来才不情不愿地告诉她：“梦露”是“梦中情人露易丝”的简称。但玛利亚得承认，露易丝的确配得上这个称呼。

但庞特如果现在再和露易丝一起，玛利亚已经不会觉得难受了。毕竟这位尼安德特人爱的是自己，而不是那位法裔加拿大人。毕竟在巴拉斯特人的审美标准里，丰唇巨乳并不算好看。

过了一会儿有人敲门，玛利亚抬起头。“进来吧。”她说。

门开了，到访的是乔克·克瑞格，他又高又瘦，灰色的蓬巴杜发型总是让玛利亚想到美国前总统罗纳德·里根。这么想的可不止她一个。那些把露易丝叫作“梦露”的人们私底下给乔克起的外号，就是里根总统在电影《克努特·罗克尼》[①]里演的角色——“吉普”。玛丽亚觉得他们也给自己起了个外号，但现在还没听说。

“你好，玛利亚。”乔克用深沉、粗粝的嗓音说，“你现在有空吗？”

她长叹一口气，“我时间多得很。”

乔克点点头，“这就是我一直想和你谈的事。”他走进办公室，找了把椅子坐下，“你已经把我雇你来这儿的工作做完了，发现了一种

①《克努特·罗克尼》(*Knute Rockne All American*)，于1940年上映，罗纳德·里根做演员时曾参演过该影片，扮演运动员乔治·吉普(George Gipp)。

可靠的方法来区分我们和尼安德特人。"她确实成功了,方法其实很简单:智人有二十三对染色体,尼安德特人则有二十四对。

玛利亚只觉心跳加速。她也清楚,这个有着高昂咨询费的理想工作不可能持续太久。"都怪我这聪明劲儿,最后反倒把自己害了。"她努力让自己说的话听起来像是开玩笑,"但你也知道,我现在没法儿回约克大学,至少这个学年不行。几个临时讲师已经接了我的课。"——而其中有一个该死的畜生。

乔克伸手示意,"不,我没想让你回约克,但我的确是想让你离开这里。庞特最近是不是准备回家了?"

玛利亚点点头,"他来这里只是为了参加几场联合国的会议,再顺带陪朗维斯去罗切斯特。"

"那你为什么不陪他一起回去?尼安德特人慷慨地和我们分享了遗传学和生物技术方面的知识,但学海无涯。我希望你能去尼安德特人的世界里出个差,大概一个月吧,好尽可能多了解一些他们生物技术方面的知识。"

玛利亚只觉心脏怦怦直跳,"我很愿意。"

"那就好,我不知道你要怎么安排那边的生活,但是……"

"我会和庞特男伴的女伴住在一起。"

"庞特男伴的女伴……"乔克忍不住重复了一遍。

"没错,庞特与一位名叫阿迪克的男人缔了约。你应该知道他,量子计算机就是他们两个一起造的。而阿迪克呢,也和一位名叫露特的女人缔了约。尼安德特人在合欢日之外的时间里男女分居,我就和露特住在一起。"

"啊哈,"乔克摇摇头,"我还以为《年轻和骚动不安的一族》[①]这部剧里的家庭关系已经够复杂了。"

"噢,其实很简单,"玛利亚微笑着给他解释道,"杰克·阿博特和妮基结过婚,也就是妮基·里德。不过她头两次结婚都是和维克托·纽曼,但第三次就不是了。可是现在,杰克又和……"

乔克举起一只手,"行了行了!"

"好了好了,就像我之前说的,庞特男伴的女伴是化学家,叫作露特——尼安德特人认为,遗传学是化学的一个分支,如果你仔细想想,这么分也没错。所以她能带我认识这行业里的其他人。"

"真棒,如果你打算去传送门的另一侧转转,这个信息肯定就能用上了。"

"打算?"玛利亚强忍话中的激动,"这还用说吗?"

乔克隐隐一笑,"那就定了。"

---

①《年轻和骚动不安的一族》(*The Young and The Restless*)这部剧从1973年开播持续至今,截至2022年5月1日,已经播出了12 500集。后文玛利亚提到的人物均出自该剧集。

第二章

“今晚，正如众人所见，我要讨论的只是我们的未来，只是智人的未来。这并不是因为我只能以美国总统的身份发言，不，其中的内涵远不止于此，因为我们的未来在今天讨论的事上，并没有和尼安德特人的未来交织在一起……”

科尼利厄斯·拉斯金害怕那个清晰的噩梦永远不会结束：那个穴居人进门后直奔自己而来，把自己放倒在地，肆意伤害。每天早上被这个梦惊醒时，都能让他透出一身冷汗。

科尼利厄斯发现那个可怕的事实后，大部分时间都痛苦地躺在床上，蜷成一团。电话响了好几次，约克大学肯定给他打过。他们想知道他到底在哪儿，但那时的他根本就没法儿和别人说话。

那天晚上，他给遗传学系打了个电话，还给奎塞尔·伦图语音信箱留了言。这个死女人，他这辈子都会恨她，比恨自己遭遇的这件事还恨，但他还是努力让自己的声音平静一些，说自己病了，这几天去不了学校。

他这几天都在仔细观察尿液中是否有血丝，每天早上也会仔细检查伤口周围，看看有没有流脓，并且反复测量体温，确保自己没有发烧。还好，他虽然经常潮热，但没发烧。

他还是不太能相信这件事，这种想法占据了他的脑海。身体下面是疼，但感觉越来越轻。可待因药片起效了。这种药在加拿大的店里到处都能买到，真是谢天谢地。他会常备222s[①]，一开始每次吃五片，不过现在已经把正常剂量减到两片了。

科尼利厄斯不知道自己除了吃止痛药之外还能做些什么。他不想见自己的医生，哪个医生都不想。否则他的伤情就会泄密，其他人肯定会说闲话。庞特·博迪特说得对，科尼利厄斯不敢冒这个险。

最后他终于鼓足勇气，走向电脑。那是他从研究生时代就开始用的杂牌奔腾机，处理器的主频只有90MHz。做些文字处理工作再发发邮件是够了，但上网一般还是得在上班的时候：约克大学的网速很快，而他在家里只用得起当地的拨号上网账户。但他现在需要答案，所以只能忍受网页缓慢的加载速度。

他花了二十分钟，终于还是找到了要找的东西。庞特带着一条

① 222s是一种混合了可待因和咖啡因的非处方止痛药，每片内含7.5毫克的可待因。

医疗腰带回到这个地球,腰带上附有一把激光烧灼手术刀。当尼安德特人在联合国大楼外中枪的时候就是靠这个设备救的命。他肯定是用这个——

科尼利厄斯又想起他对自己做的事,只觉浑身的肌肉都绷紧了。

自己的阴囊被切开了,应该是被激光切开的,然后——

科尼利厄斯闭上眼睛,用力咽了口唾沫,努力不让胃酸再次涌进食道。

庞特不知用什么手段扯下了科尼利厄斯的睾丸,很可能是直接用手,然后肯定又用激光灼烧他的皮肉以缝合伤口。

科尼利厄斯疯狂翻遍整间公寓,想找到自己的蛋,想把它们重新安回去。但几个小时后,他的脸上流下了愤怒和沮丧的泪水。他得面对现实:庞特要么已经把它们冲进马桶,要么就是带着它们消失在了夜色里。不管怎样,它们都永远消失了。

科尼利厄斯很生气。他做的都他妈是再正常不过的事,都是因为这些娘们儿挡了他的路!尤其是玛利亚·沃恩和奎塞尔·伦图拉。就因为她们是女的,才能有教职和任期。拜托,自己可是牛津大学的博士!但约克大学仅仅是因为想在几个学院"纠正历史遗留的性别失衡问题",自己就无缘晋升了。给穿小鞋是吧,那行,他也不是吃素的。系主任,就是那个巴基斯坦婊子,还有抢了本属于自己的岗位的沃恩,她们俩是该吃点儿苦头。

妈的。科尼利厄斯暗想,两腿间伤口的不适更明显了。他的阴囊肿得厉害,但里面是空的。

去他妈的。

乔克·克瑞格回到了协力集团一楼的办公室,集团所在的豪宅坐落在罗切斯特海风社区一片东西向的土地上。办公室的窗朝南,对着安大略湖的游艇船坞,而不是朝北对着更开阔的湖景。

乔克的博士研究是博弈论,在普林斯顿读博的时候师从约翰·纳什[1],之后在兰德公司工作了三十年,那里也曾经是乔克最理想的工作地。它由美国空军出资,在冷战时期成为美国政府最重要的智库之一,负责研究核冲突。时至今日,当乔克听到MD这两个字母的时候,想到的还是大范围死亡(megadeath),死一百万平民的那种,而不是什么医师(medical doctor)。

五角大楼最初对人类与原初尼安德特人(也就是首位从那个世界来到这个世界的尼安德特人)接触的方式相当愤怒。北安大略省的镍矿里居然出现了一个现代穴居人,这听起来完全就是三流小报上的故事,类似还有遭遇外星人或者目击大脚怪之类的。当美国政府或者加拿大政府开始认真对待这件事的时候,原初尼安德特人已经离开了镍矿,还接触公众,局势这下就完全失控了。

所以,赞助的资金就突然打来了,有些来自移民归化局,但大多来自国防部。乔克用这些钱创建了协力集团,这个名称有种政治意

① 约翰·纳什(John Nash,1928—2015),著名数学家、经济学家,曾通过博弈论方面的开创性贡献获得诺贝尔经济学奖。

味。乔克本来想把这个组织叫作“巴拉斯特紧急接触任务组”(Barast Encounter-Repetition Emergency Task-force),简称为BERET,但这个组织的名字还有那个两个世界联合的标志早在他上任之前就定好了。

话虽如此,上头选择博弈学家来领导这个组织绝非偶然。如果双方重新开始接触,那么尼安德特人和人类(乔克提到那个世界的人时,还是沿用着以往的说法,至少他私底下是这样)的利益诉求是不同的。在这种情况下,想要找出符合双方心理预期并实现利益最大化的结论,自然就成了博弈论的工作。

“乔克?”

乔克一般都开着办公室的门,这不就是很好的管理方法吗?管理学上不还有个说法叫作“开放政策”吗?但话说回来,他见到来人长着一张尼安德特人的脸时还是很惊讶。一张宽大、突眉、蓄须的脸进门后就四处张望。“庞特,怎么了?”

“朗维斯·特洛波从纽约带来了一些公报。”朗维斯和其他九位尼安德特名人,还有大使图卡娜·普拉特,大部分时间都在联合国。“你知道接下来的对应点旅行政策吗?”

乔克摇摇头。

“是这样,”庞特说道,“你也知道,我们计划在两个世界之间打通一个更大的永久传送门。你们的联合国组织看来已经决定把传送门开在他们的总部那里,还有我们世界对应的位置。”

乔克皱起眉。什么鬼,他为什么会从一个该死的尼安德特人那里听到情报？不过他今天还没看邮箱，那封邮件可能就在邮箱里。当然了，他之前就听说上头在考虑纽约的方案了。在乔克看来，这个方法根本就不用考虑：新的传送门当然得在美国本土。理论上，联合国门口的广场是国际领土，选这里谁都不得罪。

然后庞特继续说："朗维斯还提到，他们计划带一批联合国官员穿过传送门去我的世界。我会和阿迪克一起去多纳卡特岛做实地调查，那里是曼哈顿在我们世界对应的位置。我们需要确保大型量子计算机不受太阳、宇宙和地面辐射的影响，以免出现量子退相干的问题。"

"嗯哼？然后呢？"

"唔，所以我觉得你可能想和我们一起？因为你是这个研究所的负责人，努力在这两个世界建立起良好的关系，但你还没见过我们的世界。"

乔克怂了。他突然觉得协力集团现在有两个尼安德特人这事儿很吓人，他们看着就像巨魔一样。他不清楚自己想不想去一个周围都是他们的地方。"你们什么时候走？"

"下个合欢日结束。"

"啊，好的。"乔克努力装出一副轻松愉快的表情，"我相信露易丝在描述这个节日的时候用的词是'派对'！"

"远远没有那么简单，"庞特说，"不过看行程你要遗憾错过这个节日了。话说回来，你愿意和我们一起吗？"

乔克的回答是："我还有很多工作要做。"

庞特露出微笑,那张嘴足有一英尺宽,让乔克感到恶心。

“对山那头兴趣缺缺的是我们,而不是你们。你应该去见见你在与之打交道的世界。”

庞特走进玛利亚的办公室,关上身后的门,用粗壮的胳膊把玛利亚揽进怀里,紧紧抱着她。然后舔了舔她的脸,玛利亚则回之以吻。

他俩松开后,庞特用低沉的声音说:“我马上就要回自己的世界了,你知道吗?”

玛利亚点点头,她努力想表现得严肃一点,但显然难掩笑意。

“你笑什么?”庞特问。

“乔克让我和你一起去!”

“真的? 太好了!”但庞特说完就犹豫了,“当然了……”

玛利亚点点头,举手表示理解,“我知道,我知道,我们每个月只能见四天。”在庞特的世界里,男女是分开生活的。男性住在城缘,女性则在城中安家,所以他们不能住一起。“但至少,我们生活在同一个世界,而且我还有一些有价值的事情做。乔克希望我用一个月时间去研究尼安德特人的生物技术,能学多少是多少。”

“太好了,”庞特说,“文化交流越多越好。”然后他朝窗外的安大略湖远眺片刻,可能是在畅想自己即将启程的旅行,“那我们得动身前往萨德伯里了。”

“现在离合欢日不是还有十天吗?”

庞特用不着去看自己的机侣，他当然知道天数。他的女伴克拉斯特两年前死于白血病，可他还是只能在合欢日见到女儿。庞特点头说道："等合欢日结束后，我要去南边一次，不过是在我的世界。我要去联合国总部在我们世界对应的位置，因为新的传送门会开在那儿。"庞特从来都不用联合国的首字母"UN"来代指这个机构，因为他们没发展出音标字母，所以他对用首字母来代指某物的方式非常陌生。

"啊！"玛利亚应道。

庞特举手道，"当然了，我在这个合欢日结束前是不会去多纳卡特岛的，而且会在下次合欢日开始前赶回来。"

玛利亚觉得自己的热情正在慢慢消退。她的理智告诉自己，就算在尼安德特人的世界里，如果她想再次和庞特相拥，通常也要间隔二十五天，这个事实让她实在难以接受。她希望能有一个解决方法，比如在这两个世界里，能有什么地方让他们两人一直生活在一起。

"如果你想回去，那我们可以一起去传送门。我本来打算搭露的车过去，但是……"

"露易丝？她也去吗？"

"不不，她后天要去萨德伯里见鲁本。"露易丝·贝努特和鲁本·蒙塔戈在他们一同隔离的期间成了情侣。隔离结束后，这段关系还在继续。"也就是说，如果我们四个人都在萨德伯里，可能还能一起吃顿饭。我一直很怀念鲁本家的烧烤……"

玛利亚·沃恩在这个地球上有两处住所：她在纽约州北部的布里斯托港租了一套公寓，另外在多伦多北部的列治文山买了一套共管公寓。现在她正在和庞特驱车前往后一处，这里距离协力集团总部有三个半小时的车程。他们刚在布法罗市下了纽约州的高速公路，就停车吃了肯德基。庞特觉得这是他吃过的最好吃的东西，但玛利亚对他这一观点持保留态度，因为这对她的腰围非常不利。香料是温带地区的产物，意在掩盖肉变味后的怪味儿。庞特他们生活在高纬度地区，不怎么用调味料，所以肯德基用十一种不同的草药和香料调配成的组合和他之前吃过的任何东西都不一样。

玛利亚开长途的时候一直在放CD，边开车边听专辑的感觉还是比不断寻找新电台听要强。他们最开始听的是玛蒂娜·麦克布莱德[①]的精选集，现在在听仙妮亚·唐恩[②]的第三张录音室专辑《跟上来》(*Come On Over*)。仙妮亚的歌玛利亚大多数都喜欢，唯一受不了的就是《她在我心》(*The Woman In Me*)，听着好像缺了些歌手标志性的魅力。玛利亚总觉得自己有天应该鼓起勇气，把这张专辑翻录一遍，好把这首歌从歌曲列表里去掉。

他们继续开车，车里还放着歌，恰逢日落，玛利亚的思绪又开始和今年早些时候一样飘忽起来。修改专辑很简单，修改人生则很难。她希望自己能把过去发生的几件事删掉，强奸案当然算一件，

---

① 玛蒂娜·麦克布莱德(Martina McBride,1966—)，美国女歌手、词曲作者。

② 仙妮亚·唐恩(Shania Twain,1965—)，加拿大乡村音乐女歌手。

这事儿真的只发生了三个月吗？当然还有些经济上的决策失误和一些口误。

那她和科尔姆·欧凯西的婚姻呢？

她知道科尔姆想要什么，让她在她的教会和上帝面前宣布他们的婚姻从未真正存在过。这就是撤销婚姻：宣告婚姻无效，甚至否认其曾经存在过。

当然，总有一天，罗马天主教不会再禁止离婚。但玛利亚遇到了庞特，如果说曾经的她没什么特别的理由去结束这段关系，那么她现在的确想摆脱它的束缚。她要么选择虚伪，寻求撤销婚姻；要么就选择接受离婚惩罚，被逐出教会。

讽刺的是，天主教徒只要忏悔，就能摆脱任何轻微的罪行。但如果你不巧嫁错了人，想要撤回这个决定可就没那么容易了。教会希望你至死不渝，除非你愿意在结婚这件事情上撒谎。

而且，妈的，她和科尔姆结过婚这件事不该被抹去，不该被擦掉，不该从记录中删除。

哦，还有，自己是什么时候接受他求婚的？她对这件事也不是百分百确定。她挽着父亲的手臂走过红毯的时候，对自己的选择也不是特别自信。婚姻最初的几年还不错，等它变差的时候，改变的就是两人共同的利益和目标。

最近关于进化大跃进的讨论又多了起来，这个理论认为真正的意识是在四万年前出现的。这么说来，玛利亚也有自己的大跃进。她意识到自己的欲望和职业野心并不是非得居于自己的合法丈夫之下,从那一刻起,他们的生活就分道扬镳,现在已经完全是两个世界的人了。

她不会否认这段婚姻。

这也就意味着……

意味着她要离婚,而不是撤销婚姻。没错,现在还没有法律规定一个在法律意义上结了婚的格里克辛人不能和巴拉斯特异性进行缔约仪式,但在未来的某一天,肯定会有相关法律出台。玛利亚想让庞特全心全意将自己接纳为他的女伴,这样也意味着她和科尔姆的关系终于要画上句号。

玛利亚超过一辆车,然后扭头看向庞特。"亲爱的。"她开口了。

庞特微微皱了皱眉。玛利亚习惯用这个称呼叫他,但他不喜欢,因为这个词里有"i"这个音,他发不出来。"怎么了?"他问。

"你知道吗,我们今晚要在列治文山的家里过夜。"

庞特点点头。

"而且,呃,你也知道,我在这个世界依然和我的男伴在法律上存在联系。"

庞特又点了点头。

"如果我可以的话,我——我想在我们离开列治文山,前往萨德伯里之前见他一面。可能和他一起吃个早餐,或者吃顿比较早的午餐。"

"我还挺想见见他的,"庞特说,"好知道你会选择什么样的格里克辛人……"

车载CD这时换了一首新歌，叫作《爱尽，路未尽》(*Is There Life After Love?*)。“不不，”玛利亚说，“我的意思是，我要和他单独见一面。”

她又看向庞特那越过眉脊相连的眉毛。“噢。”这个词，他是直接用英语说的。

玛利亚望向前方的路，“我也是时候和他做个了断了。”

第三章

“有些话我在竞选的时候就已说过，现在我再重复一遍：一名总统应当具有前瞻性，不仅要着眼于下一次选举，还应当放眼十年甚至几代人。而我今晚正是带着这种着眼未来的目光，发表这一次讲话……”

科尼利厄斯·拉斯金躺着的床垫早已被汗水浸透。他住在多伦多浮木区一座公寓的顶层。以前，他心情好还会开玩笑的时候，曾把自家称作“贫民窟里的阁楼”。阳光已经从磨损了的窗帘边缘透了进来。科尼利厄斯没有定闹钟，最近几天都是如此，他觉得自己没有气力再去翻身看闹钟了。

但现实世界很快就会打扰到他的生活。他记不太清身为一名短期教职的老师，关于自己带薪病假的具体细节。但不管怎么说，如果他再这样继续下去，那大学、工会、工会的保险公司，或者以上三者，就会要求他出示医生开具的请假证明。所以，如果他不回去教书，那就没有工资，如果他没有工资，那就……

好吧，他的存款还够付下个月的房租，当然了，由于他必须提前支付第一个月和最后一个月的租金，所以他还能在这里待到年底。

科尼利厄斯强迫自己不再伸手去摸蛋了。它们没了，他知道。他已经开始接受了。

当然了，这事也不是没有治疗的方法，因为患癌而失去睾丸的男性比比皆是。科尼利厄斯可以用睾酮补剂。至少在社交场合，没人会知道他在用这些药。

那他的私生活呢？没了，再也没了，自从两年前美乐蒂和他分手后就没了。他那几天为此悲痛欲绝，甚至产生了自杀倾向。就读于约克大学法奥斯古德法学院的她在完成论文后顺利毕业，并在库珀·雅各那里找了份年薪十八万美元的助理岗。他永远不可能成为她需要的那种强她一头的丈夫，而且现在……

现在。

科尼利厄斯抬头看着天花板，只觉全身麻木。

玛利亚和科尔姆·欧·凯西已经有好几个月没见了，他看起来可能会比玛利亚记忆中的样子老上五岁。当然，在他们住在一起的时候，她还是会经常想到他的。那时候的他们正在为退休后的生活做准备，全部心思都已经放在了不列颠哥伦比亚省盐泉岛上的一栋乡间别墅上……

玛利亚走近的时候,科尔姆站了起来,准备俯身亲她,但她只是转过头,让他亲在自己的脸颊上。

“玛利亚,你好。”他打完招呼就坐了下来。午间的牛排店有种超现实的感觉:暗色的木头,仿制的蒂芙尼台灯,缺少窗户让店里看着和夜晚无异。科尔姆已经点了红酒——拉碧昂。那是他们最喜欢的。他给玛利亚的杯子里倒了一点。

她尽量让自己处在一个舒服的状态,然后在科尔姆面前坐好。两人间的桌上摆着一个玻璃容器,里面的蜡烛正在摇曳。科尔姆和玛利亚一样,有点发胖,发际线不断后退,两鬓灰白,嘴和鼻子都显得比较小巧,就算用格里克辛人的标准看也是这样。

“你最近肯定经常上新闻。”科尔姆说。玛利亚对此早有防备,她刚想开口作答,但还没等她张嘴,科尔姆就抬起一只手,掌心向外,对她说:“我为你高兴。”

玛利亚试图保持冷静,光是克制住自己的情绪就够难了。“谢谢。”

“那边怎么样?”科尔姆问,“我指尼安德特人的世界。”

玛利亚耸耸肩,“和电视上说的差不多。比我们的世界干净,也没那么挤。”

“我之后真想去看看。”科尔姆说,但随后他皱起眉补充道,“但我觉得自己是没机会了,他们应该不会请我这种没有相关学术研究背景的人过去。”

这话还真不假。科尔姆在多伦多大学教英语,他的研究对象是那些据推测是莎士比亚写的、但作者身份还存在争议的剧作。

“谁说得准呢?”玛利亚说。他们婚后曾在中国度过了六个月的婚假,她完全没想到中国人居然这么关心莎士比亚。

科尔姆在他的领域几乎和玛利亚一样突出,但凡涉及《两位贵亲戚》[①]的论文都会引用他的观点。虽然过着象牙塔般的生活,但现实世界的苦恼还是早早地影响了他们。约克大学和多伦多大学一样,教授的收入以市场价值为基础,比如法学教授的薪水就比历史教授高得多,因为他们其他的工作机会也更多。同样的,最近,尤其是最近这几天,遗传学家就非常热门,但英语文学领域的专家离开学术界,就业前景就相当渺茫。

玛利亚有个朋友在他的电子邮件末尾加了这么个“签名”——拥有理科学位的毕业生会问:“为什么它能用?”拥有工科学位的毕业生会问:“它能怎么用?”拥有会计学位的毕业生问:“用它要花多少?”而拥有英语文学学位的毕业生只会问:“您想要加份薯条吗?”

家里的钱大多是玛利亚赚的,但这只是他们婚姻中双方摩擦的根源之一。如果自己告诉他协力集团给她开的薪水,他会有什么反应?想到这里,她的心里一颤。

一位女服务员来了,他们开始点餐。科尔姆点的是牛排配炸薯

① 《两位贵亲戚》(*The Two Noble Kinsmen*),莎士比亚与英国剧作家约翰·弗莱彻合作撰写的作品。本文中译名来自《莎士比亚全集》,朱生豪等译,人民文学出版社2014年版。

条,玛利亚点了鲈鱼。

“你觉得纽约怎么样?”科尔姆问。

有那么一会儿,玛利亚以为他说的是纽约市,庞特九月的时候在那里被一名暗杀者开枪击中了肩膀。但不对,他指的肯定是纽约州的罗切斯特市,玛利亚开始在协力集团工作后就在那儿安了家。“还不错,”她说,“我的办公室正对着安大略湖,我在手指湖地区有间很棒的公寓,就在湖边。”

“不错,”科尔姆说,“挺好的。”他抿了一口酒,期待地看着她。

玛利亚则深吸一口气,毕竟提出要见面的人是她。于是她开口道:“科尔姆……”

他放下酒杯。两人已经结婚七年了,所以他清楚,每次她用那种语气说话的时候,内容肯定不太好接受。

“科尔姆,”玛利亚又说,“我觉得,我们该……把那些没解决的事情给解决了。”

科尔姆皱起眉,“什么?我还以为我们已经把那些账户都处理好了……”

玛利亚说:“不,我的意思是,我觉得应该让我们暂时的分居……变成一种永久的状态。”

服务员不合时宜地端上了沙拉。科尔姆点的是凯撒沙拉,玛利亚点的则是油醋蔬菜拌覆盆子沙拉。服务员还想给他们现磨黑胡椒,但被科尔姆请走了,然后他放低声音问:“你的意思是……废除婚姻?”

“我……我觉得我更想离婚。”玛利亚轻声说。

“行吧。”科尔姆答道，然后看向别处，看着餐厅远处的壁炉，砌炉的石头冷冰冰的，“行吧，行吧。”

“只是时机合适，仅此而已。”玛利亚说。

科尔姆又问：“是吗？为什么非得是现在？”

玛利亚悲哀地皱着眉。如果研究莎士比亚能够教会你什么，那就是你总会觉得言语背后潜藏着负面情绪或者其他意图，但往往什么都不会发生。不过她不太确定自己应该怎么和他说。

不，不，不可能。她在来这里的路上一遍又一遍地默诵着这些话。她拿不准的是他对这件事的反应。

但她还是说：“我遇见了一个新的人，我和他会一起努力开始新的生活。”

科尔姆举杯，又啜了一口酒，然后从女服务员上沙拉时一起带来的篮子里拿起一小块面包。仿照圣餐，一切尽在不言中。但科尔姆还是用言语强调了这一信息：“离婚就意味着被逐出教会。”

“我知道，”玛利亚回答，此刻她心情沉重，“但废除婚姻听起来又很虚伪。”

“玛利亚，我不想离开教会。说真的，我的生活里已经失去了太多稳定的东西。”

这话让玛利亚皱起了眉，毕竟是她抛下了他。但话又说回来，他可能是对的，也许她真的亏欠他很多。“但我不愿承认我们的婚姻从来没有存在过。”

这话让科尔姆平静了一会儿,玛利亚以为他会把手伸过亚麻桌布,握住她的手,但他却问道:“你的新伴侣——是我认识的人吗?”

玛利亚摇摇头。

“我猜是美国人?”科尔姆继续问,“他是不是把你迷得神魂颠倒?”

“他不是美国人,”玛利亚戒备心很重地说,“他是个加拿大公民。”说完她又补了一句,“但没错,他是让我神魂颠倒。”这话出口,她也惊讶自己居然会那么残忍。

“他叫什么?”

玛利亚知道科尔姆为什么会这么问:他不是因为希望自己能认出对方,而是因为他觉得姓氏可以透露出很多信息。如果说科尔姆有缺点,那就是他和他爸一样,是个直肠子,还是个死脑筋,会用族群来划分世间众人。现在他肯定已经准备根据答案的拼写来检索回应的话术了。如果玛利亚说的名字是意大利人的,那他就会把对方贬低成小白脸。如果是个犹太人的,那他就会觉得对方很有钱,还会问玛利亚:找一个谦逊的学者做丈夫难道真的不快乐吗?

“你不认识他。”玛利亚说。

“我知道,但我就是想知道他叫什么。”

玛利亚闭上眼睛。她之前还天真地希望自己能够避免这种问题,但这些事之后还是免不了一起爆发出来。她叉着沙拉磨蹭时间,然后低头看着餐盘,无法直视科尔姆的双眼,最后才说:“他叫庞特·博迪特。”

他猛地放下手里的叉子，金属摔在餐盘上，发出了响亮的撞击声。“我去，玛利亚，那个尼安德特人？”

“科尔姆，他是个好人。温柔、聪明、有爱心。”玛利亚发现自己正在为庞特辩护，她希望能立刻止住这种条件反射。

“怎么搞的？”科尔姆问，不过他的语气倒是没有他说的话那么带有嘲讽意味，“你又想要旋律般的名字了？这次要怎么称呼你？‘玛利亚·博迪特’？你要住在这儿还是和他在他的世界里安家？还有——”

科尔姆突然沉默了，他挑起眉毛。“不——不行，你这样是不行的，对吧？我在报纸上读到过一些相关内容，上面说在他的世界里，男女是不住在一起的。我的天，玛利亚，你面对的到底是什么样的中年危机啊？”

玛利亚脑袋里的各种反应开始打起架来。老天保佑，她只有三十九岁，可能从数字上来说算“中年”，但在情感上她绝对不能接受。她和科尔姆分居后，是他先开始下一段关系，而且现在也已经和琳达同居一年多了。于是玛利亚说出了他们结婚后经常说的一句话来稳定自己的情绪：“你不懂。”

“你他妈说得非常对，我就是不懂。”科尔姆显然是在压低自己的音量，不想让周围的顾客听到，“它——它就是恶心。他甚至都不算人。”

“不，他是。”玛利亚坚定地说。

“我在CTV电视网听到过你们取得的伟大突破，里面就谈到过这个,”科尔姆说,“尼安德特人的染色体数量都和我们不一样。”

“和这事儿没关系。”

“没关系才怪。虽然我只是英语教授,但我也知道,这说明他们和我们是两个独立的物种,而且我还知道,这也就说明你和他不可能有小孩。”

孩子,玛利亚想到这个,不免就心慌起来。她在还年轻的时候,还是挺想当一个母亲的。但等她硕博毕业,终于和科尔姆一起攒下了一点钱之后,婚姻已经开始变得不稳定了。玛利亚这辈子做过一些蠢事,但至少她知道,不要妄想靠生孩子去维持一段摇摇欲坠的关系。

不惑之年日渐临近,天啊,她在意识到这点之前就已经要进入更年期了,而且庞特有两个自己的孩子。

但是……

要不是科尔姆说出了这个问题,玛利亚甚至根本没想过要和庞特要个孩子。但科尔姆说的没错。罗密欧和朱丽叶之间的阻碍不过是蒙太古和凯普莱特两个家族之间的世仇,和她与庞特所面临的困难根本没法比,毕竟他们一个是尼安德特人,一个是格里克辛人。他和她的这份爱所面临的阻碍可远不止家族的束缚那么简单!这份爱的阻碍是两个宇宙,是两条时间线。

“我们还没谈到孩子的事,”玛利亚说,“庞特已经有两个女儿了,而且后年就要当爷爷了。”

玛利亚看到科尔姆听到这话后眯起了眼,也许是在想怎么那种事儿还能预测?“结婚就是要有孩子的。”他说。

玛利亚闭上眼。正是因为自己的坚持,她才能让自己在博士毕业前都不生孩子,这也是她服用避孕药的原因,也是她无视教皇禁令的原因。科尔姆永远都不明白她需要时间,如果她既要做母亲,又要当学生,那她的学业就会受影响。他们两个刚结婚的时候,她就清楚,一旦有了小孩,那么大部分抚养的工作都会落到她的身上。

“我们认知里的婚姻在尼安德特人的世界里不存在。”玛利亚说。

但这话并没有安抚科尔姆。“但你肯定是想和他结婚的。不然你也犯不着和我离婚。”但他之后的语气变得柔和起来,玛利亚此时也回忆起了自己当初被他吸引的原因。“你肯定很爱他,”他说,“愿意为了和他在一起而被逐出教会。”

“是的。”玛利亚答道,这两个字是从他们遥远的过往所传来的回声,带着不幸与悲戚。接着,她又一次表达了这份感情:“是的,我很爱他。”

服务员给他们上了主菜。玛利亚看着她点的鱼,这很可能是她和这个曾经是自己丈夫的人共进的最后一餐。突然,她发现自己还是想给科尔姆一些快乐。自己之前非常坚定地想和他离婚,但他说得对,这就意味着他们要被逐出教会。“我同意废除婚姻,”玛利亚说,“如果你想的话。”

“是的,”科尔姆说,“谢谢你。”过了一会儿,他用刀切开牛排,

“我觉得再拖下去也没意义了,不如准备准备开始吧。”

“谢谢。”玛利亚说。

“我只有一个请求。”

玛利亚的心开始怦怦跳,“什么?”

“能不能告诉他——告诉庞特,我们的婚姻破裂不全是我的错。告诉他,我是——我是—— 一个好人。”

玛利亚伸出手,做了之前她以为科尔姆会做的事。她摸了摸他的手,说道:“当然。”

第四章

“这场演讲不是在讨论我们与他们是否存在对抗关系，也不是在讨论智人和尼安德特人谁更好，更不涉及格里克辛人和巴拉斯特人谁更聪明的比较。相反，我想让大家发现我们的长处，发扬天性的优势，并做那些自己最感自豪的事……”

玛利亚和科尔姆刚吃完午饭，就回到列文治山的公寓接庞特。他一直在看Space频道重播的《星际迷航》。说是重播，但对庞特来说都是新的，不过玛利亚一下子就认出来，他看的是第三季第十五集:《让它成为你最后的战场》。这一集超级经典，客串明星弗兰克·乔辛[①]和卢·安东尼奥[②]都把整张脸涂成了半黑半白的样子，互相斗

① 弗兰克·乔辛(Frank Gorshin，1933—2005)美国电视剧演员，曾在1966年电视剧版《蝙蝠侠》中饰演过谜语人。

② 卢·安东尼奥(Lou Antonio，1934—)，美国电视剧演员、导演。

个不停。

当他们沿着四〇〇号高速公路行驶时,露易丝开着辆黑色福特探险者从边上超过了他们,她的车牌是D2O,这是重水的化学式,帅爆了。玛利亚按着喇叭,朝外挥挥手。露易丝也从后窗朝他们摆了摆手,然后加速向前冲去。

“她肯定超过了你们对车速的限制。”庞特说。

玛利亚点点头,“但她也一定善于逃掉罚单,赌一把吗?”

车开了好几小时,路走了一段又一段。他们听完仙妮亚·唐恩和玛蒂娜·麦克布莱德后,又开始听菲丝·希尔①,然后是苏珊·阿格鲁克②。

“我也许不是天主教最合适的代言人,”玛利亚回答了庞特的评论,“或许我还是应该把你介绍给卡尔迪考特神父。”

庞特之前还看着前方的路,因为在高速公路上开车对他来说还是非常新鲜的,不过他听到这个问题后,就把注意力从道路上收了回来,“你为什么觉得他更称职?”

“嗯……他是教会任命的人员。”玛利亚已经和庞特磨合出了一个小手势,她的左手轻轻一抬,庞特的机侣哈克就不会因为听到了生词而发出“哔哔”声,“他被教会授予圣职,被任命为牧师。也就是说,他是神职人员。”

① 菲丝·希尔(Faith Hill,1967—),美国流行乐女歌手。

② 苏珊·阿格鲁克(Susan Aglukark,1967—),加拿大流行乐女歌手。

“不好意思，我还是没听懂。”庞特说。

“宗教人员可以分成两类，”玛利亚解释道，“神职人员和信徒。”

庞特只是微笑着说：“这两个词我都读不出来，肯定是巧合。”

玛利亚也冲他微笑。她非常喜欢庞特的讽刺感，“总的来说，神职人员是指那些受过专门训练、旨在履行宗教职责的人；而信徒就是像我这样的普通人。”

“但你和我说过，宗教是信仰、伦理和道德准则这三者共同构筑的体系。”

“是的。”

“所以，全体成员应该都能平等地接触到这些东西。”

玛利亚眨眨眼，“对，但，怎么说呢，你看，大部分——大部分原始资料都欢迎大家自由解读。”

“比如？”

玛利亚皱眉想了下，“比如玛利亚，我是指《圣经》中的玛利亚，也就是耶稣的母亲，她是否一生都是处女？因为在《圣经》中还提到了耶稣的‘手足’，这里的‘手足’是‘兄弟’这个词的老式说法。”

庞特听完点点头，不过玛利亚怀疑哈克在听到“手足”这个词的时候，已经自动把它翻译成“兄弟”了。所以在庞特听来，她说的话可能有些荒谬，比如“‘兄弟’是‘兄弟’这个词的老式说法。”

“这个问题重要吗？”

“不重要，我觉得不重要。不过还有些其他问题，比如一些道德问题。”

此时,他们已经驶过了帕里湾。“比如?”庞特问她。

“比如堕胎。”

“堕胎……中止怀孕?”

“是的。”

“这涉及什么道德问题吗?”

“呃,堕胎就是杀死一个未出生的孩子,这么做对吗?”

“那为什么要这样?”庞特问。

“这个嘛,如果这个孩子是意外怀上的……”

“你们怎么会意外怀孕?”

“你知道……”但她的声音越来越轻,“不,我猜你也不了解。毕竟在你们的世界里,每十年才有一代人出生。”

庞特点头表示同意。

“而你们的世界里,所有女性的经期都是一样的。所以每个月男女在那四天里相聚的时候一般都不太会怀孕。”

他又点了点头。

“但这里不是。男女一直住在一起,任何时候都能做爱,所以经常会意外怀孕。”

“我第一次来的时候你和我说过,你们的人有预防怀孕的技术。”

“对,物理屏障、膏药,还有口服避孕药。”

庞特望向玛利亚身后时,他们已经开到乔治亚湾了。“这些没用吗?”

“多数时候有用,但也不是所有人都在严格避孕,甚至那些不想要孩子的人也是。”

“为什么?”

玛利亚耸耸肩,“不方便? 太贵? 对于那些不用避孕药的人来说……呃,两人情到浓时,也不想停下来去采取那些避孕措施。”

“但孕育了一个生命后又抛弃他……”

“你看!”玛利亚说,“就算对你来说,这也是个道德问题。”

“当然了,正因为生命是有限的,所以才显得宝贵。”他们沉默了一会儿,然后庞特问:“你信仰的宗教对堕胎怎么看?”

“这是犯罪,是一种关乎人性命的错误。”

“啊,呃,那我想问,你们信仰的宗教是不是要求你们避孕?”

“不,”玛利亚说,“这也是一种罪。”

“这样啊……我觉得如果是你来形容,会用‘死脑筋’这个词。”

玛利亚耸耸肩,“上帝告诉我们要生养众多”

“所以你们的世界里才有那么多人? 就因为这是你们上帝的指令?”

“我觉得,从某种情况来看是这样。”

“但是……但是,对不起,我有点不理解。你和之前的男伴不是已经相处了许多个旬月吗?”

“科尔姆吗,是的。”

“我知道你没有孩子。”

“对。”

“但你和科尔姆肯定有过性生活,那你们为什么没有后代?”

“呃,唔,因为我采取了避孕措施,通过服用一种由人工雌激素和黄体酮组合的药物来防止怀孕。”

“这不是罪吗?”

“许多天主教徒都吃这个。对我们很多人来说,这事很矛盾。我们既想顺从上帝的旨意,但也有着切实的难处。你看,1968年时,整个西方世界都在追求性解放,但时任教皇保禄六世却颁布了一项法令。几年后我听父母谈论过这件事,记得连他们也感到惊讶。法令指出,每次性行为都必须对创造儿童持开放态度。说实话,多数天主教徒之前都觉得教会可能会放开生育方面的限制,而不是继续收紧。”玛利亚叹了口气,“对我来说,控制生育是有道理的。”

“这样看起来似乎的确比堕胎合理些,可如果你在不想怀孕的时候怀孕了。比如……”

玛利亚减速让另一辆车超过,“什么?”

“没什么,对不起,我们换个话题吧。”

但玛利亚知道他想问什么。“你是在想强奸的情形吧?”然后她耸耸肩,因为她自己也知道,谈论这件事实在不容易,“你想知道如果我因为强奸怀孕的话,教会会有什么回应?”

“我不是故意想让你回忆起那些不开心的事。”

“不,没事,毕竟堕胎这件事也是我提起的。”玛利亚深吸一口气,缓缓吐出,然后继续说,“如果我怀孕了,教会应该会要求我留下孩子,就算孩子是因为被强奸怀上的。”

“你会留下他吗?”

“我不会,”玛利亚说,“我会选择堕胎。”

“这样你不是又不遵守教会规则了吗?”

“我爱天主教教会,”玛利亚说,“成为天主教徒也很快乐,但我拒绝让他人控制我的良知。而且……”

“嗯?”

“现在的教皇年纪大了,身体也不太好,我觉得他在这个位置上坐不了太久。下一任教皇可能会放松规定。”

“原来如此。”

他们继续前行。轮下的高速公路已经离开了乔治亚湾,现在窗外两侧是露出地面的加拿大地盾和松树林。

过了一会儿,玛利亚问:“你想过未来吗?”

“我这些天什么都没想。”

“我是说我们的未来。”

“这我也没想过。”

“我——别不高兴,但我觉得我们至少应该聊一聊。等我从你们的世界回来的时候,你有没有可能和我一起回来?这种可能性你有想过吗?你懂我的意思吗,就是搬到我的世界定居。”

但庞特却问:“为什么?”

“因为我们在这里能一直待在一起,而不是每个月见四天。”

“这倒没错,”庞特说,“但……但是我在我的世界里有自己的生活。”他举起一只大手,又立刻补充道,“我知道,你在这里也有自己的生活,但我还有阿迪克。”

“有没有可能……我不知道……阿迪克有没有可能也搬过来住?”

庞特扬起相连的眉毛,挑过眉脊,“那阿迪克的女伴露特·芙拉多呢?她也应该和我们一起来吗?”

“这个嘛,她——”

“还有阿迪克的儿子迪布,等后年他也要搬过来和阿迪克,还有我一起住吗?当然,除了他之外,还有露特的女伴,还有她女伴的女伴,还有他们的孩子,还有我的小女儿梅嘎梅格。”

玛利亚叹了一口气,“我知道,我知道,这个想法不太符合实际,但是……”

“但是什么?”

她把一只手从方向盘上拿开,掐了一把他的大腿。

“因为我太爱你了,庞特,我不想每个月只能见你四天……”

“阿迪克也很爱露特,但他也只能见她四天。我很爱克拉斯特,但我也只能见她那么点儿时间。”他的脸上毫无表情,“这就是我们的生活方式。”

“我知道,我就是想想而已。”

“而且还有其他问题。你们的城市闻起来很可怕,我不知道自己长期生活下来能不能习惯。”

“我们可以住到郊外去,找个离城市远,没什么车,空气清新的地方。只要我们能在一起,住在哪里都无所谓。”

“我放不下自己的文化，也舍不得家庭。”

玛利亚叹了口气，“我知道。”

庞特眨了几下眼，“我在想……我能不能给你提个建议，这样你能开心点。”

“这不单是我的问题，”玛利亚说，“什么事能让你开心呢？”

“我？你每个合欢日都能在萨尔达克的城中我就很满足了。”

“每个月只有四天，这对你来说就够了？”

“玛，你得明白，比这更久的时间我根本想象不出来。没错，我们在你的世界里是一起相处了很久，但我在这里每每想到阿迪克，心里就隐隐作痛。”

庞特肯定从玛利亚脸上的表情看出来自己说了些不该说的话，“玛，对不起，但你不能嫉妒阿迪克。在我的世界里，人们都有两个伴侣，每种性别都有一个。所以你如果因为我和阿迪克的亲密关系而感到不满，这样不太合适。”

“不太合适？！”玛利亚突然拔高声音，随后深呼吸让自己平静下来，“不，你是对的。我理解，至少从理性上可以。现在我在努力从情感层面去接受它。”

“玛，不管怎么样，阿迪克都很喜欢你，他没别的想法，只是希望你快乐。”说完他顿了顿，“你也希望他这样，对吧？”

玛利亚什么都没说。座驾依然在飞驰，夕阳却已西下。

“玛，你也希望阿迪克快乐，对吗？”

“什么？噢，对啊，当然。”

第五章

“四十年前，我们的前总统约翰·肯尼迪曾在椭圆形办公室里说：‘现在是昂首迈进的时刻，是开创美国全新事业的时刻。[①]’当时的我还只是蒙哥马利市贫民区的一个孩子，但我现在还记得，这些话让我浑身战栗……”

玛利亚和庞特正好赶在晚上七点前驶入了鲁本·蒙塔戈家的车道。露易丝和鲁本开的都是福特探险者，他俩显然天生一对，玛利亚想到这个就笑了起来。不过露易丝的车是黑的，鲁本的则是酒红色。她停好车，和庞特一起朝大门走去。玛利亚经过露易丝的车，她本想顺带摸摸引擎盖，但转念一想，它肯定凉了。鲁本在萨德伯里郊外一处叫作莱弗利的小镇上有好几亩地。玛利亚很喜欢他的

① 这句话其实是来自1961年5月25日，时任美国总统约翰·肯尼迪在美国国会发表的演讲，并不是在白宫椭圆形办公室。

房子,双层,很大,装修也很有现代感。她按响门铃,过了一会儿,鲁本就出现了,露易丝就站在他身后。

"玛利亚!"他张开双臂给了她一个拥抱,"还有庞特!"说罢他松开玛利亚,也抱了抱他。

鲁本·蒙塔戈身材修长,三十五岁,肤色黝黑,剃了个光头。他穿了件运动服,胸前印着棒球队多伦多蓝鸟的队标。

"进来进来。"鲁本将他们从傍晚凉爽的屋外引至屋内。玛利亚脱掉鞋子,但庞特不用——因为他穿了尼安德特人的裤子,裤子底部向外展开,相当于自带了一双鞋。

"好一次隔离后的重聚!"庞特如此评价他们几个的重聚。庞特在刚来地球之后就病倒了,于是他们四个人按照加拿大卫生部的要求,在一起被隔离了四天。

"哥们儿,你说得没错。"鲁本赞同庞特的说法。玛利亚再次环顾四周,她很喜欢这个家的装修:它巧妙地融合了加勒比和加拿大两地的风格,到处都是嵌入式书架和深色的木材。鲁本虽有点儿邋遢,但他的前妻显然品位不凡。

玛利亚发现自己刚到这里,就立刻放松了下来。当然是因为这里不会伤害到她,她也正是在这里爱上了庞特。而且自己被关在这里的时间刚好是在被科尼利厄斯·拉斯金强奸的两天后,在外面的加拿大皇家骑警让她觉得很安全。这里成了她的避难所。

"在这个季节烤肉是有点晚了,不过我觉得我们还是可以试着做一顿。"

庞特一听,立刻相当热情地表态:“太好了,拜托了!”鲁本也笑了,“好,那我们开始烤吧。”

露易丝·贝努特是素食主义者,但不介意和那些喜欢吃肉的人一起用餐,这挺好的,因为庞特是真的喜欢吃肉。鲁本在烤架上放了三大块牛肉,露易丝则忙着做沙拉。鲁本还时不时从后院进来,和露易丝一起布置用餐环境。玛利亚看着他们在厨房里进进出出,一起忙活,还不时深情地爱抚对方。她和科尔姆刚结婚时也是这样,但之后就开始嫌对方碍眼了。

玛利亚和庞特主动提出帮忙,但鲁本说不需要。晚餐很快就上了桌,分量很足,于是四人坐下吃饭。这一切让玛利亚很惊讶,她认识这些人的时长不过三个月,但他们已经成了她生命中最重要的三个人。世界交错的时候,事情的变化总是很快。

玛利亚和鲁本用刀叉吃牛排,庞特则拿出随身携带的可回收手套戴上,抓住他那块大牛排,用牙把肉撕下来。

“这几个月真是太神奇了。”鲁本说,他或许和玛利亚想到一块儿去了,“对我们来说,都是这样。”

确实如此。庞特·博迪特进行量子计算实验,结果出了意外,他被传送到了这个世界。而在他原来生活的地球上,他的男伴阿迪克·胡德被指控谋杀并处理掉了他的尸体。之后,庞特的大女儿婕斯梅尔·凯特与阿迪克再次成功建立起了跨越两个世界的传送门,而且维持了足够的时间将庞特带回家,并趁着此行的机会成功为阿迪克洗刷了罪名。

回家后，庞特说服最高银须长老会让自己和阿迪克一起打开一个永久的传送门，结果很快就成功了。

与此同时，这个地球上的磁场也开始发生变化，显然是地磁反转的前奏。尼安德特人的地球刚刚经历过地磁反转，整个过程非常快，磁场崩溃是在二十五年前，而磁场的翻转和重建在那十五年后就已完成。

对被强奸仍心有余悸的玛利亚离开了约克大学，加入了乔克·克瑞格创立的协力集团。在和庞特一起回多伦多的途中，庞特认出了强奸玛利亚的犯人科尼利厄斯·拉斯金——他也强奸了约克大学的遗传系主任奎塞尔·伦图拉。

玛利亚回想起这一切，叹道："这几个月的确是惊心动魄。"然后微笑着看向鲁本和露易丝，他们的确是璧人一对，佳偶天成。庞特坐在玛利亚边上，要是他没戴那只带血的手套，她肯定就握着他的手了。但鲁本和露易丝就没这种困扰，鲁本捏捏露易丝的手，还朝她微笑着，爱意溢于言表。

四人聊得很开心，他们吃完主菜后，又吃了一些当甜点的什锦水果，最后三个智人喝了咖啡，庞特喝了可口可乐。玛利亚享受着在这里的每分每秒，但也有点儿忧伤，害怕这样同庞特与他们的朋友一起吃晚餐的机会以后会越来越少。庞特的文化在这里可行不通。

"哦对了，"鲁本突然想起一件事，他喝了口咖啡后说，"我有个劳伦森的朋友一直在骚扰我,想让我把你介绍给她认识。”玛利亚知道劳伦森大学,她在那里完成了对庞特DNA的研究,证明他是个尼安德特人。

庞特挑起他那条相连的眉毛,“哦?”

“她叫维罗妮卡·香农,是神经科学研究小组的博士后。”

庞特显然是希望鲁本能够再多说点,但对方却打住了,于是他用尼安德特人的语言来表达疑惑:“Ka?”

“不好意思,”鲁本说,“我还不太知道要怎么和你们说整件事。我觉得你们应该没听说过迈克尔·波辛格[①]吧?”

“我知道他,”露易丝说,“我在《周六夜》这本杂志上读到过相关的文章。”

鲁本点点头,“对,那本杂志有一期封面故事就是他,他也在《连线》《怀疑探查》《麦克林杂志》《科学美国人》和《发现》等杂志上发表过文章。”

“他是谁?”庞特问。

鲁本放下叉子,“波辛格最初逃了美国兵役。那时候真是个好日子,聪明人一直从另一边逃到这里来[②]。他在劳伦森大学工作的几年时间里发明了一个设备,可以通过对人脑进行电磁刺激,在受

---

① 迈克尔·波辛格(Michael Persinger,1945—2018),加拿大神经科学家,因为20世纪80年代的“上帝头盔实验”而出名。

② 波辛格逃避的是越战期间的兵役。美国在1975年之前一直实行义务兵役制度,时逢越战,大量美国青年逃亡到加拿大,并获得加拿大政府的无条件庇护。

试者身上诱发宗教体验。”

“哦，原来是那家伙。”玛利亚说完，翻了个白眼。

“听你的语气好像不怎么信他？”鲁本问。

“对，我是不太信，”玛利亚说，“他编的那堆鬼话。”

“但我倒试过一次，”鲁本说，“不是和波辛格一起，而是和我的朋友维罗妮卡。她在波辛格研究的基础上发明了第二代系统。”

“你看到上帝了？”玛利亚的话里有些嘲弄的意味。

“可以这么说。他们那里还真的有点儿东西。”他转头看向庞特，“壮汉，你接下来要去的就是这里，维罗妮卡想在你身上试试它。”

“为什么？”庞特问。

“为什么？”鲁本重复道，好像这个问题的答案很明显，“因为我们的学界普遍存在这么一种观点，就是你们从来没有发展出宗教。这不是说你们曾经有过，之后又实现了超越的情况；而是说，纵观你们整个发展史，就没有产生过上帝或来世这样的观念。”

庞特说：“这样的观念，你们是怎么说的？‘完全违背’了我们看到的事实。”他看了看玛利亚，“玛，对不起。我知道你信仰这些，但是……”

玛利亚点头表示理解，“但你不信。”

不过鲁本继续说：“这么说吧，波辛格的团队相信，他们已经在神经科学层面找到了智人拥有宗教信仰的原因，所以我的朋友维罗妮卡想试试看自己能不能在尼安德特人身上诱发宗教体验。如果她成功了,而你们没有宗教的概念,那就有些事要'解西'[①]了。不过她担心的是,这些技术在我们身上有用,可能在你们身上又会没效果,她觉得你们的大脑在某些基础结构层面和我们有区别。"

"这个猜想很有意思,"庞特回应道,"过程危险吗?"

鲁本摇摇头,"完全没有。而且我必须说明一点,大多数心理研究所面临的最大问题是,所有实验用的'小白鼠'都是心理学的本科生,而且都是自愿选择学习心理学的。我们对这些人的大脑了解很多,对普罗大众的大脑却了解得比较少,这样得出的结论可能不准确。我第一次见维罗妮卡是在去年,她找我介绍一些矿工来做测试对象,因为他们和她平时的实验对象完全不同。她会给矿工一些钱,不过英科公司希望我在矿工参与实验之前先检查一下整个实验流程以确保安全。我读了波辛格发表的文章,看了维罗妮卡做的改动,自己也参与了实验。她用的磁场强度比磁核共振要小得多,我现在也会经常向我的病人推荐这个实验,它绝对安全。"

"她也会给我一些钱吗?"庞特问。

鲁本听完都愣住了。

"嗐!人总得吃东西嘛。"庞特说,但他很快就装不下去了,咧嘴笑道,"不不,鲁本,你是对的,我的目的不是钱。"他看向玛利亚,"玛,我真正的目的是想通过这个实验去理解你关于宗教的那一面,

① 原文是splainin,出自二十世纪五十年代的美国情景喜剧《我爱露西》,剧中主角露西的丈夫是个古巴人,在说explain(解释)的时候会因为自身的口音读成splainin。本系列中的鲁本正好也有牙买加血统。

它是你生命中非常重要的一部分,但我发现自己理解不了。”

“如果你想多了解一些我的宗教,那就和我一起做弥撒。”玛利亚说。

“当然可以,”庞特说,“但我也想见见鲁本的这位朋友。”

“我们准备去你的世界了,”玛利亚听起来有点急躁,“合欢日快到了。”

庞特点点头。“对,你和我会珍惜它的每分每秒。”说完他看向鲁本,“你的朋友明天要给我们腾点时间,可以吗?”

“我现在就给她打电话,”鲁本说着就站了起来,“她肯定会全力配合你的。”

第六章

“约翰·肯尼迪曾说，现在是昂首迈进的时刻，他说得没错。而现在，这个时刻再度来临。意识的曙光在四万年前出现，而我们智人所拥有的最强大的力量，就是想要前往某处的渴望，想要踏上旅途的冲动，想要一览山那边的景色的理想，想要开疆拓土的希冀，此刻且让我借用肯尼迪总统那场演讲[①]四年后诞生的一句话——勇踏前人未至之境[②]……”

玛利亚和庞特一起在鲁本家的折叠沙发上过了一夜，翌日一早，他们就前往劳伦森大学那不太大的校园，找到门牌是C002B的

① 这里的演讲指的是约翰·肯尼迪于1962年在休斯顿莱斯大学发表的演讲，即著名的《我们选择登月》演讲。

② 这句话出自著名科幻影视剧《星际迷航》系列，作为该系列开场白而闻名。《星际迷航》首部电视剧于1966年首播。

房间，这是神经科学小型研究小组的几个实验室之一。

维罗妮卡·香农原来是个瘦瘦的白人姑娘，年近三十，一头红发。如果玛利亚没见过女尼安德特人，定会觉得维罗妮卡长了个大鼻子。

她穿着实验室的白大褂，握住庞特的手摇了摇，“博迪特博士，多谢你们跑一趟，实在太感谢了。”

他微笑道：“你可以叫我庞特，这是我的荣幸，我对你的实验很感兴趣。”

“还有玛利亚——我能这么叫你吗？见到你真是太好了！”她摇着玛利亚的手，“实在不好意思，之前你们在学校的时候我没空来见你们，我那时候回哈利法克斯[①]的家里过暑假了。”她说完，慌忙看向别处，感觉尴尬得说不下去了，最后说道，“你就像是我的英雄。”

玛利亚眨了眨眼，“我？”

“真正取得成功的加拿大女科学家并不多，但你做到了。在庞特出现之前，你就已经给加拿大女科学家争光了。说到你在古DNA领域所做的工作，一流！绝对一流！谁说加拿大女性不能在全球掀起风浪的？”

“唔，谢谢。”

“你一直都是我的榜样。你，还有朱莉·帕耶特[②]、罗伯塔·邦达

---

① 哈利法克斯是加拿大东部新斯科舍省的首府，邻近美国。

② 朱莉·帕耶特(Julie Payette，1963—)，首位进入国际空间站的加拿大人，也是加拿大历史上第二位女性航天员。

尔[1]……”

玛利亚从来没想过自己居然能被列入这样的名人堂——帕耶特和邦达尔都是著名的加拿大宇航员。但话又说回来,她已经先她们一步,去过了另一个世界……

“谢谢你,”玛利亚准备再次提醒她,“呃,但我们的时间真的不多……”

维罗妮卡的脸颊微微一红。“对不起,你说得对,我先来解释一下整个流程。我现在的项目以二十世纪九十年代迈克尔·波辛格在劳伦森大学开创的研究为基础,虽然整个实验的基本研究思路没有我的功劳,但科学不就是在复现前人实验的基础上展开的吗,我的工作就是验证他的发现。”

玛利亚环顾四周,里面是大学实验室里常见的景象:锃亮的新设备,磨损的旧设备,破烂的木家具。维罗妮卡继续说道:“波辛格的成功率约为百分之八十,我的设备是第二代,在他发明的设备上做了些改进,目前成功率是百分之九十四。”

玛利亚说:“开展这项研究的地方和连接两个世界的传送门距离那么近,真是有点巧合。”

但维罗妮卡摇摇头。“哦,玛利亚,那倒不是,这两件事还真没关系!我们选择这里的原因和你们一样,都是因为那颗在二十亿年前坠落在这里的小行星留下的镍矿。你看,波辛格最开始对不明飞行

① 罗伯塔·邦达尔(Roberta Bondar,1945—),加拿大历史上第一位女宇航员,于1992年1月搭乘美国宇航局的“发现号”航天飞机进入太空。

物的现象很感兴趣:为什么飞碟目击者最常见的名字是克利特和布巴[1],而且目击的地点都在荒郊野外。”

“这个嘛,还不是因为到处都能买到酒。”

维罗妮卡大笑不止,让玛利亚自己都觉得这个笑话没到那种程度。“这倒是真的,但波辛格还是决定从表面去看待这个问题。他和我都不相信飞碟的存在,不过真的有这么一种心理现象会让人觉得自己看到了飞碟,于是波辛格就在想,为什么这种情况会频繁在户外发生,尤其是一些偏远的地方。当然了,劳伦森大学做了很多矿业方面的研究,当波辛格开始寻找在野外目击不明飞行物的原因时,这里的矿业工程师给出了一个建议,就是试试看压电放电实验。”

庞特的机侣哈克在维罗妮卡说话时响了好几次,说明他有些词没理解,但庞特和玛利亚都没打断情绪高涨、正在滔滔不绝的维罗妮卡。不过她显然也知道庞特不知道“压电”这个词的意思,所以又主动解释了一遍:“压电是岩石晶体在变形或处于应力下所产生的电能。比如当一辆皮卡车行驶在郊外的岩石地面时,岩石就会产生压电放电的现象,而我所描述的场景正是典型的目击不明飞行物的场景。波辛格在实验室中成功地再现了这种电磁效应,基本能让任何人都觉得自己见到了外星人。”

“外星人?但你之前说的不是上帝吗?”

---

① 克利特(Clete)和布巴(Bubba),这两个名字在英语文化中属于刻板印象中乡下人常用的名字。

“差不多差不多,”维罗妮卡说,然后露出了一个灿烂的笑容,“都是一回事。”

“怎么说?”

维罗妮卡从书架上取下一本书,书名是《为什么上帝不会消失:信仰的生物学基础》。她说:“这本书的作者安德鲁·纽伯格和尤金·达奎利给八位正在冥想的佛教密宗僧人以及一群正在祷告的方济各会修女进行了脑部扫描。结果表明,大脑对应区域的活跃度增加了,不过顶叶的活动减少了。”她轻拍了一下自己脑袋的侧面,示意顶叶所在的位置,“大脑左半球的顶叶主要负责自身身体的形象认知,右半球的顶叶主要负责自身在三维空间中的定位。所以这两个部分一起,就能定义你身体所处的范围以及外部事物开始的范围。当顶叶稍加休息的时候,对应的感觉就是僧侣所说的那样,失去了自我认知,感觉与宇宙融为一体。”

玛利亚点头表示同意,“我在《时代》杂志上读过它的封面故事。”

维罗妮卡礼貌地摇摇头,“是《新闻周刊》。不管怎么样,他们的工作和波辛格以及我的工作相结合。他们发现,受试者产生宗教体验时,大脑负责给物体打标签的边缘系统就会活跃起来。你可以给一对父母看一百个婴儿的脸,但他们只会对自己的孩子产生深刻的反应,这是因为边缘系统将特定的视觉输入标记为重要。而在宗教体验中,由于边缘系统始终处于高度活跃的状态,因此整段经验都会被标记为‘极其重要’。”

“这就是为什么人们在描述自己的宗教体验时，听起来好像也平平无奇。就像我告诉你，我男朋友天下第一帅，然后你回答，噢，是哦。于是我打开钱包，把他的照片给你看，心里觉得你看过之后就信了，对吧？然后你就会继续说，嚯，是很帅。但我要是真给你看了，你其实也不会有什么反应。我的边缘系统已经把他的外貌标记为对我有特殊意义的存在，所以对我来说，他比别人更好看，但我没法通过文字或图片向你阐述，宗教体验也是如此。不管别人和你说再多自己体会到的感受，以及它对于自己生活起到的改变和对自己的重大意义，你都无法感同身受。”

庞特显然是在用心听。他时不时地皱起自己的大嘴，那道粗眉毛也挑过了相连的眉脊。末了他问：“你认为这个你们的人民有但我们没有的东西，也就是宗教，其实和你们的大脑功能有关？”

“没错！”维罗妮卡说，“这是顶叶和边缘系统相结合的成果。而那些阿尔茨海默病患者，尤其是一生虔诚信奉宗教的人，他们患上阿尔茨海默病后往往就会失去对宗教的兴趣，因为这种病会最先破坏边缘系统。”

她停了一下后继续说：“我们早就知道所谓的宗教体验其实和大脑分泌的化学物质有关。致幻类药物可以诱使大脑分泌它们，所以成了许多部族文化中仪式的基础，而且我们也早就知道边缘系统可能是引发这一现象的关键因素之一：有些边缘性癫痫患者会有极其深刻的宗教体验。比如陀思妥耶夫斯基就是一位癫痫患者，他在发病期间曾写下‘触碰上帝’这样的话。圣保罗、圣女贞德、阿维拉的圣泰瑞莎和马内利·瑞登堡等历史人物可能都是癫痫患者。”

庞特靠在一个文件柜的拐角上，正在下意识地左右扭动身子来挠背。“这些是人名吗？”他问。

维罗妮卡被他吓了一跳，然后点了点头，“但都去世了。他们都是历史上著名的宗教人士。”

玛利亚这时候同情起庞特来，给他解释了“癫痫”。庞特从没听说过这样的病，每次玛利亚想到癫痫基因是不是也被尼安德特人冷静地从基因库中清除了时，都会被吓得浑身一颤。

维罗妮卡继续说道：“但就算你不是癫痫患者，也能感受到这种体验。世界各地的宗教都发展出了仪祭之舞、唱诵等仪式。为什么？因为这样的仪式中存在的刻意行为、动作的重复，还有仪式性地移动身体，都能让边缘系统认为这些行为具有特殊意义。”

“这些听起来是挺不错的，”玛利亚说，“但——”

“但你肯定在想这和中国的茶叶价格又有什么关系，对吧？”

庞特看上去完全蒙住了，玛利亚微笑着解释道：“就是个比喻，意思是，这和当前话题有什么关系。”

维罗妮卡坦言道：“答案就是，我们现在对大脑创造宗教体验的过程有了足够的了解，可以在实验室中稳定复现这些体验……至少在智人身上可以，但我很想知道它在庞特身上行不行得通。”

“我现在的好奇心虽然还没到不知死活的地步，但最好还是能让它消退些。”庞特笑道。

维罗妮卡又看了眼她的手表，皱起眉，“但我带的研究生还没到，而且这个设备又很精细，每天都要重新校准。我觉得你可能不想……”

玛利亚只觉浑身僵硬，“你要我做什么……？”

“试第一次，我先得知道设备能不能正常工作，然后再在庞特身上做实验，从而得出有意义的结论。”说完她举起一只手，好像早就料到了别人反对的态度，“用这台新设备，试一次只要五分钟。”

玛利亚觉得自己的心狂跳不止。她不想用科学方法去调查这件事。已故的著名古生物学家斯蒂芬·杰·古尔德用一种音乐术语般的词汇描述科学和宗教的关系，叫作“非重叠的领域”。每个领域都有相应的意义，但彼此之间并无关联。“我真的不敢确定——”

“喔，别担心，它不危险！用来进行经颅磁刺激的磁场只有一个微特斯拉磁场，以逆时针方向围绕颞叶旋转。而且几乎所有人，或者说所有智人，在试过这种方法后都有了一种神秘的体验。”

“那……那是种什么感觉？”玛利亚问。

维罗妮卡对庞特说了句不好意思，然后把玛利亚从他身边拉开，以免尼安德特人听到她们的对话。“受试者一般会感到身后或者附近站着一个生命体，”维罗妮卡说，“但现在看来，这种经验很大程度上和受试者先入为主的观念有关。如果受试者是不明飞行物的狂热粉，那他感觉到的就是外星人；如果受试者是浸信会的教徒，那她可能会说她见到了耶稣本人；如果受试者最近有亲友离世，那就可能会见到离世的人；还有些人说他们感到自己被天使或者上帝触摸过。当然了，这些经验是完全受控的，测试对象清楚自己是在实验室里,不过你想象一下,如果这种体验发生在深夜,或者发生在你坐在基督教堂、清真寺或者犹太教教堂里的时候,真的会被惊到。”

“我真的不想……”

“求你了,”维罗妮卡说,“我不知道下次再碰到尼安德特人要等到什么时候了,而且要想测试,就必须先校准设备。”

玛利亚深吸一口气。鲁本也证明,这个过程是安全的,她当然也不想让这个对自己评价那么高,而且满怀渴望的年轻女人失望。

“玛利亚,求你了。”维罗妮卡说,“如果我对结果的判断是对的,那对我来说就是前进的一大步。”

加拿大女性的影响力席卷全球,这让她怎么拒绝啊?

“好吧,”玛利亚勉勉强强地同意了,“我们开始吧。”

第七章

“而我们的力量，也是我们闯荡世界的渴望，是好奇心，是探索欲，是上下求索，是鸿鹄之志……”

“你还好吗？”玛利亚耳边的扬声器里传来了维罗妮卡·香农的声音，“舒服吗？”

“我没事。”玛利亚对着别在衬衫上的小型麦克风说。她在一个昏暗的房间里，坐在一张软垫椅子上。房间大概只够放下一个洗手池和马桶。她在关灯前看到了墙面，上面贴着一层灰色的三角形海绵，大概是用来消音的。

维罗妮卡点点头，“好了，这个实验不会让你受伤的，只要你想让我关闭设备，就立刻告诉我。”

玛利亚头戴一个黄色的设备，样子好似摩托车头盔，两侧的电磁线圈直接贴着她的太阳穴。头盔上接出了一把电线,与靠墙的一个设备架相连。

维罗妮卡说:“好了,我们开始吧。”

玛利亚本以为自己会听见一阵嗡嗡声,或者觉得耳朵之间痒痒的,但什么都没有,只有黑暗与沉默,接着——

她突然觉得后背一紧,双肩紧耸起来。房间里有人,有人和她待在一起。她看不见他,但能感到他的眼睛直勾勾地盯着自己的后脑勺。

玛利亚现在只觉得这一切都太荒谬了。这肯定是暗示的力量,如果维罗妮卡没有事先对玛利亚说那些话,那她肯定什么都感受不到。我的天,现在真是什么项目都能拿到研究经费了吗?只要能博眼球就行。这就是个哗众取宠的把戏,而且——

她突然知道和自己在一起的人是谁了——那个和她一起在房间里的人。

不是男性,而是女性。

是玛利亚。

不是玛利亚·沃恩,而是玛利亚。

圣母玛利亚。

上帝的母亲。

她看不见她,看不见什么实体。那只是一团明亮的光影,正在她面前移动,但光一点也不刺眼。她能肯定这团光代表的是谁:纯洁、静谧、温柔的智慧。她闭上眼,但光并没有消失。

玛利亚。

玛利亚·沃恩与她同名,而——

而玛利亚·沃恩心中科学家的那部分占据了上风。当然了,她是见到玛利亚了。如果他是一个名叫赫苏斯[①]的墨西哥人,那他就会以为自己看到了耶稣;如果她叫特蕾莎,那她就会以为自己见到的肯定就是特蕾莎修女。而且她和庞特昨天还讨论过圣母玛利亚,所以——

不对。

不对,不是这样。

她的大脑对她说什么并不重要。

她的大脑知道,这团光是别的东西。

她的灵魂知道答案。

它就是玛利亚——耶稣之母。

对啊,为什么不可能?玛利亚·沃恩心想。就因为她在这儿、在大学里、在实验室里、在受试的房间里,这就不可能了吗?地理位置又不代表什么。

玛利亚的内心有一部分对这种现代奇迹有所怀疑,但如果奇迹真的发生了,怎么说呢,圣母玛利亚完全可能出现在任何地方。

毕竟,她可能降临到葡萄牙的法蒂玛[②]。

---

① 耶稣(Jesus)在西班牙语中的发音。

② 指1917年葡萄牙小镇法蒂玛出现的圣母显灵事件。

也可能降临到法国的卢尔德村[①],或者墨西哥的瓜达卢佩[②]。

还有越南的罗荣[③]。

那安大略省的萨德伯里市为什么就不行了?

为什么不能降临在劳伦森大学的校园里?

而且,为什么不能和她说话?

不,不,在圣母面前,我们需要谦逊。谦逊,以她为榜样。

但是……

但话说回来,圣母玛利亚有没有可能拜访玛利亚·沃恩呢?玛利亚·沃恩即将前往另一个世界,一个不了解圣父的世界,一个不知道圣子的世界,一个从未被圣灵触动过的世界。拿撒勒的玛利亚肯定会对前往那个世界的人有兴趣的。

那团纯粹、简单的物质开始向她左侧移动,不是行走,而是移动——飘浮着,从未触碰过泥土。

不,不,这里没有泥土。她在一幢大楼的地下室里,脚下并非泥土。

她在实验室!

经颅磁刺激正在影响她的思维。

---

① 指1858年法国卢尔德村出现的圣母显灵事件,被称为圣母的十八次现身。

② 指1531年在墨西哥瓜达卢佩出现的圣母显灵事件,印第安人胡安·迭戈看到了圣母玛利亚的幻象,并在那里修建了一座教堂。

③ 指1698年越南罗荣村出现的圣母显灵事件,越南政府于此地建立了罗荣圣母圣殿。

玛利亚又闭上眼睛，这次紧紧地闭着，但没有变化。那团物质仍然存在，还是可以察觉到。

这个美妙、绝伦的存在……

玛利亚·沃恩刚准备张嘴与圣母对话，然后——

然后她突然就消失了。

但玛利亚依然觉得欢欣鼓舞，她觉得自己从坚振[①]后的首次圣餐起，就再也没有过这样的感觉了，那是她此生唯一一次真正感到基督的精神降临到她身上。

“怎么样？”一个女声问。

玛利亚没有理会她，这个刺耳的、不受欢迎的声音闯入了她的幻想乡。它消散了，但她还是想好好沉浸在这个瞬间里，牢牢抓住这一刻……它就像一场幻梦，她想趁它完全消失前，努力把它存入意识里……

“玛，”另一个声音响了起来，更加低沉，“你还好吗？”

她认出了这个声音，这个她一度渴望能再次听见的声音，但现在，只要还能延长这种体验，她就什么都不想回应，只想保持沉默。

但这个瞬间正在迅速消逝。几秒后，通往会议室的门开了，光线——荧光灯，刺眼的人造光——从外面洒了进来。维罗妮卡·香农进来了，庞特跟在她后面。年轻的女人替玛利亚摘下头盔。

庞特凑到她跟前，用粗短的拇指擦了擦玛利亚的脸颊，然后移

---

① 是天主教的七件圣事之一，在北美一般会在信徒十几岁的年纪举行这一仪式。

开手指,给她看自己被沾湿的拇指。“你还好吗?”他又关切地问道。

玛利亚现在才发现自己正在流泪。“我挺好的。”她说,然后她发现,“挺好”这个词根本不能表达她现在的感觉,于是她又补充道:“太棒了。”

“那眼泪……?”庞特问,“你……是不是感受到了什么?”

玛利亚点点头。

于是庞特追问:“是什么?”

玛利亚深吸一口气,看着维罗妮卡。她虽然很喜欢这位年轻的女士,但并不想和这位实用主义者兼无神论者分享刚刚发生的事,因为她只会简单地把它当作顶叶活动受到抑制的结果。

“我……”玛利亚刚开了个头,就把后面的话咽了下去,重新说道,“维罗妮卡,你的设备实在是太棒了。”

维罗妮卡咧嘴一笑,“是吧?”然后她看向庞特,“准备试试吗?”

“当然,”他说,“如果我能深入了解玛利亚的感觉……”

维罗妮卡把头盔递给庞特后,立刻就发现了问题:头盔本来是为标准的智人头颅设计的,前额高,且到后脑勺的距离较短;眉脊很平,就算隆起也可以忽略不计;而且还有个不用强调太多的点,那就是它的体积比较小。

于是维罗妮卡说:“看着可能会有点紧。”

不过庞特回答:“我先试试。”他接过那东西,翻了个个,看了看里面,像是在估算它的大小。

“你要谨小慎微一点,这样脑袋也会小些。”庞特的机侣哈克通过外部扬声器说道。这话引得庞特皱起眉,瞪着他的左前臂,但玛利亚却被逗笑了。这种关于自负[①]的想法显然能够跨越物种的界限。

庞特看了半天,决定转过头盔,让它正面朝前,戴在脑袋上,整个过程他都咬着牙,看来的确是很紧,不过里面是柔软的衬里。庞特最后用力一塞,成功地把里面的海绵压紧,腾出了足够的空间来容纳他的枕骨后突。

维罗妮卡站在庞特面前,像眼镜店的店员给顾客试眼镜一样端详着他,然后稍微调整了一下头盔的方向,最后说:"好了,我再把之前和玛利亚说过的话和你说一遍。这个实验不会伤害到你,但如果你想让我早点结束,就和我说。"

庞特准备点点头,结果刚动就皱起眉。头盔后侧被他后脖颈健壮的肌肉给卡住了。

维罗妮卡转向墙边放满仪器的架子,看着示波器的显示屏皱起眉,调整了一下下面的旋钮。"有干扰。"她说。

庞特起初有点摸不着头脑,然后他突然明白了,"啊,我的耳蜗植入体,它能让我的机侣在必要时安静地和我交流。"

"能把它关掉吗?"

"可以。"庞特回答,然后翻开机侣的控制面板,露出了控制钮,稍微调整了一下。

---

① 此处原文是bigheadedness,直译是大头,也指自负的想法。是哈克玩了一个双关,谦虚一些头就能小一些。

维罗妮卡点点头。“现在好了,干扰消失了。”她看着庞特,鼓励地朝他笑笑,“好了庞特,请坐。”

玛利亚腾出位置,换庞特坐在软垫椅上,他用宽厚的背对着她。

维罗妮卡离开实验室,示意玛利亚跟上。房间有扇巨大的金属门,维罗妮卡费了老大劲才把它关上。玛利亚注意到有人在门上贴了个标签,上面写着“维罗妮卡的壁橱”。门一关上,维罗妮卡就走到电脑前,开始移动光标,点击各种按键。玛利亚看入了迷,过了一会儿问:“设置好了? 他在经历什么?”

维罗妮卡微微地耸耸她的窄肩。“除非他亲自开口说,不然我们没法儿知道。”然后,她指了指连在电脑上的扬声器,“他开着麦克风呢。”

玛利亚看向实验室紧闭的房门。她一方面希望庞特能够体验她所体验过的一切,就算他觉得这是幻觉也无所谓(他肯定会这么觉得),至少他能体验到她在那里体验到的感受,以及在智人历史上感受到圣迹显灵的人们所体验过的感觉。

当然了,他也许正在经历某种这个世界上的人从未有过的体验。有意思的是,她和庞特谈过许多事,但不知怎么地,他相信世界上从来没有外星人。也许对庞特和尼安德特人来说,在其他世界里有生命这个概念和上帝这个概念一样荒诞。至少在玛利亚的世界里完全没有存在外星生命的可靠证据。所以庞特的同胞们会说,相信这样的存在是另一种荒诞的信仰飞跃……

玛利亚继续盯着那扇紧闭的门。宗教当然不只是一种神经元层面的把戏,也不只是一种微电流所带来的幻觉。它当然是——

“好了,”维罗妮卡说,“我现在把机器关了。”她走向铁门,把门打开,“你现在可以出来了。”

庞特做的第一件事就是摘下紧紧戴在头上的头盔。他把两只大手举到脑袋两侧,用力往上一推,摘下这个设备,再把头盔递给维罗尼卡,接着就是揉揉自己的眉脊,像是在试图恢复血液流通。

“怎么样?”玛利亚问,她已经等不及了。

庞特打开哈克的面板,调整了一些旋钮,估计是想重启他的耳蜗植入体。

“怎么样?”玛利亚又问了一遍。

庞特摇摇头,有那么一瞬,玛利亚希望他只是仍在试图恢复血液循环,但他却回答:“什么都没有。”

她也没料到,这个答案会让自己如此失望。

“什么都没有?”维罗妮卡重复了一遍这个回答,好像听了后觉得很高兴,“你确定吗?”

庞特点点头。

“没有视觉现象吗?”维罗妮卡追问,“没觉得房间里有什么东西和你在一起? 没有被人盯着看的感觉?”

“没有,只有我,还有我的思绪。”

“你那时候在想什么?”玛利亚问,毕竟庞特有可能并没有意识到自己正在体验宗教带来的感受。

“我在想午餐,”庞特说,“想知道我们接下来会吃什么,还有天气,现在离冬天还有多久。”他看着玛利亚,肯定看到了她脸上失望的神情,于是立刻补充道,“噢,还有你!我当然也想到了你。”但他这么说肯定是为了减轻她的痛苦。

玛利亚浅笑一下,移开目光。这只是在某位尼安德特人身上做的某次实验,其结果当然说明不了什么,但是……

但是她,身为一名智人,刚刚感受到了一段绚烂且超乎想象的经历;而他,一名尼安德特人,刚刚感受到的却是……

答案呼之欲出,但这个事实让她很难过。

庞特·博迪特感受到的,并不是什么神圣的事。

第八章

“这种探索精神让我们古老的祖先踏遍了旧世界……”

维罗妮卡·香农在实验室里踱着步，玛利亚则坐在办公室的椅子上，这样的椅子办公室里有两把。庞特发现椅子两侧的金属扶手之间的距离太窄，不适合他的体型，于是把背靠在维罗妮卡那张异常整洁的桌边。

“庞特，你懂心理学吗？”维罗妮卡问，双手在她窄小的脊背后紧紧握拳。

“懂一点，”庞特说，“我在学院学习计算机科学的时候学过一些。这门课是我学人工智能的时候——你们是怎么说的来着？必须学的东西？”

“是必修课。”玛利亚补充道。

维罗妮卡说:“每个大一新生都会在他们的心理学课程中学习到斯金纳的理论。”

玛利亚点点头,她就上过一门心理学导论,“行为主义,对吧?”

“对,”维罗妮卡说,“还有操作性条件反射和赏罚机制。”

庞特明白过来,“就像驯狗一样。”

“没错。”维罗妮卡说,然后她停下脚步,“玛利亚,现在我要请你帮个忙,一句话都不要说。我想在没有你影响的情况下听听庞特对我问题的回答。”

玛利亚点点头。

“好了,庞特,你还记得你学过的心理学知识吗?”

“不太记得了。”

这个红头发的年轻女人看上去有点失望。

“但我记得,”哈克透过它的外部扬声器用数码合成的男性声音说道,“或者更准确地说,我的内存里有那门心理学课程的教科书。当庞特回答不上问题、变得像个傻子的时候,它就能帮我给庞特提建议。”

庞特不好意思地咧嘴笑笑。

“太好了,”维罗妮卡说,“好,那我问你:如果想要塑造一个人的行为,最好的方法是什么?那一行为不是你想消灭的,而是想要加强的。”

“奖励。”哈克答道。

“没错,奖励!又是什么样的奖励呢?”

“连续的。”

维罗妮卡看起来像是发现了一件非常重要的事。“连续的。”她不断重复道，好像这是揭开一切的关键，“你确定吗？你完全确定吗？”

“确定。”哈克说，它听起来很困惑。

“这一手段不适用于这里，”维罗妮卡说，“连续的奖励并不是塑造行为的最佳方式。”

玛利亚皱起眉。她之前肯定知道正确答案，但过了这么多年，她早就想不起来了。幸运的是，庞特主动问出了维罗妮卡正在等待的问题：“那对你们来说，什么才是塑造某种行为模式的最佳方案？”

维罗妮卡得意扬扬地揭示了答案：“间歇式奖励。”

庞特听完就皱起了眉，“你是说如果对方的行为和你的预期相符，你反而有些时候给对方奖励，有些时候又不给？”

“对！”维罗妮卡说，“非常准确！”

“但这一点也不合理啊。”

“当然不合理，”维罗妮卡同意他的看法，咧嘴笑了起来，“这就是智人心理学中最奇怪的地方了，但绝对是真的，有个典型的例子就是赌博。如果我们总是赢钱，那就没意思了。但如果我们只是偶尔赢几次，那就让人上瘾。再打个比方，这就像是孩子哭闹着求父母：‘给我买这个玩具吧！’‘我要晚点睡！’‘带我去商场！’父母最讨厌孩子这样，但孩子们总是忍不住这样做，这并不是因为这种方法总是能成功，而是因为偶尔可以。我们正是因为它的不可预测性才无法抗拒。”

“太疯狂了!”

“在这里并不,”维罗妮卡答道,“根据定义来说不是:大多数人的行为从来都不会是疯狂的。”

“但……但如果没有可预见的结果,肯定会让人很恼火啊。”

“你是这么觉得,”维罗妮卡温和地表示同意,“但我再强调一次,我们不这么想。”

玛利亚发现自己听得入了神,“维罗妮卡,你肯定发现了什么。和我说说?”

“我们神经科学研究小组在这里做的一切都是在为典型的宗教体验提供科学解释。许多信徒从来没有过宗教体验,但还是对自己的信仰笃信不疑。这是我们工作中的漏洞,是在对‘智人为什么会相信上帝’这个问题的完整解释中缺失的一块拼图。但这就是答案,你看出来了吗?这就是心理学的强化作用,这也是我们大脑的运作方式,它让我们更容易相信上帝。如果真的有上帝,那么理性的物种会希望他做出一些理性的、可预测的行为,但我们并没有从上帝身上获得这些。上帝有时好像会保护一些人,而其他时候,又会放任修女掉入大开的电梯井里。这些事的背后没有什么逻辑,所以我们说——”

玛利亚点点头,替维罗妮卡把话说完:“所以我们才说,上帝的行事方式很神秘——”

“没错!”维罗妮卡欢呼道,“祈祷也不是一直灵验的,但人们还是会继续祈祷。不过庞特他们可不会这么想。”她转向尼安德特人，“对吧?”

“对，”庞特说，“这不是我们的行为方式，不用哈克告诉我也知道。如果预测不了结果，或者找不到规律，那我们就会觉得这种行为毫无意义，并放弃它。”

“但我们不会。”维罗妮卡搓着手兴奋地说。玛利亚能在她脸上看到一种“《科学》期刊封面，老娘来也!”的表情，自己几年前成功从德国的尼安德特人模式样本上提取出DNA样本的时候也是这样。维罗妮卡对庞特笑笑，然后看向玛利亚，“就算没有模式，我们也会说服自己这事背后有某种逻辑。所以我们不单是在编造关于上帝的故事，更是对此笃信不疑。”

玛利亚已经暂时隐去了身上宗教性的一面，好让身上科学性的一面完全发挥出来，“维罗妮卡，你确定吗?因为如果你——”

“我确定，当然确定。有个著名的实验——我回头把引用论文发你邮箱里——内容是让两组人一起在方格棋盘上玩游戏，但不告诉他们规则。他们只知道下妙棋会得分，下臭棋会扣分。其中一组受试者得分的规则是:在棋盘右下角，相邻的两枚棋子间隔一个方块就能得一分。

“下过几轮后，受试者很快就摸清了规则，此后每次都能获胜。但第二组受试者得分的规则是随机的，是否得分和怎么下没关系。但他们也总结出了一套自认为正确的游戏规则，而且相信如果遵守了这些规则，那结果可能会更好点儿。”

“真有这种人?换我就对这个游戏失去兴趣了。”庞特说。

“你肯定会,”维罗妮卡笑得很灿烂,“但我们会觉得这样很吸引人。”

“或者很让人来气。”玛利亚说。

“来气!对!说明它会困扰我们——因为我们无法接受运行的事物背后没有潜在的逻辑。”

维罗妮卡看向庞特,“我们能再做一个小实验吗?玛利亚,如果你不介意的话,请还是和上次一样别说话。庞特,你知道我说的抛硬币是什么意思吗?”

庞特不知道,所以维罗妮卡从实验室大褂的兜里掏出一枚一元硬币,给庞特演示了一下。庞特点头表示理解,然后这个瘦瘦的红发女人继续说:“那如果我抛这枚硬币二十次,而且这二十次碰巧都是正面,那第二十一次是正面或是反面的概率有多大?”

庞特没有犹豫,“各半。”

“没错!或者用我们的方式来说,就是五五开,对吧?正反可能性相同。”

庞特点点头。

“玛利亚,现在我要问你了,你肯定知道庞特说得对。如果硬币两面是平衡的,那么第二十一次的结果和之前抛硬币出现了多少次正面朝上的情况没关系。下一次抛硬币显示正面的概率总是百分之五十。但我问心理学的大一学生,他们中的大多数人都觉得下次还是正面的概率非常非常小。从某种基础的层面来看,我们的大脑中存在着一套模式,会给随机事件赋予意义或动机。这就是为什么那些从未经历过这些事情的人,比如说玛利亚,也能在随机的可能性中看见上帝的存在。”

第九章

“这种探索精神让我们跋涉千里，横跨在冰河时期连接着西伯利亚和阿拉斯加的白令陆桥……”

玛利亚想在去传送门之前瞄一眼劳伦森大学的书店。她忘记从列文治山的家里带书过来了，而在尼安德特人的宇宙里肯定找不到任何她能读的读物。

不过真正的原因，是玛利亚想单独待上一段时间，试着消化维罗妮卡·香农实验室里发生的事。所以她向庞特和维罗妮卡暂别后，便前往“保龄球道”，那是一条狭长的走廊，两侧是玻璃墙，连通着劳伦森大学的教学楼和大厅。有个漂亮的年轻黑人姑娘向她走来，玛利亚是个脸盲，不过这次对方脸上的表情像是见到了熟人，可随后，差不多是瞬间，那个表情就消失了。

自从玛利亚在八月初证实那位现身于萨德伯里中微子观测站的男子是尼安德特人之后，她就在媒体上频频露面，这样的情况她多少已经有些习惯了。她继续往前走，然后突然想了起来——

这个黑人女孩已经走到她身后了，玛利亚转身喊道："凯莎！"

凯莎转过身，然后微笑。"玛利亚，你好。"她说。

"我差点都认不出你了。"玛利亚回答。

凯莎看起来有点不好意思。"我认出来了，"她放低声音，"但我们不应该主动和那些在中心见过的人打招呼，除非他们先认出我们来。这是隐私保护的一部分……"

玛利亚点点头。"中心"指的是劳伦森大学强奸危机中心。约克大学的那件事发生后，玛利亚去那里做了咨询。

"玛利亚，你最近还好吗？"凯莎问她。

远处有一个Tims咖啡的小店。"你有空吗？"玛利亚问，"我想请你喝杯咖啡。"

凯莎看了看表，"当然可以，喔对了，或者……你想上楼坐坐吗？你知道，就是去中心坐坐。"

但玛利亚摇摇头，"不不，不用这么麻烦。"不过，在走向十几米远咖啡店的过程中，她还是一言不发，思考着凯莎的问题：自己最近还好吗？

没几家店能像Tims咖啡那样，能让玛利亚喝到她最爱的咖啡特调。她最喜欢在咖啡里加巧克力牛奶，而这里经常会有开了包装的盒装巧克力牛奶和纯牛奶。她和店员说了下，就得到了她想要的东西。凯莎则要了一杯苹果汁,玛利亚替她把账结了。店里有两张小桌与走廊的玻璃墙齐平,她们挑了一张坐下,但人们大多数时候还是在这里买了咖啡带走喝。

“我很想和你说声谢谢。”玛利亚说道,“在那个时候,你对我很好……”

凯莎有个鼻钉,上面嵌着枚小宝石。她听了玛利亚的话,低下头,宝石映着阳光,熠熠闪烁,“我们在那里就是提供帮助的。”

玛利亚点点头。“你之前问我最近过得如何,”她说,“我想说,自己的人生里又出现了一位男性。”

凯莎微笑起来。“庞特·博迪特,”她说,“这些我在《人物》杂志上全都看过了。”

玛利亚只觉心跳加速,“《人物》杂志刊登了关于我们的文章?”

那个年轻的姑娘点点头,“上周那期。你和庞特在联合国的合影拍得很好。”

天啊。玛利亚想,“嗯,他对我很好。”

“他会接受邀请,给《花花女郎》杂志当一次模特吗?”

玛利亚笑了起来。她差点就忘记这茬儿了,这个邀请还是庞特刚来,和大家一起隔离时提出的。她笑起来的一部分原因是她想在那些头脑简单的漂亮姑娘面前好好炫耀一番她男人的体格,她在高中的时候忍她们很久了,因为她们那时候都在和美式橄榄球运动员们约会,而那些运动员的体格和庞特一比就显得弱多了。还有一部分原因是她在幻想科尔姆肯定会因为按捺不住好奇心而站在报摊面前,想究竟有什么是这个尼安德特人才有而自己却没的……

“我不知道,”玛利亚说,“庞特收到邀请的时候哈哈大笑,但之后就再也没提过。”

“好吧,如果他真的去拍了,”凯莎面带微笑地说道,“那我想要一份签名版的杂志。”

“没问题。”玛利亚说。随后,她意识到自己的回答出自真心。她永远不会忘记自己被强奸的事,凯莎或许也是如此,但现在她们能够开玩笑地讨论一个脱光衣服的男人,说着让他摆出各种姿势来让女性欣赏,说明她们都已经走过了漫长的道路。

“你前头问我最近过得如何?”玛利亚说罢顿了顿,然后笑着说,“好多了,”她够过来,拍了拍凯莎的手,“越来越好了。”

她们喝完东西后,玛利亚匆匆前往书店,飞快地买下四本平装书,然后赶回C002B房间去接庞特。他们走到一楼,然后离开,前往停车场。今天是秋高气爽的一天,在这处多伦多北部四百公里的地方,大多数树叶都变了色。

这时候,庞特突然大叫起来:“Da!”随后哈克通过外部扬声器给出了翻译:“我惊了!”

“怎么了?”玛利亚问。

庞特指着某个地方问:“那是什么?”

玛利亚向前看去,想要弄清是什么吸引了庞特的注意力,随后忍不住大笑起来:“那是只狗!”

“我家的巴伯也是狗!”庞特说,“我在这里也见过其他类似狗的生物,但是这个!它和我之前见过的任何生物都不一样。”狗和它的主人向他们走来,庞特弯下腰,双手放在膝盖上,检查着这个小动物,一名漂亮的年轻白人女性牵着它身上的狗绳。

“它看起来就和香肠一样!”庞特说。

“这是一只腊肠犬。”女人说,她的声音听起来很生气,不过玛利亚倒是觉得她表现得不错,她肯定知道自己面对的是个尼安德特人,能这样已经很了不起了。

但庞特又开口了:“这是——不好意思,这是生理缺陷吗?”

这个女人听起来好像更加生气了,“不是,它本来就长这样。”

“但你看它的脚!它的耳朵!还有它的身子!”庞特站起来,摇摇头,“狗是猎手。”他煞有介事地宣布,好像面前的这只动物冒犯了公序良俗。

“腊肠犬可以捕猎!”那个年轻女人厉声反驳道,“在德国,它们被用来猎杀獾,‘dachs’[①]在德语中就是‘獾’的意思,你懂吗?它们细长的身形可以让它们跟獾一起钻入洞穴。”

“噢,”庞特连忙道歉,“啊,呃,对不起。”

女人看起来好像平和了一些,然后轻蔑地哼了一声:“贵宾犬才是那种看起来很笨的狗。”

随着时间的推移,科尼利厄斯·拉斯金不得不承认自己的感觉

① 腊肠犬的英文名是Dachshund,别名猎獾犬。

有了变化，比他想象的要快很多。他坐在贫民窟的顶层公寓里，往谷歌中输入关键词。他偶然发现阉割的医学术语是“睾丸切除术”后，搜索结果的准确率大大提升，接着他精确地从搜索结果中剔除了和“狗”“猫”，还有“马”相关的结果。

他很快就在普利茅斯大学的网站上找到了一张表，标题是《阉割与睾酮替代疗法对雄性性行为的影响》。数据显示，实验小白鼠被阉割后，这类行为的频率立刻大幅下降——

但科尼利厄斯是人，不是动物！而且适用于啮齿动物的那套并不适用——

他滚动鼠标滚轮，继续往下看，发现了一项由海姆和胡希开展的研究。研究结论是：“超过半数被阉割的强奸犯很快就不再表现出性行为——该结论与小白鼠实验的结果类似。”

当然了，当他还在读本科的时候，强奸在女权主义的话语体系下是一种暴力犯罪而非性犯罪。但其实不是这样。科尼利厄斯对这个话题有过短暂的兴趣，桑希尔和帕尔默合著的《强奸的自然史：性胁迫的生物学基础》在2000年刚出版时他就读过了。作者基于进化心理学，认为强奸其实是一种生殖策略—— 一种性行为的策略，为的就是让那些……

科尼利厄斯讨厌把自己想象成这种货色，但他自己也清楚，事实就是这样：这一行为能让那些缺乏能力和地位，以至于无法通过正常情况繁育后代的雄性留种。他自己遭受了不公平的对待，所以在学术界失去了自己从未得到、以后也不可能获得的地位，这和动物界的情况没什么两样。

他还是很厌恶这些阻碍他发展的政策。他在古代DNA方面的资历比玛利亚·沃恩要深得多。老天爷啊,自己之前可是一直在牛津大学的古代生物分子中心工作啊!

这不公平,很不公平,非常不公平——就像那个"奴隶赔偿制度",那些从来没做过错事的人要为那些早已去世的祖先犯下的错做出巨额赔偿。为什么过去几代人累积下来的性别歧视雇佣政策要让科尼利厄斯担责?

多年来,他对此一直感到怒不可遏。但现在……

现在……

现在,他只是觉得生气,这从他记事起还是第一次。他好像能控制住这种愤怒了。

他之所以不像之前那样暴跳如雷的原因不言自明,但还有什么别的原因吗?毕竟现在离他的卵蛋被庞特切下来的时间也没过多久,自己的感觉变得那么快真的合理吗?

答案显然是肯定的。他继续在网上搜索,在《圣路易斯-奥比斯波新时报》[①]上发现了一篇文章。那是一篇对布鲁斯·克罗特费尔特的采访,他曾因猥亵儿童坐了二十年牢,之后接受了手术阉割。"这简直是一个奇迹,"克罗特费尔特说,"第二天早上,我就发现自己不再做那些可怕的淫梦了,这么多年来还是头一次。"

---

①《圣路易斯-奥比斯波新时报》(*New Times in San Louis Obispo*),一份美国加利福尼亚州圣路易斯-奥比斯波地区的地方性报纸。

第二天早上……

我的天，睾酮的半衰期是多久？科尼利厄斯敲下几个按键，点了几下鼠标，就得到了答案：一个网站说“血液中游离睾酮的半衰期只有几分钟”，另一个网站则说是十分钟。

他继续探索，来到了雅虎地球村[1]的一个网页上，里面提到了一个生理性别为男性的人，他在接受了阉割手术之后的几年里没有接受激素治疗。他写道：“接受阉割手术四天后……等待交通信号灯或者遇上生活中的一些其他烦人的小事，好像也没那么烦了……

“我在接受阉割手术六天后就回去上班了。那个工作日异常繁忙……但当一天结束后，我仍然感觉非常平静。我明显感觉到了阉割手术对自己的影响，没有睾酮的感觉明显更好。

“接受阉割手术十天后，我感觉自己就像一根四处飘浮的羽毛。我的感觉越来越好，对我来说，阉割手术带给我最强烈的感觉就是宁静，之后就是性冲动的降低。”

立竿见影。

一夜之间。

计日可待。

科尼利厄斯知道，自己应该为庞特对他做的事感到愤怒，他当然知道！

但他发现，很难再有什么事能让他愤怒了……

---

① 雅虎地球村（Yahoo! GeoCities），一个进行网页托管服务的网站，类似于国内的网页导航网站。该网站已于2009年停止运营。

第十章

“这种探索精神让我们勇敢地扬帆航向天际,在澳大利亚和波利尼西亚寻找新的土地……”

把新的传送门造在联合国总部的理由很充分。现有的传送门位于地下两公里处,距离格里克辛人侧最近的电梯有一点二公里,距离巴拉斯特侧最近的电梯则有三公里。

玛利亚和庞特光是从一个世界的地表到另一个世界的地表就要花上好几个小时:他们得先穿戴好安全帽和安全靴,接着乘坐英科公司克莱顿矿井的采矿电梯前往底层。安全帽内置头灯,如果有必要,还可以翻下隔音耳罩来保护听力。

玛利亚带了两个行李箱,庞特一手一个,轻轻松松。

在坐电梯的大部分时间里都有五名矿工相伴,他们要去的是玛利亚和庞特目的地的上一层。玛利亚觉得这样正好,这个电梯总是让她觉得不舒服,她常常想起之前她和庞特的那场尴尬的电梯之旅,那次经历也解释了为什么那时他们虽然互有好感,但她却无法对他的触摸做出回应。

他们到达六千八百英尺深的地方后,就开始朝着萨德伯里中微子观测站进发。玛利亚向来不擅长锻炼,但这条路对庞特来说感觉更糟,因为在这个远离地表的地方,温度始终保持在四十一摄氏度左右,对他来说太热了。

"能回家真好,"庞特说,"终于能回到一个可以自由呼吸的地方了!"

玛利亚知道他指的不是矿井里沉闷的空气,而是期待着那个不用化石燃料的世界,他去的大部分地方都有燃烧后的气味,这刺激着他的鼻子。不过他说在鲁本位于乡村的家里,这个味道还算可以接受。

玛利亚想起了她小时候最喜欢的一档节目,里面的主题歌是这么唱的:

惠风和畅!
闹市广场!
我与妻子!
再见城市![1]

---

① 这是美国情景喜剧《绿色田野》(*Green Acres*)的主题曲,于1965年至1971年在CBS电视台播出,该剧讲述了一对从纽约市搬到偏远农场生活的夫妇的故事。

她希望自己能融入庞特的生活,至少要超过丽莎·道格拉斯在胡特维尔[①]的表现。但这不单单是从一个有着六十亿个灵魂生活的喧嚣世界换到一个只有一点八五亿……个灵魂生活的世界那么简单。另外,在计算巴拉斯特人的时候还不能用“灵魂”这个词,因为他们不相信自己有那个东西。

庞特在他们离开罗切斯特的前一天接受了电台的采访,尼安德特人不管身处何处都很受欢迎。采访他的是PBS[②]在纽约州罗切斯特市的分台WXXI,当鲍勃·史密斯问起庞特尼安德特人对信仰的看法时,玛利亚在一边饶有兴趣地听着。史密斯就尼安德特人给罪犯绝育这点和庞特讨论了很长时间,当他们沿着矿井底部泥泞的长隧道前进时,之前在采访中提到的问题又冒了出来。

于是玛利亚回应了庞特的问题。她说:“没错,你各方面都好,但是……”

“但是什么?”

“呃,你说的那些话——关于给人做绝育的那些观点。我……”

“怎么了?”

“庞特,对不起,但我真的没法接受。”

---

① 丽莎·道格拉斯(Lisa Douglas)是《绿色田野》的女主角,胡特维尔(Hooterville)则是该剧虚构的地名。

② (美)公共广播公司(Public Broadcasting Service)。

庞特看着她。他戴着一顶橙色的特制安全帽,这是镍矿特别为他准备的,形状更贴合尼安德特人的脑袋。“为什么?”

“这种做法……**不人道**。我很慎重地用了这个词,意思是这种做法不适合人类。”

庞特沉默了一会儿,愣愣看着矿井的岩壁,上面覆着一层铁丝网,以防岩石碎裂。最后他开口道:“我知道在这个地球上,有许多人不相信物种进化,但那些相信进化的人们必须明白,人类的进化——你们会怎么说? ——戛然而止了。医疗技术几乎能让每个人都活到可以繁衍后代的年纪,那就不再有任何……任何……我不知道你们是怎么描述这件事的。”

“自然选择。”玛利亚说出了他想说的话,“当然,我理解这点,如果基因不加选择,全部留存,那就不可能发生进化。”

“没错,”庞特说,“但正是进化造就了我们,将四种基本且原始的生命形式变成了如今复杂多样的种类。”

玛利亚看着庞特,“四种原始的生命形式?”

他眨巴着眼睛,“对,当然。”

“哪四种?”玛利亚在想,自己或许终于发现了庞特世界观背后创造论的痕迹。他说的那四种,会不会就是尼安德特亚当、尼安德特夏娃、尼安德特亚当的男伴、尼安德特夏娃的女伴?

“原始的植物、动物、真菌,另外还有一种,我不知道你们怎么叫它,它是一个大类,包括黏菌和一些藻类。”

“原生生物。”玛利亚说。

“是的,那,我前面说的四种,每种都是从早期生命起源之前的世界中独自演化出来的。”

“你们证明了?”玛利亚问,“我们一般认为,这个世界里的生命只在大约四十亿年前出现过一次。”

“但这四种完全不一样……”庞特说罢,耸了耸肩,“话又说回来,你才是遗传学家,我不是。我们这次重点是和我们世界中这些领域的专家见个面,这样你就能找个人问这些问题。一方有很多东西需要向另一方请教,但谁问谁我就不知道了。”

尼安德特人的科学和这边的科学在许多基础观点上存在巨大分歧,玛丽亚对此一直很惊讶。但她不想把话题带偏,不想错过更加重要的问题——

更重要的问题。玛利亚心想,真有意思,她居然觉得道德上的难题比科学真理更重要。“我们说的是进化的终结。你说你们会继续进化,因为你们会有意识地灭除坏的基因。”

“灭除?”庞特重复道,皱起了眉,“啊——农业方面的比喻。我似乎能懂。对,没错,我们通过不断去除不想要的性状来改善我们的基因库。”

玛利亚跨过一个大泥坑,“你们的做法我基本能理解,但你们不但要给罪犯绝育,还要给他们的亲属绝育。”

“当然,不然基因就有可能继续存在。”

玛利亚摇摇头,“我忍不了的就是这个。”哈克“哔哔”叫了起来。“忍,”玛利亚重复道,“就是忍耐、忍受。”

“为什么?”

“因为……因为这样做不对。个体是有权利的。”

“他们当然有,”庞特说,“但物种也有,我们是在保护和优化巴拉斯特这个人种。”

玛利亚竭力抑制住战栗的冲动,但庞特肯定察觉到了。“你对我刚刚说的话反应很消极。”

“那是因为我们过去经常有这种事,那些人用的也是这套理由。二十世纪四十年代的时候,阿道夫·希特勒就开始清理犹太人的基因了。”

庞特朝着一侧微微歪着头,或许是在听哈克通过耳蜗植入体说的话,告诉他犹太人是什么。玛利亚在想,那个小型电脑可能在对他说:“就是那些很容易受骗,相信耶稣存在的人。”

“他为什么想这样?”庞特问。

“因为他恨犹太人,这种恨既简单又纯粹。”玛利亚说,“你发现了吗? 赋予某人决定他人生死或者是否能生育的权力,其实就是在扮演上帝。”

“扮演上帝。”庞特重复道,好像这个说法很奇怪,“很明显,我们从来都不会有这种想法。”

“但这可能会滋生腐败和不公……”

庞特张开双臂,“但你们也会杀死特定的罪犯。”

“我们不会,”玛利亚说,“或者说,加拿大不会,但是美国不一样,有些州会。”

"这也是我学到的一点,"庞特说,"除此之外,我也了解到,这当中还有种族因素。"他看着玛利亚,"你们的世界有许多种族,这让我很感兴趣。我们的族人都适应了北方的生活环境,所以不管在哪个经度的我们都还是倾向于生活在相同的纬度,我猜这就是为什么我们的外貌看起来都差不多。按照我的理解,深色皮肤是对赤道气候的一种适应性改变,对吗?"

玛利亚点点头。

"那……比如保罗·桐山,他的眼睛和你们的差异,用你们的话叫什么?"

玛利亚想了一会儿才记起来保罗·桐山是谁,就是那个和露易丝·贝努特一起,把庞特从差点让他丧命的重水罐里救出来的研究生,然后她又花了一会儿才想起庞特指的那个东西叫什么。"你是指盖住亚洲人眼角的皮肤?那叫内眦褶。"

"对,内眦褶。我猜这是为了帮助眼睛免受炫光干扰,但我们有眉脊,也能起到相同的作用,所以这又是一个我们从来都没进化出的特征。"

玛利亚慢慢点了点头,更多是对自己点头,而不是对庞特。"互联网和报纸上有很多关于你们世界里的其他种族发生了什么的猜测,你应该也知道。人们认为,呃,你们是带着清除基因库的理念去消灭他们的。"

"我们的世界里从来就没有其他种族。虽然我们是有一些科学家在你们世界非洲和中美洲的位置工作,但他们绝大多数都不是那些地方的永久居民。”说着庞特举起一只手，“因为没有其他种族，我们就肯定不会有种族歧视。但你们的世界则不然，重刑犯被处以死刑的可能性和犯人的种族有关，对吧？”

“对，黑人被判死刑的概率是要比白人高。”玛利亚决定不在后面加上“尤其是当他们杀死白人的时候”。

“我们从来都没想过随意消灭某一部分人类，可能是因为我们从来都没有这种分歧吧。”

迎面走来几位矿工，不过走的是另一条路。他们见到庞特时，全都直勾勾地看着他，不过玛利亚想，在这里见到一个女人的稀罕程度也和见到他差不多。等他们走开后，玛利亚就继续说：“但可以肯定的是，就算没有明显的种族差异，我们肯定也会更偏向和我们关系密切而不是那些不熟的人。这就是亲属选择，它在动物界广泛存在。我觉得尼安德特人也不例外。”

“不例外？可能吧。但你别忘了，我们的家庭关系要比……你们，或者说其他大多数动物更复杂。我们的男伴和女伴组成了一张无穷无尽的关系网，而且我们的合欢日只是暂时的，所以在确定亲子关系方面不像你们那么困难。”他停下来，然后微笑道，“扯了那么多有的没的，再把话说回来，我们觉得你们的死刑以及判处十几年监禁要比我们的绝育和司法检查更残忍。”

玛利亚花了好一会儿才想起来“司法检查”是什么。就是有人负责审核某人体内的机侣所发出的所有内容，好时刻监控那个人的言行。“我不知道，”玛利亚说，“我的意思是，就像我之前在车里说的那样,我信奉的宗教禁止我采取避孕措施,但我还是做了,所以从道德的角度出发,我不会反对任何可能会受孕的做法。但是……但是不让无辜的人繁衍后代看起来是错的。”

“假如我们换个方案,只对犯罪者实施绝育手术,而他或她的兄弟姐妹、父母和后代则不受牵连,用这个方法来代替死刑或者监禁,你能接受吗?”

“也许吧,我不知道。在某些情况下,有可能。比如这是被定罪的人自愿选择的。”

庞特听了她的话,一双金色的眸子瞪得大大的,“你会让有罪的一方选择受罚的方式?”

玛利亚觉得自己的心怦怦跳了起来。是哈克用了“一方”这个不带性别色彩的说法,来代替只存在于巴拉斯特语中而不在英语中的中性人称代词,还是说庞特故意用这个词抹去了罪犯的性别?“对,在多数情况下,我会让罪犯在特定范围里选择自己即将受到的刑罚。”说着说着,她想起了卡尔迪考特神父在她最后一次忏悔时给她救赎的选择[①]。

“但有些案件的罪犯,只适合某种惩罚。”庞特说,“比如……”

庞特突然不说了。“什么?”玛利亚追问。

“没事,没什么。”

玛利亚皱起眉,“你想说强奸案吧。”

庞特沉默许久,边走边低头看着脚下泥泞的隧道路面。玛丽亚

① 见《人类》第二十七章末尾。

感觉有点伤害到他,因为她起初以为自己这么说会让他觉得自己在暗示他怎么那么迟钝,又提起了这个令人不适的话题,不过他开口后说的话更是让她震惊。“其实,我说的不是通常意义上的强奸,”然后他看着她,接着又望向地面,安全帽上的头灯照亮了地上杂乱的足印,“我说的是你被强奸的事。”

玛利亚只觉得自己的心怦怦直跳,“什么意思?”

“我——我们这里的做法是,伴侣之间不能有秘密,但是……”

“嗯?”

他转身观察巷道,确保后面没人,“我有件事没告诉你——也没和任何人说过,除了……”

“除了谁?阿迪克?”

庞特摇摇头,“不不,他也不知道。唯一知道这件事的人是我的同类,一个叫作朱拉德·塞尔根的人。”

玛利亚皱起眉,“你之前提起过他吗?我不记得了。”

“没有,”庞特说,“他……他是人格塑造师。”

“是什么?”玛利亚问。

“是——他和那些希望改变自己……精神状态的人合作。”

“你是说精神科医生?”

庞特歪着脑袋,显然是在让哈克通过耳蜗植入体给他解释。机侣肯定把玛利亚说的这个词拆开了。讽刺的是,“精神”和尼安德特人对“灵魂”的定义最为接近。最后庞特点了点头,“是的,一位类似的专家。”

玛利亚继续向前,可动作僵硬,“你去看精神科医生了? 就是因为我被强奸的事?”该死,她还以为他想通了。没错,如果智人男性的伴侣被强奸了,那他再对待她时,态度肯定会发生改变,这是最恶心的一点。他们总觉得发生这种事是女人的错,总觉得她肯定或多或少默许——

但庞特……

庞特应该能理解啊!

头灯照亮了前方的路,他们沉默地走着。

玛利亚回想起来,发现庞特看起来非常想知道她被强奸的细节。在警察局的时候,庞特就抓起密封的证物袋——里面装着奎塞尔·伦图拉强奸案的证据样本,他由此认出了案犯就是玛利亚的同事科尼利厄斯·拉斯金。

玛利亚看着庞特,他挨着岩壁,在灯下成了一个庞大的黑影。“这不是我的错。”她说。

“什么? 对,我知道。”

“我不想这样,也没有表示过主动。”

“对,是的,我理解。”

“那你为什么要去看这个——什么‘人格塑造师’?”

“我现在不用再去看他了。之前只是——”

庞特停下脚步,玛利亚看着他。他歪着头,在听哈克说话,过了一会儿,他微微颔首,这是给机侣的信号,不是给她的。

“只是什么?”玛利亚问。

“没什么，”庞特说，“我为自己提起这个话题道歉。”然后两人继续在黑暗中前行。

我也是。玛利亚想。

第十一章

“有这种探索精神，维京人才能在一千年前来到北美，哥伦布才能在五百年前带领‘尼尼亚号’‘平塔号’和‘圣玛利亚号’三艘帆船横渡大西洋……”

他们终于到达了萨德伯里中微子观测站。庞特和玛利亚穿过巨大的设施，比如头顶的管道和巨大的容器，一直走到控制室，这里现在已经被废弃了。庞特第一次来这里的时候弄坏了观测站的重水探测池，之后又要重建入口，所以整个修复计划就被搁置了。

他们来到检测室上方的房间，穿过活板门，接下来就是对玛利亚来说最可怕的部分了——从长长的梯子走下去，到离地底六米高的集结区，那里也是德克斯管的尽头，它其实就是一条防垮塌的管子，从传送门的一侧穿到了另一侧。

玛利亚站在德克斯管的一侧朝里看,管子内部的长度是外部的两倍,她能看到另一头的黄色墙面,那是庞特世界里的量子计算实验室。

一名加拿大军队派出的守卫在站岗,他们把护照递给了他。庞特的护照是他成为加拿大公民的时候拿到的。

"你先请。"庞特对玛利亚说,秀了一手他在玛利亚的世界里学到的殷勤做派。玛利亚深吸一口气,走进管内。它长十六米,宽六米。待她行至中途,就能透过德克斯管透明的材料,看到一道边缘参差不齐的淡蓝色光圈,也能看到纵横交错的金属材料投下的阴影,管子正是靠它撑开的。玛利亚又深吸了一口气,迅速跨过蓝色圆环上不连贯的地方,只觉一阵静电从前往后爬过全身。

就那么一瞬间,她就身处在另一个世界——尼安德特人的世界。

玛利亚没有走出德克斯管,她转身看向朝她走来的庞特。当他穿过不连贯的地方时,她看到他脑袋上的金发也立了起来。他天生的发缝和多数尼安德特人一样,是在长长的脑袋正中间。

等他穿过来后,玛利亚才转身,继续向管子的尽头走去。

他们到了另一个世界,玛利亚的世界在四万年前和它产生了分岔。而此刻,他们就在她之前在那侧瞥见的量子计算实验室内。那是个巨大的房间,里面放满了寄存器。这台量子计算机的硬件是阿迪克·胡德设计的,所运行的软件则是庞特·博迪特开发的。这台机器最初是用来分解那些从未有人涉足过的极大数,闯入另一个世界完全是偶然之举。

这时候,突然响起一个低沉的声音:“庞特!”

玛利亚抬头看去,是庞特的男伴阿迪克,他从离计算室五级台阶高的控制室里向他们跑来。

“阿迪克!”庞特也跑了过去,两个人拥抱在一起,然后舔了舔对方的脸。

玛利亚移开了自己的目光。当然了,正常情况下(如果这个说法可以用来形容她在这个世界的话),她应该没什么机会看到庞特和阿迪克相处的场景了。当合欢日到来的时候,阿迪克也会匆匆动身,去和自己的女伴以及年幼的儿子相会。

但现在还没到合欢日,所以庞特本就应该和他的男伴在一起。

虽然如此,两位男性缠绵片刻后还是分开了,庞特转向玛利亚。

“阿迪克,你还记得玛吗?”

“当然。”阿迪克说,他的嘴巴咧得足有一尺宽,笑容看起来发自内心。玛利亚试着去体会他笑容的“深度”而不是“广度”。“你好啊,阿迪克。”她说。

“玛,见到你真好!”

“谢谢。”

“不过你怎么来了?现在还没到合欢日呢。”

这不就来了。赤裸裸的质问,向她宣示主权。“我知道,”玛利亚说,“我过来做一个长期访问,为了学习更多尼安德特人遗传相关的知识。”

“啊，”阿迪克说，“那露特肯定会帮你。”

玛利亚微微侧了侧脑袋，但她没有机侣需要听。阿迪克这番话是因为他乐于助人呢，还是在提醒她需要找个尼安德特女人帮忙？她只能在城中找到她们，那就离阿迪克和庞特很远了。

“我知道，”玛利亚说，“我想和她再聊聊。”

庞特看着阿迪克说道：“我要带玛利亚回一趟家，给她买点长期生活所需要的必需品。然后我就安排交通工具，送她去城中。”

“好吧。”阿迪克应道，然后看看玛利亚，又看看庞特。“那晚饭应该只有我们两个吃吧？”

“当然，”庞特说，“当然。”

玛利亚脱光衣服，这个世界没有任何宗教给他们强加这些禁忌，她自己也在慢慢失去对这事的认知。她走进调谐激光全身洁净器接受激光的清洁。特定波长的激光穿过她的身体，清除了体内的外在分子。玛利亚的世界已经开始生产类似的设备，用来治疗各种形式的感染。可惜的是，因为肿瘤是患者自身细胞构成的，所以这个方法不能用来治疗癌症。庞特的妻子就是在两年前被白血病带走的。

不——不能用“带走”，这是格里克辛人的说法，为的是委婉地表达她去了某个地方，而从这边人的标准看，她并没有去。如果是庞特，那他会说她不存在了。

而且也不能说她是庞特的“妻子”，正确的说法应是“娅特迪佳”——尼安德特语中的“女伴”。在尼安德特人的世界里,玛利亚的确正试着用尼安德特人的词汇去思考,这让她更容易处理分歧。

激光一遍又一遍地照过玛利亚的体表还有体内,直到门上的方形指示灯变了颜色。玛利亚走出激光清洁器,换上尼安德特人的衣服,而庞特则在清洁器里开始自己的杀菌工作。他第一次去到玛利亚的世界时就患上了马瘟,智人对这个病免疫,但尼安德特人则不然,而有了这一步,就能确保他们不会把马链球菌或者其他肮脏的细菌或病毒带到这个宇宙。所有穿过传送门的人都必须经过这一步。

但凡有的选,谁都不会选择住在科尼利厄斯·拉斯金住的地方。浮木区是个脏乱不堪的社区,毒品和犯罪泛滥成灾。唯一吸引拉斯金的一点就是从这里走去约克大学很方便。

他搭乘电梯,从十四楼来到一楼脏乱的大厅里。虽然有这样那样的不好,他对这里还是有一定的——怎么说,“感情”这个词可能有点过了,但他对这里还是有一定的感激的。毕竟走路就能到约克大学,这给他省了不少钱,比如买车钱、车险,还有大学停车许可证,或者多伦多公交系统发售的每月九十三块五加元的地铁月票。

今天风和日丽、天色蔚蓝,科尼利厄斯穿着一件棕色的翻绒皮夹克,他一直沿着这条路走,经过窗上焊着铁条的便利店,那家破烂的小店有一个很大的货架,上面都是色情杂志,罐头上面落满了灰。科尼利厄斯就是在这儿买烟的,好在他的房间里还有半条杜穆里埃香烟。

科尼利厄斯穿过约克大学的校园，经过其中一幢宿舍楼。学生们四处闲逛，有些人还穿着短袖，有些则已换上了长袖。他觉得自己能在约克大学搞到睾酮补剂，自己甚至可以设计一个可能需要用到这种补剂的遗传学项目。这肯定能激励他回到原来的工作岗位，但……

但科尼利厄斯身上已经起了变化。首先，噩梦终于结束了，他现在睡得很死，再也不会有在床上躺了两个小时但完全睡不着的情况出现，他也不会辗转反侧，为生活中所有的不如意感到愤怒。自己受到的所有轻视，还有孑然一身的怨气全都不见了。他不会躺在那里，被这些念头折磨得睡不着，现在的他头刚沾上枕头就能呼呼大睡，整晚都睡得很踏实，醒来后神清气爽。

确实，有一段时间他不想起床，但现在已经摆脱了这种状态。他曾觉得……自己精力不足，还没准备好每天为生存而奋斗。现在的他有了某种许久都未曾再体验过的感觉，他想起儿时的夏天，那时的他远离校园，远离霸凌，远离每天的殴打……

科尼利厄斯·拉斯金只觉心中平静如水。

“拉斯金博士，您好。”一个活泼的男声说。

科尼利厄斯转过身，原来是他真核遗传学课上的学生，约翰？吉姆？……大概是类似的名字吧，他之前说未来想成为遗传学教授。但现在，科尼利厄斯只想劝这个可怜的倒霉蛋现在就退学，白人在当今的学术界根本找不到体面的工作，但他只是勉强笑了笑，说:“你好。”

“你回来真好!”学生说,然后朝另一个方向走去。

科尼利厄斯沿着人行道继续走着,一侧是草地,另一侧是停车场。他当然知道自己的目的地:法夸哈森生命科学学院大楼。但他之前从来没发现这个名字听起来那么有意思。它的读音让他想起了查理·法夸哈森,那是多伦多人唐·哈维在加拿大皇家广播电台和美国电视节目《叽叽喳喳》[①]里扮演的一个角色。科尼利厄斯摇摇头,他一直都太……太……当他走近那幢建筑的时候,这种异想天开的想法就会突然冒出来。

他机械地走着,走在那条熟稔于心的路上。但他突然意识到,自己来到了……

这个地方没有名字,他也从来没想过要给这个地方起个名字。就是这里没错,两面挡土墙构成了一个直角,远离灯光,还被大树遮挡。他就是在这里把两名不同的女性粗暴地顶在墙上。他就是在这里告诉奎塞尔·伦图拉,告诉她谁才是掌控一切的人;他就是在这里把自己的那话儿一次次顶进玛利亚·沃恩的体内。

科尼利厄斯之前如果需要给自己打气,就会在大白天来这里,告诉自己,有些时候他才是掌控一切的人。之前的他只要看到这个地方,下身就会因为愤怒而变得梆硬,这次他的裤裆却毫无反应。

墙上满是涂鸦。看来喷涂艺术家也喜欢这里,理由和科尼利厄

① 《叽叽喳喳》(*Hee Haw*),一档以乡村音乐和幽默为特色的美国电视综艺节目,曾播出了26季655集。

斯一样，而那些想要让他们年少时的承诺得以永恒的情侣也是如此。

他早就把这份承诺抹去了，但是，很久以前，像是亿万年之前，他和美乐蒂的首字母也在这里出现过，外面还带着一个卡通的爱心。

科尼利厄斯眨眨眼，把这些思绪扫出脑海，又看了看这个地方，然后转过身去。

今天太美好了，用来工作实在是不值得。他想，然后朝家的方向走去，天气看起来更明媚了。

第十二章

“这种探索精神托起了威尔伯和奥维尔·莱特、阿梅莉亚·埃尔哈特[①]和查克·叶格[②]的机翼……”

待玛利亚和庞特从德博拉镍矿的电梯里出来时，她发现外面已经漆黑一片，现在本该是中午啊。于是她抬头一看，不由得倒抽一口凉气。

“我的天。我从来没见过这么多鸟！”一团巨大的鸟群飞过上空，几乎遮住了太阳，许多还发出“咔咔咔”的叫声。

“真的吗？这种鸟很常见。”

---

① 阿梅莉亚·埃尔哈特(Amelia Mary Earhart，1897—1939)，美国女性飞行家，于1932年成功独自飞越大西洋。

② 查克·叶格(Charles Elwood Yeager，1923—2020)，美国二战时期的王牌飞行员，在1947年驾驶贝尔X-1试验机首次成功突破音障。

“我的表现那么明显!”玛利亚喊道,然后继续抬头看,注意到了鸟儿粉色的身体和蓝灰色的脑袋,“天啊！这是旅鸽!”

“它们真能载客旅行吗?”庞特问。

“不不不,但我们就是这么称呼它们的,也可以叫它们漂泊鸠。我很了解它们,之前就在复原它们的DNA信息。”

“我第一次造访你们的世界时就没看到它们。它们是不是在你们的宇宙里灭绝了?”

“是的。”

“也是因为格里克辛人犯的错?”

玛利亚点点头。“是啊,”她耸耸肩,“我们把它们杀光了。”

庞特摇了摇头,“怪不得你们要采用那种被称作‘农业’的东西。我们把这种鸟叫作——哈克,下个词别翻译——奎迪拉特。它们味道很棒,我们经常吃。”

“真的?”玛利亚问。

庞特点点头,“真的,你在这儿的这段时间里肯定能尝到。”

哈克一获得全球信息网络的访问权限,庞特就让他叫了一辆旅行块。现在,那种载具正在向他们驶来。它的大小和一辆SUV差不多,但底部和后侧都安装了大型风扇,还有三个比较小的风扇用来负责转向。旅行块基本算是透明的,里面有四个鞍形座椅,其中一个座椅上坐了位男性司机,他体型匀称,是146代的人。

旅行块减速后停在地上,一侧的大部分向上翻,为乘客提供了进入厢体的通道。庞特爬进去,坐在后座内侧的椅子上,玛利亚跟在他后面,也坐在了后座。庞特对司机简单吩咐了几句,整个块体就升了起来。玛利亚看着司机操纵两根主控制杆,让旅行块调转方向,朝着通往庞特家的路线进发。

玛利亚在离开矿井电梯所在的大楼之前也往胳膊上绑了一台临时机侣,所有到访尼安德特人世界的格里克辛人都要戴,它不但能一直监控他们的活动,还能把所有信息都传到远程档案里去。但这个鬼东西让她觉得很痒。她把一支随身携带的圆珠笔塞进机侣底下,试图抓痒。“永久机侣也这样不舒服吗?”她看着庞特问。

“我根本就感觉不到哈克。”接着,庞特沉吟片刻,“不过说到这个……”

“嗯?”

“这些临时机侣应该二十天左右就没电了,毕竟它们是用电池供能的,而不是像我这个,从体内循环的过程中获取能量。当然了,考虑到你的身份,我们到时候肯定可以再给你换一个。”

玛利亚面露微笑。她还没习惯这个仅仅因为她是玛利亚·沃恩才有的特殊待遇。“不用,”她说,“我觉得自己应该装一个永久的。”

庞特灿烂地笑了。“谢谢。”他说。之后,他大概是为了再次确定这话的真实性,又补充道:“装上永久的机侣就意味着它要一直跟着你,这你知道吧?之后再想移除就很困难了,移除可能会严重损伤你的前臂肌肉和神经。”

玛利亚点点头,“我知道,但我也知道,如果不植入永久的机侣,那我对这里来说就永远是外人。”

“谢谢你，”庞特感动道，“你想要什么样的？”

玛利亚一直在看着旅行块外苍茫的景色——古老的森林中间杂着露头的地盾岩石。“什么？”

“是这样，你可以选标准款，或者——”庞特说着举起他的左臂，把手腕内侧对着玛利亚，“——或者我这种，带有真正的人工智能软件。”

玛利亚挑起眉毛，“我还没想过呢。”

“装智能机侣的人还不多，”庞特说，“但我觉得之后它会普及的。你肯定会想要高级机侣所具备的信息处理能力，比如实时翻译。但你还想另外获得什么功能，就完全看你自己的喜好了。”

玛利亚看着庞特的机侣。它从外表上看似乎和她目前见过的其他几十台机侣区别不大——当然了，朗维斯·特洛波的金色机侣除外。但她知道，这里面住着哈克。“有个智能机侣是什么感觉？”玛利亚问他。

“噢，感觉不赖，”哈克通过植入体内的外置扬声器说，“我已经习惯这个壮汉了。”

玛利亚笑了，一半是开心，一半是惊讶。

庞特翻了个白眼，这表情还是他从玛利亚这里学来的。“差不多就是这样。”他说。

“我不知道自己能不能接受它，这样就相当于一直有人陪着我。”玛利亚说着皱了皱眉，“哈克，真的……有意识吗？”

“你指哪方面？”庞特问。

“呃,我知道你们不相信有灵魂存在,也知道你们认为自己的思想就是一套在大脑这个硬件上运行的软件,是可以完全预测的。但我的意思是,哈克真的在思考吗?它有自我意识吗?”

“这个问题有意思。”庞特说,“哈克,你自己怎么说?”

“我能感觉到自己的存在。”

玛利亚耸耸肩,“但……但,我不好说,我的意思是,你有自己的想法和欲望吗?”

“我想让自己对庞特有用。”

“就这样?”

“就这样。”

玛利亚听完,心中只有惊叹,科尔姆真该娶一个机侣回家。“我还想问一下,如果庞特去世了——不好意思,庞特——如果庞特去世了,那你会怎么样?”

“我的动力源自他的生物化学能和生物机械能,所以他死后几天我就会停止工作。”

“你会因为这个事烦恼吗?”

“如果没有庞特,我就没了运行目的,所以也不会为这事烦恼。”

庞特接话道:“智能机侣非常有用。要不是哈克帮我,我都不知道自己第一次前往你们的世界时还能不能保持理智。”

“我不知道,”玛利亚说,“这……嗯,哈克,对不起,这对我来说有点吓人。那我之后能再升级吗?你能理解吗,就是先装基础款,之后再加装人工智能的模块?”

“当然可以，我的机侣最初也不是智能款。”

“可能这样比较好，”玛利亚说，“但是……”

但这样不行。她想融入这里，所以如果有机侣可以给她提供建议，并且解释问题，那会很有帮助。“不，还是直接装完整版的吧。”

“我——你说什么？”庞特问。

“我的意思是，我要装一个可以思考的机侣，就像哈克那样的。”

“你肯定不会后悔这个决定。”庞特看着玛利亚，脸上扬起骄傲的微笑，“虽然你不是首位到访这个世界的格里克辛人。”这话是真的。渥太华疾病控制实验室中心的一位女士还有另一位来自亚特兰大疾病控制和预防中心的女士获此殊荣，但玛利亚不确定她俩谁是第一个。“虽然如此，你却将是第一个安装永久机侣的格里克辛人——第一个融入我们的人。”

玛利亚望向旅行块透明的一侧，望着外面壮美的乡野秋景。

她笑了。

司机在庞特和阿迪克家旁边的太阳能电池板上把他们放下，这片电池板也能兼作着陆平台。房子的主结构是一棵巨大落叶乔木的空心树干，是特地采用树艺学栽培而成的。玛利亚之前见过庞特的家，但那时候的树叶还没有全部变色。这让房子现在看起来蔚为壮观。

屋内墙壁两侧的肋状凸起依靠化学反应产生了一层白绿色的冷光。庞特的狗巴伯蹦蹦跳跳地跑来迎接他们。玛利亚已经习惯了这只长得像狼一样的大狗,她弯腰去挠了挠它耳后的位置。

玛利亚抬头环视着圆形的客厅,若有所思地说:“我不能住在这儿实在遗憾。”

庞特把她抱在怀里,玛利亚也热情地回应着他,把头枕在他的肩上。虽然如此,和庞特每月共处的四天,也胜过了和科尔姆朝夕相处的日子。

只要她想到科尔姆,那个话题就会浮现在脑海里。玛利亚之前肯定是压着这个问题没去想,直到科尔姆提起了那个话题后,她才开始思考。

“庞特。”玛利亚柔声说,只觉自己的胸部随着呼吸而起伏。

“我的女爱人,你怎么了?”

“明年,”玛利亚努力让自己的语调平静下来,“又该孕育下一代生命了。”

庞特松开玛利亚,看着她,缓缓挑起自己的眉毛,“嗯?”

“我们应该生个孩子吗?”

庞特听完,眼睛都瞪大了,最后他说:“我觉得这不是我们能选择的。”

“你的意思是,我们的染色体数量不同。没错,这的确是个阻碍,但肯定有办法克服。呃,还有,乔克派我来这里是为了学习尼安德特人的遗传学技术。在我探索这个问题的同时,也能研究一下如何让我们的DNA结合,生下一个孩子。”

“真的能行?”

玛丽亚点点头,“当然,不过受精的过程需要在体外进行。”

哈克发出了“哔哔”声。

“在玻璃容器里,也就是在我体外。”

“啊!”庞特听完甚是惊讶,“你们的信仰体系居然支持这个做法,但又对许多与繁殖有关的其他事情下了禁令。”

玛利亚耸了耸肩。“不是,罗马天主教会反对体外受精。但我确实想要一个孩子,我想要你的孩子,所以给大自然一点帮助又有什么错呢?”她低下头,“但我知道你已经有了两个孩子。也许……也许你不想再当爸爸了?”

但庞特的回答却是:“我永远都会担起父亲的角色。”玛利亚抬眼望去,恰好与庞特望向她的目光相对,心中漾起一阵喜悦。

“我之前确实没有再要一个孩子的想法,但是……”

玛利亚觉得自己濒临爆发的边缘。直到现在,她才意识到自己多么希望庞特能给出肯定的回答。“但是什么?”她追问。

庞特抬起他那健硕的肩膀,但动作缓慢,显得很笨重,好像肩上背负了全世界,他正在调整重量,“但我们信奉的是零增长人口政策。克拉斯特和我已经有两个孩子了,她们是来接替我们的。”

“但阿迪克和露特只有一个孩子。”玛利亚说。

“没错,是戴伯,但他们明年可能会再试着怀一次。”

“他们真打算这样?你和阿迪克讨论过了?”玛利亚的语气中流露出绝望,她不喜欢自己这样。

“不,我还没有,”庞特说,“我感觉自己挑起这个话头,但就算他们不准备再试了,那银须长老会也……”

“去你的,庞特。我讨厌银须长老会!我讨厌所有这些条条框框!我讨厌让一群老人来控制你们的生活。”

庞特只是看着玛利亚,惊讶地挑起眉毛,“你也知道,他们是被选举出来的,他们制定的规则也是我的同胞为自己选的。”

玛利亚深吸一口气,“我知道,对不起。只是——如果我们决定要孩子,那这件事只和你我有关,其他人都不重要。”

“你说得对。”庞特说,“在我的世界里,有些人会有两个以上的孩子,双胞胎也不是什么罕见的事。离我最近的邻居就生了一对双胞胎儿子。女性一般会怀三次孕,第一次是十九岁,第二次是二十九岁,有时还会在三十九岁时再怀一次。”

“我现在就是三十九岁。为什么我们不能试试看?”

庞特回答道:“有人会说,这样的孩子是不自然的。”

玛利亚环顾四周,然后走到一张从墙上长出来的沙发旁,拍了拍身边的位置,邀请庞特坐下。他照做了。

“在我的世界里,人们会说,两个男性——露易丝在鲁本家里的时候是怎么说的来着?——‘充满爱意地抚摸对方的生殖器’,我的同胞们会说这是不自然的,两个女人之间的关系也是不自然的。”玛利亚的表情非常坚定,“但他们错了。我不知道自己在第一次来到你的世界之前会不会这么说,但我现在知道了。”说罢,她点点头,既是对庞特,也是对自己,“只要人们相爱、相互关心,任何一个世界都会因此而变得更美好。只要他们已经成年,而且双方都自愿,性取向就不应该成为别人关注的焦点，因为这是他们自己的事。不管相恋的是一对男女还是两男两女，只要他们相爱，那就是自然的。而如果一个格里克辛人和一个巴拉斯特人彼此相爱，那也是自然的。”

“而我们就是相爱的一对，”庞特说着，用自己的大手握住了玛利亚的小手，“但在你我的世界里，仍然有人反对我们孕育后代。”

玛利亚难过地点点头，“对，我知道。”她长叹了一口气，把悲伤从肺部呼出去，“你也知道，鲁本是黑人。”

“我觉得更多算是浅棕色吧，”庞特微笑着说，“那个颜色很漂亮。”

玛利亚无心和他开玩笑，“而露易丝·贝努特是白人。在我的世界里，仍然有人反对黑人男性和白人女性发生关系。但他们错了，错了，大错特错！就像那些可能反对我们在一起或者生孩子的人那样，都是错的，错的，大错特错！”

“我当然同意你的说法，但——”

“但是什么？没什么比我们一起生孩子更能象征两个世界之间的协同和我们对彼此的爱了。”

庞特凝视着玛利亚的眼睛，他那双金色的眸子里闪耀着激动的神色，“我的爱，你说得对，非常非常对。”

第十三章

“这种探索精神让尤里·加加林、瓦莲京娜·捷列什科娃[①]和约翰·格伦[②]这样勇敢的男女乘着火柱进入了地球的轨道……”

乔克·克瑞格每周都会看和尼安德特人相关的新闻。他不但翻遍了协力集团订阅的一百四十本杂志,还会看各种印刷品、视频的合辑以及听各种电台。他现在看的这批材料包括一份刊登了朗维斯·特洛波采访的《大众机械》预印本;《旧金山纪事报》的五篇系列文章,作者讨论了尼安德特科技对硅谷企业的未来所产生的影响;一期ABC电视台的《体育大世界》节目,做客嘉宾是赛跑运动员加尔

① 瓦莲京娜·弗拉基米罗夫娜·捷列什科娃(Валентина Владимировна Терешкова,1937—),1963年乘坐“东方6号”升空,成为首位进入太空的女性。

② 小约翰·赫歇尔·格伦(John Herschel Glenn Jr.,1921—2016),在1962年乘坐“友谊7号”飞船进入地球轨道,成为首位进入地球轨道的宇航员。

斯克·拉尔普伦；一份在《明尼阿波利斯明星论坛报》上刊发的社论，作者称图卡娜·普拉特应该获得诺贝尔和平奖，因为她找到了让两个世界保持连通的方法；一期CNN的专题节目，主持人克莱格·文特尔采访了领导尼安德特人基因组计划的波尔·卡达斯；NHK制作了一期关于现实与虚构的尼安德特人的纪录片；一部以DVD格式重制的电影《火之战》[1]，尼安德特古人类学家的解说音轨版本；一项国防部进行的最新研究，调查与跨维度传送门相关的安全问题，还有其他许多内容。

露易丝·贝努特下楼来，在协力集团总部所在的老宅客厅里，她也在翻阅相关材料，现在正在读《新科学家》杂志上的一篇文章。文章讨论了尼安德特人为什么会驯养狗，奇怪之处是，尼安德特人的嗅觉灵敏度和犬科动物持平，也就意味着狗对他们狩猎的贡献并不大。这时，乔克大声地叹了口气，把她的思路打断了。

“怎么了?”露易丝的目光从杂志上移开，看着他。

“我受够了，”乔克指着那堆杂志、剪报、磁带和录像带说，“真受不了。‘尼安德特人比我们更和平。’‘尼安德特人比我们更有环保意识。’‘尼安德特人比我们更开明。’这到底是为什么?”

“你真的想知道吗?”露易丝微笑着问，然后在一堆杂志中翻找了一会儿，拿出了最新一期的《麦克莱恩斯周刊》[2]。“你读过这本杂

---

① 法国导演让·雅克·阿诺导演作品，于1981年上映，讲述原始人类部落遭遇袭击后重新寻找火种的故事。

②《麦克莱恩斯周刊》(*Maclean's*)是一本加拿大的综合周刊，创刊于1905年，是加拿大历史最悠久、影响力最大的新闻杂志之一。

志里的客座社论吗?”

“还没有。”

“它上面说尼安德特人就像加拿大人,格里克辛人就像美国人。”

“这又是什么鬼说法?”

“是这样,作者认为尼安德特人相信的正是加拿大所坚持的东西:社会主义、和平主义、环保主义,还有人文主义。”

“好家伙!”乔克叹道。

“噢,得了吧你,”露易丝调侃道,“我之前无意中听到了你和凯文的对话:帕特·布坎南①之前说我们的国家应该被叫作‘苏维埃加拿大斯坦’,你同意他的这个说法。”

“贝努特博士,你可别忘了,加拿大人也是格里克辛人。”

“这可不尽然,”露易丝还在揶揄他,“毕竟庞特也是加拿大公民。”

“所以这就是他们反复登上各大媒体的原因咯?我可不这么觉得。这他妈就是左翼新闻工作者的偏见!”

“不,我不这么认为,”露易丝放下了杂志,“尼安德特人表现得比我们好的真正原因,其实是他们的大脑更大。他们的脑容量比我们要大百分之十。我们的大脑光是思考第一层的东西都够呛,打个比方,我们只能想到:如果我们造出了更好的长矛就能杀死更多猎

① 帕特·布坎南(Patrick Buchanan,1938—),美国保守派政客、作家和政治评论家,曾经在2000年以民主党、共和党之外的身份竞选过总统。

物。但除非我们真的下功夫,否则很难深入思考到问题的第二层:如果我们杀了太多动物,那幸存下来的就少,之后我们就要挨饿了。这么看来,尼安德特人似乎从开始就能掌握全局。”

“那我们为什么能在这个地球的历史里打败他们?”

“因为我们有意识——真正的自我意识——而他们没有。还记得我提出的理论吗:宇宙在意识刚诞生的瞬间就一分为二了。在其中一个分支里,拥有意识的有且只有我们;而在另一个分支里,拥有意识的有且仅有他们。所以这和脑容量或者身体强壮与否没关系,真正具有意识的生物才能在各自的时间线中占上风,不奇怪吧?但我们现在比较的是两个有意识的生物,其中一个脑容量只有一千四百毫升,而另一个则有一千五百多毫升。”说到这里,她微笑起来,“我们一直在等待那些拥有超凡智慧的外星人,现在他们出现了,但不是来自半人马座阿尔法星,而是来自隔壁。”

乔克皱起眉,“大脑尺寸和聪明程度又不一定成正比。”

“没错,是不一定。但根据定义,智人的平均智商是100,整体呈正态分布,是条钟型曲线:每有一位智商是130的人,就有一位智商是70的人。但如果平均智商是110而不是100呢?一切可能就完全不一样了。”

“你提到的钟型曲线,我之前看过一本书,上面——”

“那完全是胡说八道。如果抛开缺乏营养的因素,不同人种之间的智商其实根本没差别。你见过我的男朋友鲁本·蒙塔戈吧,他是医学博士,也是个黑人。如果《钟型曲线》那本书是对的,那这种情况应该超级罕见,但他显然不是个例。曾经,黑人是因为经济原因或者遭受了社会阻碍而无法接受高等教育,所以才有差距,根本不是因为什么先天的缺陷。"

"但你刚才不是说,我们和尼安德特人相比生来就有不足吗?"

露易丝耸耸肩,"我们的生理结构上肯定有欠缺,所以承认心理上也比不过别人有那么难吗?"

乔克做了个厌恶的表情。"我猜你这么说的时候……"但他随后摇了摇头,"退一万步讲,我还是觉得厌恶。当我在兰德公司的时候,永远都在试图从智力上击败与我们旗鼓相当的敌人。噢,有时候他们的装备更占优势,有时是我们,但也不会觉得一方天生就比另一方聪明。但现在——"

"我们并不是想要打败尼安德特人……"露易丝说罢,挑起眉毛,又补充问道,"……是吗?"

"什么? 不,不,当然不想,别傻了。"

"一个孩子?"露特·芙拉多双手叉腰问,"你和庞特想要个孩子?"

玛利亚怯懦地点点头,"对。"她让庞特留在家里,自己坐旅行块来到了露特在萨尔达克城中的家。

露特张开双臂,给了玛利亚一个大大的拥抱。"太棒了!"她说,"真的太棒了!"

玛利亚只觉全身都放松了下来,"我没想到你会赞成我。"

“我为什么不会赞成你?”露特问,“庞特是一个很棒的人,你也是个很好的人,你们会是很棒的父母。”然后她犹豫片刻,问道:“我对格里克辛人不是很熟悉,亲爱的,你多大了?”

“三十九了,”玛利亚回答,“也就是四百八十个月左右。”

露特压低声音说:“对我们来说,这个年纪很难怀上了。”

“我们也是,虽然我们有各种药物和技术可以帮忙,但还有个小问题……”

“嗯?”

“是这样,像你和庞特这样的巴拉斯人,有二十四对染色体。像我这样的格里克辛人只有二十三对。”

露特皱紧眉头,“这样受精就更难了。”

玛利亚点点头,“是的,我怀疑只靠做爱可能不行。”

露特听完就笑了起来:“但也别放弃尝试呀!”

玛利亚咧嘴一笑,“肯定不会。但我希望能想办法把庞特的DNA和我的DNA结合起来。在我们智人的染色体里,有一条是由双方祖先的两条染色体结合后演化而来的。从遗传学的角度来看,双方的这条DNA序列其实非常相似,但它恰好都在智人的一条长染色体上,而不是在尼安德特人的两条短染色体上。”

露特缓缓地点了点头,“所以你希望能解决这个问题?”

“我是这么想的。我觉得应该可以,就算用我们的技术也能做到,但过程会很麻烦。你们在许多事上都领先我们,所以我想问问看你认不认识这个领域的专家?”

“玛,我很喜欢你,但你的确有踏上不归路的倾向。”

“什么?”

“你的问题有个解决方法——而且是完美的方法。但是……”

“但是什么?”

“但它被禁了。”

“被禁了? 为什么?”

“因为它对我们的生活方式构成了威胁。有位遗传学家,名叫维桑·伦内特,她四个月前还住在克拉尔达克。”

“那是哪里?”

“一座离这里大约三十五万臂远的城市,但她已经离开那儿了。”

“她离开克拉尔达克了?”玛利亚问。

露特摇摇头,“她离开了一切。”

玛利亚只觉双眉紧锁,“我的天——你的意思是,她自杀了?”

“什么? 不是,她还活着,但至少在大家看来,她已经彻底失联了。”

玛利亚指了指露特的前臂,“你们不能直接呼叫她吗?”

“不行,这就是我想说的。维桑脱离了我们的社会。她挖出了自己的机侣,选择在荒野里生活。”

“她为什么这样?”

“维桑是一位了不起的遗传学家,她发明了一种设备,却没有得到最高银须长老会的支持。而且地方银须长老会还联系到我,问我对它怎么看。我不想看到这项研究中途被叫停,但她的所作所为只会让最高银须长老会觉得他们别无选择。”

“我的天,听你的说法,她好像造了什么基因武器!”

“什么？不,不,当然不是。她又不是疯子。维桑造的设备是一台……一台‘密码子编写器’,我觉得应该是叫这个名字。人们可以用它进行编程,就能输出你能想到的任意脱氧核糖核酸或核糖核酸序列和相关蛋白质。只要你能想到,维桑的密码子编写器就能做到。”

“真的？哇！听起来真的很有用。”

“但在最高银须长老会看来,它有点儿有用得过头了。你看,它除了能造出很多其他东西,也能造出……造出……我不知道你们是怎么说的,就是生殖细胞里的半套染色体组。”

“单倍体组,”玛利亚说,“二十三——不好意思,是指精子或卵子所携带的第二十四条染色体”

“没错。”

“但这有什么问题吗?”玛利亚问。

“因为它和我们的司法制度冲突了。”露特说,“不知道你发现了没有？我们之所以给罪犯和他或她的近亲做绝育手术,就是为了不让他们延续自己的单倍染色体组,不让它们继续繁衍。但维桑的密码子编写器能让绝育的人绕开自己所受的惩罚,他们只要给这个设备编程,就能把带有自己基因信息的染色体传给下一代。”

“这就是这个设备被禁的原因?”

“没错,”露特答道,“最高银须长老会下令停止研究,维桑震怒,她说自己无法继续留在这个压制知识的社会里,所以就离开了。”

“所以……所以维桑现在就在荒野求生了?”

露特点点头,“这不难。我们在年轻的时候都参加过必修技能的培训。”

“但……但严冬马上就来了。”

“她肯定会搭一幢小屋或者别的什么遮蔽物。不管怎么样,你现在要的就是维桑的密码子编写器。在最高银须长老会下达禁令前,她只造了一台原型机。当然了,一般说来,在这个世界是不可能丢东西的,植入体内的机侣会观察并记录一切。但维桑挖出机侣后,趁着四下无人时把原型机处理掉了。它可能还在,如果你想造出混血儿,那它肯定是你需要的理想工具。”

“但我得先找到它。”玛利亚说。

“没错,”露特说,“你得先找到它。”

第十四章

“这种探索精神让哥伦比亚和鹰、洋基快船和无畏、奥德赛和宝瓶座、小鹰和心宿二、奋进和猎鹰、卡斯帕和猎户座、美国和挑战者[①]飞向了月球……”

将永久机侣植入玛利亚的身体必须让尼安德特外科医生来进行。在植入之前，玛利亚需要回到德博拉镍矿上方的设备室，她只有在这里才能打开临时机侣的锁扣。完毕后，两名身材魁梧的尼安德特人执法者陪她前往萨尔达克城中的医院。

负责手术的外科医生名叫科博农，她是第145代的人，年纪和玛利亚差不多。科博农主要负责修复严重受损的肢体，比如在狩猎时偶然遭受的肢体严重损伤，她在肌肉组织和神经组织方面是首屈

① 以上名字是美国登月的阿波罗计划中“阿波罗十一号”飞船至“阿波罗十七号”飞船的指令舱和登月舱的名字。

一指的权威。

“这会有点麻烦。”科博农说。临时机侣放在一张小桌上,接着一个外部电源,它虽然没有与玛利亚相连,但还是能通过外部扬声器替她翻译。科博农显然还不习惯有人给她翻译,她说话很大声,仿佛玛利亚能听懂尼安德特人的语言。“你的前臂肌肉不如巴拉斯特人的那么健硕,机侣固定起来可能会比较麻烦。但我发现,他们关于格里克辛人身体比例的说法是对的:你的上臂和前臂长度相同,这样也许能给我们一些额外的操作空间。”巴拉斯特人的前臂明显比上臂短,小腿也比大腿短。

“我还以为这是小手术呢。”玛利亚说。

科博农听完,那双微微泛着红色的眉毛动了动,“小手术?向成年人的身体里植入机侣可不是。当然了,在机侣刚刚被发明出来的时候,也就是差不多一千个月之前,它们植入的都是成年人的身体,但当时做这项手术的外科医生早就去世了。这种手术现在很少做,除非植入过机侣的胳膊没了。”

“啊!”玛利亚应了一声。现在的她靠在一个装着脚镫的座位上,看着像是把牙科椅,但显然是某种多功能操作平台。她的左臂落在一张从椅子侧边伸出的小桌上,内侧皮肤被某种东西擦拭过,不是酒精,而是某种粉红色的液体,闻着酸酸的,显然是用来给皮肤消毒的。不过玛利亚惊觉科博农居然没戴口罩,这令她有点担心,于是说:“我们的外科医生通常会遮住自己的口鼻。”

“为什么?”科博农问。

“避免感染病人，也避免病人感染他们。”

“那我还不如蒙着眼睛动手术呢！”科博农嚷道。

玛利亚正准备质疑她的说法，随后马上理解了外科医生这话的意思：尼安德特人敏锐的嗅觉正是他们感知外界的关键环节。

“你们是怎么用麻醉药的？”玛利亚问。她第一次因为庞特不在而心怀感激。她知道他好诙谐，庞特听到她这么问，肯定会打趣道：“麻醉药？那是什么？”然后停顿片刻后，再说，“我开玩笑的。”她现在已经很紧张了。

“我们会用神经元阻断剂。”科博农回答。

“真的？”玛利亚好奇起来，虽然她很害怕，但她体内科学家的那部分又冒了出来，“我们用的是化学试剂。”

外科医生听完点点头。“我们之前也用这个，”她说，“但这种方法要等一段时间才能起效，也要等一段时间才能消失，而且难以精确控制麻醉区域。当然了，还有一些人对化学麻醉药剂过敏。”

“又是我们想用其他技术来交换的一项知识。”玛利亚说。这时候，房间里进来了另一位女性。玛利亚对巴拉斯特人的医务人员职称等级一无所知，她可能是一名护士，或者是另一名医生，又或者担任着什么格里克辛人的世界里没有的职位。她拿出一条弹力金属带，缠在了玛利亚左手肘部下方位置，又把另一条缠在了手腕上方。玛利亚惊讶地看着她拿出一支记号笔，在两条金属带之间画出许多复杂的线条。笔尖出来的不是墨水，看着更像是某种液态金属，但它不烫人，而且很快就干了。最后表面呈现出一种哑光的质感，看着就像是浇在冰淇淋上的巧克力酱遇冷结成的脆壳,只是颜色不一样。“这是在做什么?”玛利亚问。

拿着记号笔的巴拉斯特人没有回答,但外科医生解释道:“她正在标记你前臂上对应的神经干,这些线条在两条去稳定剂之间形成了通路。”

几分钟后,第二名女性点了点头,显然是在对玛利亚做出表示,接着对方走向一个小型控制台,拔出一连串控制钮,玛利亚就发现自己的前臂没感觉了。“哇!”她叹道。

“好了,”科博农说,“手术开始。”还没等玛利亚反应过来,外科医生就已经下刀了。刀刃顺着与玛利亚桡骨平行的方向切开一道长口,血立刻涌了出来,流到小桌上,玛利亚看着这个画面,差点吐了出来。她这才发现,在小桌的边缘有一圈隆起。

玛利亚很震惊,担心自己随时会晕过去。在她的世界里,人们费了很大功夫,就是为了不让病人在做手术的时候看到自己的情况。但这个世界的人们好像根本没有这个想法,或许他们偶尔杀死自己捕来的猎物,就足以让他们不再对这种事畏首畏尾。玛利亚费劲地咽了口唾沫,努力平静下来,流的血也没那么多……吧?

她想,如果碰到胸外科手术,情况又会是怎样的?格里克辛人的外科医生刀下的病人都用无菌巾盖着脸,浑身只露出一小块手术区。巴拉斯特人是不是也会这样?这么做最重要的原因并不是避免让病人浑身沾满血,而是一种对外科医生的心理辅助,为了让他(她)专注于手术区的切割与缝合工作,避免让他们觉得自己是在另一个人的心灵家园上动刀，这是玛利亚的一位医生朋友告诉她的。但巴拉斯特人由于缺乏对笛卡尔式的“心灵/肉体”二元性的认识，而且对血污没什么反感，所以可能也用不着这些。

科博农把几个弹簧似的蓝色东西塞进伤口，它的作用显然和扩张钳一样，都是为了打开切口。她又往动脉、静脉和神经上夹上其他小钳子和不知名的小玩意儿。玛利亚可以清楚地看到自己皮肤上的切口，分开了她的脂肪和肌肉，露出了光滑的桡骨表面。

几分钟后，另一个巴拉斯特人走了进来，是之前在玛利亚前臂上画出麻痹神经线路的那位。医生穿着黄色短袖，戴着蓝色的长手套，长度可以包住肘部。玛利亚觉得这样是为了防止血液沾在他们多毛的前臂上。

第二名巴拉斯特人拿起了玛利亚的新机侣，拆开无菌包装。玛利亚习惯了它的面板，但从来没见过它的另一面。另一面看起来很像地形模型，形状设计得高低错落，还有峡谷，或许是为了适应血管的形状。玛利亚看着自己的桡骨动脉被切断，感觉非常不舒服，这条血管可是自杀者最爱的选择。虽然断面很快就被夹住了，但还是喷出了一条一英尺左右的血柱。

玛利亚龇牙咧嘴地想，那位发明了密码子编写器的维桑·伦内特是怎么自己把机侣挖出来的，那过程肯定无比艰辛。

外科医生接着用上了激光手术刀，和庞特当初在联合国大楼外被枪击时玛利亚亲手用过的那个类似。医生把玛丽亚的桡动脉两端分别连入机侣下方的两个小孔。她知道机侣没有其他能源，而是要靠体循环来给它们提供能量。这么说来,通过桡骨动脉泵送血液的力量肯定是一种很好的能源,机侣显然内置了一座水力发电厂——或者应该说是“血”力发电厂才对。

玛利亚一直想把脸转开,她以前在换台找节目看的时候,如果正好看到学习频道播出的《手术》[①]这部医疗纪实剧,就会立刻切走画面;但正在自己面前发生的事实在是既吓人又有趣。科博农安装完机侣后再烧灼血管,用激光照射几秒伤口来愈合皮肤,最后在机侣边缘挤上一圈油灰一样的东西,显然是促进伤口愈合用的。

手术剩下的部分就是在耳蜗内放置植入体,这相比之前的大工程就有点不值一提,或者至少看起来是这样,也有可能是玛利亚没法亲眼看到这部分操作的缘故。

全部手术终于做完了。她们擦去玛利亚手臂上的血,撕去机侣面板上的保护膜,调整了人工耳蜗的输出频率和平衡。

“好了。”外科医生说着,把手伸到玛利亚前臂,拔出一个小小的珠状控制钮。这样的控制钮一共有六个,颜色不重样。“完事。”

“你好,玛利亚。”一个数码合成的声音响了起来,听着像是从脑袋中间传来的,就在两只耳朵正当中的位置。这个声音有着尼安德特人的风格——低沉、自带共鸣,可能是女性的声音。现在它发玛利亚名字中的“利”已经非常顺利了,看来有人提报过这个问题,而

---

① 学习频道TLC是探索通信(Discovery)旗下的一个电视频道。《手术》(*The Operation*)是该频道于1992年至1998年之间播出的一档医疗纪实剧,展示手术台上的真实手术操作。

且得到了解决。

“你好,”玛利亚说,“呃,怎么称呼?”

“随你喜欢。”

玛利亚皱眉思忖片刻,然后说:“克丽丝汀怎么样?”克丽丝汀是玛利亚姐姐的名字。

“可以,”她脑袋里的声音说,“当然了,如果哪天你改主意了,可以随意更换。”

“好的,”玛利亚说,接着她又问,“那你们能说‘甭’和‘节能’之类的词了?”

“是的。”

玛利亚露出了惊讶的表情,“所以你们现在能用这种缩写词了!庞特的机侣就不行。”

“只要掌握背后的逻辑就行,程序方面并不难。”克丽丝汀说。

有人轻轻拍了拍她的肩膀,把玛利亚吓了一跳。她在和机侣交流的时候完全忽略了外部世界,想到这里,她好奇是不是自己也会像尼安德特人一样在和机侣交流时歪头。且不论这是自然而然的动作还是特地养成的习惯,但这么做的确能让别人知道你现在在做别的事。

“那我就认为你的机侣在正常工作咯?”外科医生低头,微笑着看向坐在手术椅上的玛利亚。玛利亚第一次听到了庞特平时听到的那种翻译——不是通过外部耳机,而是翻译过后的词直接飘进脑海里。机侣模仿得很到位,声音听着很像外科医生的声音,只是这些英语单词的重音位置很奇怪,就像出自威廉·沙特纳[1]之口。

“是的,工作正常。”玛利亚话刚说完,她的机侣就通过外置扬声器把它翻译成了尼安德特人的语言:“Ka Pan Ka。”

“那就好,”女人依然面带微笑地说,“那就完事了。”

“我的机侣开始往我的远程档案传输数据了吗?”

“是……”外科医生说,克丽丝汀将对方说的“Ka”翻译完之后,用机侣的声音补完答句,“……的。”

玛利亚从椅子上站起来,对外科医生和她的同事道谢后就离开了。她在医疗机构的大厅看到了四名尼安德特男性,他们的胳膊或腿好像骨折了。其中一个穿着曝录者标志性的银色衣服。玛利亚觉得这类人是不介意别人问他们问题的,于是她上前问道:“发生什么事了?”

“我们吗?”曝录者回答,“小事,就是打猎的时候受伤了。”

这个回答让玛利亚想到了埃里克·特林考斯,他根据观察得出结论:尼安德特人经常会由于一些骑公牛之类的缘故而受伤。“你们在狩猎什么?”

“驼鹿。”曝录者说。

玛利亚听了后有点儿失望,她对这个动物不是很陌生,“为了打猎受伤,值吗?”

曝录者无奈地耸耸肩,“抓的是驼鹿就值。只吃旅鸽和水牛可

① 威廉·夏特纳(William Shatner,1931—),加拿大演员,在《星际迷航》系列中饰演詹姆斯·T.柯克船长。

不行。”

“好吧，”玛利亚说，“希望他们能尽快帮你们恢复健康。”

曝录者笑着回应道：“哦，他们没问题的。”

玛利亚与他们告别后，伴着夕阳离开了医院。她的出现或许能让这位曝录者的观众大饱眼福。

随后她突然反应过来：她刚才走进一个房间，里面有四个她从来没见过的男性，但她却不觉得害怕，就像她在得知那位强奸犯的身份后，还是选择回到自己的世界一样，她完全没有感到恐惧，相反，她还厚着脸皮走到一个男人面前，和他说起话来。

她用惊叹的目光低头看着自己的前臂，看着自己的机侣，看着克丽丝汀。直到永久机侣成了她身体的一部分之后，那种将所有人的活动全都记录在案的感觉才慢慢真实起来。现在，她终于明白这是何等自由。在这里，她是安全的。噢，她周围可能还有很多不怀好意的人，但他们再也不敢有任何动作……因为他们永远都逃不掉。

玛利亚本可以让克丽丝汀叫一辆旅行块载她回露特家，但秋景可人，所以她决定步行。在这个世界里，她第一次发现自己居然能轻松迎上尼安德特人的目光，而且没有什么负担，他们就像是小镇邻居那样亲切，好像她就属于这里，好像这里就是她的家。

第十五章

“莱托里的火山灰保存着的人类足迹[1]，那是由一雄一雌的两只南方古猿留下的（它是格里克辛人和巴拉斯特人的祖先）。他们肩并肩慢慢地散着步，探索着周围的世界：这是小体型原始人留下的最早的足迹。而月球上的静海基地、风暴洋、弗拉·毛罗环形山、哈德利月溪、笛卡尔高地和陶拉斯－利特罗谷也都有人类的足迹[2]——这真的是巨大的飞跃……”

经历了手术后，玛利亚筋疲力尽，等她回到露特家里，就一头栽倒在正方形凹坑里呼呼大睡，坑里铺满了靠垫，当作她的床。直到露特在两个十分日后从实验室回来时她才醒。

“你看！”玛利亚向露特炫耀着她的新机侣。

① 于1978年发现于坦桑尼亚的莱托里足迹是人类直立行走的最早证据。

② 以上地名是美国阿波罗计划六次成功登月的登陆地。

几乎所有的机侣看上去都大差不差，但露特显然意识到了玛利亚想要得到称赞。“这机器太可爱了！”她说。

“对吧？”玛利亚说，“但不要叫她机器，她是女性，名叫克丽丝汀。”

“你好。”克丽丝汀的扬声器发出了数码合成的声音。

“克丽丝汀，”玛利亚把露特介绍给她，“这是学者露特·芙拉多，她是学者阿迪克·胡德的女伴，而他又是我……”玛利亚停下话，寻找着正确的单词，然后耸耸肩，继续说了下去，“……男友，即学者兼尼安德特人特使庞特·博迪特的男伴。”

“学者芙拉多，日康。”克丽丝汀说。

“日康，”露特回礼道，“你可以叫我露特。”

“谢谢。”机侣答道。

露特深吸一口气，显然是在捕捉空气中的气味分子。

“金娜德还没回家吧？”她问。金娜德是露特的女伴。

“没有，”玛利亚说，“戴伯和卡拉塔尔也没回来。”戴伯是露特和阿迪克·胡德的儿子，卡拉塔尔则是金娜德和她男伴的女儿。

露特点点头，“很好，那我们也许可以谈一谈，因为有个必须解决的问题。”

“嗯？”

但露特随后就沉默了，显然不太愿意说下去。

“我是不是有什么地方做错了？”玛利亚问，“是不是哪里冒犯到你了？”她知道，在这个世界里生活的确会面临许多文化方面的困难,但她已经尽力事事模仿露特了。

“不不,不是这样。”露特示意她坐在圆形的生活区,于是她走向沙发,露特也跨坐在附近的鞍形椅上,“只是你的生活安排问题。”

玛利亚点点头,这是必然的。“我在这里停留得太久,不受欢迎了,”她说,“对不起。”

露特抬起一只大手,掌心向外示意道:“别误会,从你上次到访到现在这次,我都很享受你的陪伴,但我家里现在已经很挤了。虽然戴伯在几个旬月之后肯定会离开我们,和庞特与阿迪克生活,但是……”

玛利亚点点头,“但毕竟还要过几个旬月。”

“没错,”露特说,“如果你还要在这个世界多待些日子,就必须有个自己的家。”

玛利亚听了直皱眉,“我不知道要怎么办,我还要和庞特谈谈,毕竟我从他的账户中扣除日常开销是一回事,但如果要买房——”

露特听了大笑起来,但并没有嘲笑意味,“你不用买房,选一栋空房子住进去就好了。没人会质疑你的贡献,你给我们带来了很多新知识,当然配得上一幢自己的房子。”

“你的意思是,房子不是私有的?”

“不是,为什么会是?啊,我大概懂了。别忘了,我们的人口数量是稳定的,所以除非构成房屋的树死了,不然我们是不需要新房的。而且建造房屋用的树木是由政府种植和照料的,毕竟它们需要很长一段时间才能成材。但总会空出一些屋子,用来接待萨尔达克的访客。我们可以给你找个这样的屋子。我还认识一位出色的木匠,可以给你做家具——我觉得她面对你提出的特殊需求肯定会觉得很有挑战。”然后她沉默片刻,才继续说道,“当然,这样你就要一个人生活了。”

玛利亚本来不愿承认这对自己是一种解脱,她已经习惯独自生活了。她和科尔姆分居多年,已经习惯了夜晚家中安静的环境。相比之下,露特家中的喧闹有点让她神经紧张。但话又说回来……

……话又说回来,她对这个世界还很陌生。玛丽亚如果没了别人帮忙,肯定不可能做好应对的准备。就算有克丽丝汀的帮助,她也知道自己还会面临其他困难。

“那,你知不知道有谁可以做我的室友?”玛利亚问,“就是现在独居,但可能会喜欢和别人共同承担家务的人。”

露特用拇指轻敲着额头中央,也就是两条眉脊连接处的上方。“让我想想……让我想想……”但随后她低下了头,显然是在听自己机侣的建议,然后点头说道:“这个主意不错。”随后她看向玛利亚,“我知道有位名叫班德拉·托加克的女士,她住的地方离这里不远,是一位地质学家,也是我最喜欢的人之一,而且她对格里克辛人非常感兴趣。”

“她的家人没和她住一起吗?”

“是的。她和她女伴的缔约前些时候失效了,小女儿最近搬走后,两个孩子现在也都离家了。她之前和我提过,自己家里现在空荡荡的,也许她会接受新的安排……”

在一个凉爽的秋日里,青灰色的天空中布满卷云。露特和玛利亚一起走在路上,前面是一座橄榄球场那么宽的建筑,从窗户的分布情况来看,这建筑有四层楼。“这是我们的科学院,这间是专为女性开设的。”露特为玛利亚热情介绍道,“班德拉·托加克就在这里工作。”

她们穿过许多道门,其中一扇门的门板看着很坚固,用铰链开合。露特打开门,沿着走廊继续前进。走廊宽高等长,墙上管道内的催化反应带来了光。许多第147代的尼安德特女性在这里走来走去,她们正是接受大学教育的年纪,各种细长的机器人来回穿梭,四处奔波。

露特来到装有两部电梯的电梯井前,准备乘坐电梯。尼安德特人的电梯闲置时会开着门,好让轿厢没那么闷热,这样在当前楼层有电梯时,也能一目了然。露特带玛利亚走进开着门的电梯里,然后对着空气说:“班德拉·托加克的实验室。”电梯合上门,开始向上移动,几秒钟后门开了,她们眼前是另一道走廊,有个数码合成的声音说:“右侧第三扇门。”

玛利亚和露特走到那扇门前,推开走了进去。“班德拉,日康。”露特说。

一个后背宽厚、背对着她们的尼安德特女人听到声音后就转过身来,面带微笑地说:“露特·芙拉多! 日康!”

然后,她那双迷人的小麦色眼眸落在了玛利亚身上。“你肯定是学者沃恩了,”她说,“露特说过你要来。”她又对玛利亚笑了笑,而且让玛利亚惊讶的是,她居然向自己伸出了手。

玛利亚握住它,珍重地摇了摇,“我——我没想到尼安德特人也会握手。”

“噢,我们是不会,”班德拉笑着说,“但我看过所有和你们格里克辛人相关的材料,你们真的太有意思了!”然后她松开玛利亚的手,“我刚才那样没错吧?”

“没错,”玛利亚说,“就是这样。”

班德拉笑容满面,她是144代的人,比玛利亚大九岁,但其实很可能是八岁半,因为玛利亚是在九月出生的,而大多数尼安德特人的生日都是在春天。班德拉脸上和身上的体毛是古铜色和银白色的混合。

“太好了,太好了。哦,等等!还有个仪式!”说完,她收起脸上开心的表情,假装很严肃地问道:“你好吗?”(How are you?)

玛利亚大笑起来,“我很好,谢谢。你呢?”(I' m fine, thanks. And you?)

“我也很好。”(I am fine, too.)班德拉说完也笑了起来。“你们真是太棒了!居然有那么多小仪式!”末了,她微笑着对玛利亚说,“学者沃恩,见到你荣幸之至。”

“你叫我玛利亚就行。”

“不,叫不了,”班德拉说着又大笑起来,“但要是能用‘玛’来称呼你就行。”

班德拉的实验室里放满了矿物标本——晶体状的岩石、抛光过的岩石、精心摆放的晶洞,还有其他许多东西。“终于见到格里克辛人了,真是高兴。”班德拉继续说,“我把能找到的所有关于格里克辛人的东西都读过了。”

“唔,谢谢你。”

“和我说说你吧。你有孩子吗?”

“还没有。”玛利亚说。

“啊,好吧,我有两个女儿和一个外孙。想看看照片吗?”

“唔,好啊。”

班德拉听了后又是一阵大笑,“你们格里克辛人有一套复杂的礼仪!但你也很随和!我现在知道了,我能让你花好几个十分日看看我在旅行时拍的照片。”

玛利亚发现自己现在很放松,班德拉的幽默很有感染力。

这时,露特开口说道:“希望你不要介意我们冒昧地中途来访,但是……”

“但你们就住在附近啊!”班德拉灿烂地对玛利亚笑道。

玛利亚点点头。

“四处转转呗。”班德拉继续说,她的发音听着像是“四除转砖”,口音很奇怪,像美国人刻板印象里加拿大人的口音,但玛利亚至今还没听到其他同胞有这种口音。“你们格里克辛人居然有那么巧妙的短语!”

“谢谢。”

“话说回来，露特和我说你想找我帮个忙。”班德拉对着满屋子的岩石大手一挥，微笑着对玛利亚说，“我实在想不出地质学家能帮到你什么，不过——这个是我最喜欢的一句话——我‘洗耳恭听’。”

“呃，唔，我……唔，我在找地方住，就是在萨尔达克的城中。”

“真的？”班德拉问。

玛利亚微笑道：“骗你‘天打五雷轰’。”

班德拉听了爆笑如雷。“希望这两件事都和你不沾边！”接着她犹豫片刻后说道，“我的确是有间旧屋，而且现在一个人住。”

“露特也是这么和我说的。我要在这里待一个月左右，如果你愿意多个室友……”

“我是愿意，但是……”班德拉的声音越来越轻。

玛利亚忍不住想追问原因，但她无权探询对方的隐私，班德拉也没有什么义务给出拒绝玛利亚的理由。

过了一会儿，班德拉还是开口了：“你前面是说只有一个月吗？那你会在这里一直待到下个合欢日？”

“是的。”玛利亚说，“但当然了，我到时候会回避的。”

玛利亚在班德拉的大脸上看到了她流露出的激烈情绪，她当然能够理解这一点。这位尼安德特女性肯定是在权衡利弊，让陌生人搬进来肯定会有不便，但那个陌生人是另一个世界的来客，科学家就是无法抗拒这种诱惑。

她最后终于说道：“很好，你们有句话是怎么说的来着？‘你的家就是我的家’。”

“你是不是把话说倒了?”玛利亚说。

“啊,是的,是的! 我还在学!”

玛利亚微笑着说道:“我也是。”

第十六章

“但现在距尤金·塞尔南最后一次登月[1]已过去三十多年。那竟是最后一次！谁能想到，对于1972年后出生的几代人来说，‘在另一个世界生活的人类’这个主张已沦为历史课中的一部分……”

玛利亚发现班德拉家虽然没比露特家大多少，但住着却舒服得多。首先是这里的家具更符合玛利亚的喜好；另一个原因是，她入住后才发现班德拉不但是个观鸟爱好者，更是一名杰出的艺术家。她家的木质内饰墙面和天花板上画满了当地的鸟类，水平堪比十八世纪鸟类学家奥杜邦[2]的画作，而其中当然也包括了旅鸽。玛利亚

① 美国迄今为止最后一次登上月球，是在1972年12月14日。

② 约翰·詹姆斯·奥杜邦(John James Audubon，1785—1851)，美国著名的画家、博物学家，他先后出版了《美洲鸟类》和《美洲的四足动物》两本画谱。其中的《美洲鸟类》曾被誉为19世纪最伟大和最具影响力的著作。

本身也喜欢鸟类,所以她才在约克大学研究旅鸽的DNA,而她的研究生达利娅则承担着从埃及木乃伊身上寻找遗传物质的任务,看着比她的课题更性感一些。

玛利亚发现自己回家比班德拉早,有点奇怪——更奇怪的是她回家后就能直接穿过家里的大门。当然了,这主要还是因为尼安德特人不锁门,这对他们来说没必要。

班德拉有台家用机器人——很多巴拉斯特人家里都有。它看上去细细长长的,像只虫子,有着蓝色的机械眼,但和朗维斯的完全不一样。它就这么用眼睛看了看玛利亚,接着继续在房间里到处游荡,打扫卫生,掸掸灰尘。

虽然玛利亚知道,她得等到下次合欢日才能见到庞特,但是给他打电话不需要理由——她那台亮闪闪的新机侣可以轻松联系上他的或者其他任何人的机侣。

所以玛利亚给自己找了个舒服的姿势——躺在班德拉家客厅的沙发上,看着天花板上美丽的画作,让克丽丝汀给哈克打了个电话。

“嘿,甜心。”她说,不过这个情侣间的爱称对庞特来说比“宝贝”更糟糕,因为他有些音发不出来,只能听到克丽丝汀所提供的译文。

“玛!”庞特的声音听着很激动,“你能联系我真是太好了!”

“我想你了。”玛利亚说。她觉得自己又回到了十八岁,在老家的卧室里和自己的初恋唐尼聊天。

“我也想你。”

“你在哪儿?”

“我带巴伯去散步了。我们都能用这个机会来锻炼下身子。”

“阿迪克和你一起吗?”

“没,他在家。最近有啥新鲜事吗?”

这么久以来第一次听见庞特用“啥”这样的简称,玛丽亚还是很惊讶的,于是她从安装永久机侣的事开始,再讲到自己搬去了班德拉家里,接着她说:“露特和我说了一些非常有意思的事,她说有种被禁止的设备可以帮我们生孩子。”

“真的?是什么?”

“她说这是一位名叫维桑·伦内特的人发明的。”

“哦!我记起来了,我在自己的窥机上见过。她移除了自己的机侣,选择在野外生活。她好像是因为某件发明和银须长老会起了冲突。”

“没错!她发明的设备叫作密码子编写器,可以编写人们想要的任何DNA序列,我们如果想要孩子,那就正好要用到这个功能。露特觉得维桑可能还留着她的原型机。”

“有可能,”庞特说,“但如果她——不好意思。乖狗狗!好狗狗!好了好了,看着!去拿回来!拿回来!不好意思,我想说,如果它真的存在,那也还是被禁的。”

“这倒是,”玛利亚说,“在这个世界上是这样,但如果我们把它带到我的世界去……”

“好方法!”庞特赞叹道,“但我们怎么拿到它?”

“我觉得我们要先找到维桑,然后直接问她。反正这样也不会有什么损失吧?”

“但又怎么找到她?她又没有机侣。”

“这个嘛,露特说她之前住在一个叫作克拉尔达克的城市里。你知道那儿是哪儿吗?”

“当然知道,克拉尔达克在杜岚蓝湖北面的埃黎湖畔。它的位置大约就是你们世界中底特律的位置。”

“好吧,如果她在荒野里生活,那也不会离那里太远,你说呢?”

“我觉得也是。没了机侣,她什么交通工具都用不了了。”

“露特还说她可能已经造了间小屋子。”

“很有可能。”

“所以我们可以在卫星地图中搜索一下新造的小屋—— 一个在四个多月前的地图上没有的小屋。”

“亲爱的,你是不是忘记自己在哪儿了,”庞特说,“巴拉斯人没有卫星。”

“对哦,真烦。那空中侦察呢?你知道吧,就是那种从飞机上拍的照片?”

“我们也没有飞机,倒是有直升机。”

“好吧,那她离开后,你们有没有派直升机去调查过?”

“这是多久前的事儿?”

“露特说大概是四个月前。”

“这样的话,有。在夏天,森林火灾是个大问题,当然了,火灾起因有很多,可能是闪电,也可能是人祸。所以我们会通过拍摄航空照片来追踪火灾的痕迹。"

"我们能看到吗?"

"哈克?"

哈克的声音传进了玛利亚的脑袋里。"你们刚才说话的时候我就已经试着搜过了。"机侣说,"根据远程档案里的记录,维桑·伦内特的机侣是在148/101/17下线的,从那时候到现在,我们对克拉尔达克及其周边地区进行了三次航空监测。虽然到了冬天,落叶乔木的树叶全都掉光了,小屋可能很容易发现,但现在这时候,要想透过夏季森林的树冠找到小屋实在很难。"

"但你能试试看吗?"玛利亚问。

"当然。"

"可能也没什么效果。"玛利亚说着叹了口气,"如果露特之前说的那些关于维桑和密码子编写器的话是真的,那么其他人肯定已经试着找过了。"

"为什么?"

"你也知道,那些被绝育的人想通过这种方法来绕开施加在自己身上的制裁。"

"有可能,"庞特答道,"但维桑选择离群索居的时间也不长,被绝育的人也没那么多。毕竟这个世界上谁都不想在明年夏天前怀孕,所以——"

"打断一下,"哈克说,"我找到了。"

“什么?”玛利亚问。

“那间小屋——或者至少是一间在其他更早些的地图上找不到的小屋。它大约在克拉尔达克以西三十五公里的地方。”哈克贴心地为玛利亚换算了尼安德特人的计量单位,而庞特的耳蜗里听见的大约是“七万臂”之类的。

玛利亚惊呼:“太棒了!庞特,我们得去见见她!”

“当然。”他说。

“你明天行吗?”

庞特的声音低了下来,“玛……”

“什么?哦,我知道,我知道,合欢日还没到,但是……”

“嗯?”

玛利亚叹了口气,“没事,你是对的。那我们能不能在下个合欢日去找她?”

“亲爱的,那时候当然可以。我们可以做你想做的任何事。”

玛利亚答应下来,“那好,这也算是一次约会。”

班德拉和玛利亚似乎志趣相投(班德拉很喜欢用这个词)。她们都喜欢在家度过一个安静的夜晚,虽然她们之间有数不清的科学问题要讨论,但对她们各自的谈论得也越来越多。

这让玛利亚想到了自己在鲁本·蒙塔戈家里隔离时首次与庞特相处的时候。与班德拉交换意见和想法不论是在智力上还是在情感上都给人很大的启发,而这位尼安德特人女性对她也非常热情、友善，淡吐还风趣。

话虽如此，当她们坐在班德拉的客厅里讨论问题时，话题有时会变得相当尖锐，即使她们没有进行激烈的争论。“我觉得你们之所以过于关注隐私权，肯定是因为宗教在后面煽风点火。”坐在沙发另一头的班德拉对玛利亚说，“最开始我以为这是因为某些诱人的行为是被禁止的，所以人们才需要隐私作掩护，好让自己沉溺其中。这肯定只是部分原因。但现在你和我说了你们信仰体系的多样性，那么你们想去信奉比较小众的信仰，也会需要隐私。早期实践你们这个制度的人，也就是基督徒，就会隐藏自己与他人会面的行踪，我说得对吗？”

“是的，”玛利亚说，“其实我们最重要的节日圣诞节，也就是耶稣出生的纪念日。我们每年冬天十二月二十五日都会庆祝这个节日，但耶稣其实是在春天出生的。而我们之所以知道这一点，是因为《圣经》里说他出生的时候，牧羊人晚上在照看自己的羊群，而这种情况只会在春天出现，因为小羊羔只会在春天出生。”说到这里，玛利亚露出了微笑，“嘿，你们也这样，你们也喜欢在春天生孩子。”

“这或许是有原因的：既然总要面对冬天，那就只能给后代最好的成长机会。”

但有个比喻一直在玛利亚的脑海中盘旋，她试探性地说了出来：“你们巴拉斯特人在其他方面也和绵羊很像。你们太平和了。”

“难道我们看起来是这样吗？”班德拉问。

“你们没有战争，而且就我所见，你们也没有多少社会暴力事件。虽然……”她话说一半停了下来,后半部分她没说出口,那就是好几年前,庞特的下巴还被打碎过一次。

“我同意。我们还需要为自己寻找食物——当然了,肯定不是从早到晚找个不停,除非这是那人的主业。不过在通常情况下,它给暴力冲动提供了一个发泄出口——你们是怎么说的?——然后它就从我们的系统中除掉了。”

“宣泄,”玛利亚说,“净化了压抑的感觉。”

“宣泄!哇哦,又一个好词!没错,是这样。砸碎几个动物的头骨,或者从骨头上撕下肉,之后就会觉得无比平静。”

玛利亚没说话,回想了一下自己有没有因为吃或者其他目的而杀过动物,答案是否定的,她只拍死过蚊子。“我们不这样。”

“我知道,”班德拉说,“你们觉得这样不文明,但我们觉得这是让我们保持文明的方法之一。”

“但你们没有隐私,这会不会导致监视权滥用?有没有人可能通过破坏远程档案的安检系统,继而窥探——也就是秘密观看你们在做的事?”

“怎么有人会想做这事?”

“呃,比如为了防止有人密谋颠覆政权?”

“为什么会有人想颠覆政权?投票罢免不行吗?”

“呃,现在是可以,但你们肯定也不是从一开始就有民主的啊。”

“我们还能发展出什么情况?”

“部落首领?军阀?神皇?不对,不对,把最后一个去掉。但,好吧……”玛利亚皱着眉。嗯,怎么说,没有农业的话,就没有可供防御用的小规模领地。原始的农民保护几百英亩[①]的土地当然没问题,但一小群人绝对没办法保护狩猎用的几十或者上百平方英里[②]的森林。

但话又说回来,为什么要费功夫去保护呢?突袭农田能够立刻带来收益,就拿可食用的植物和纤维来说吧,它们既能从地里抢,也能从粮仓里偷。但正如庞特反复强调的,没人能够进入一片新的地区然后立刻将其搜刮殆尽。因为他们不知道动物会在哪里饮水,鸟儿会在哪里下蛋,高产的果树长在哪儿。这种生活方式只会带来和平的贸易,因为对于旅行者来说,带一些值钱的东西来交换新打到的野味所费的功夫远比自己打猎要少得多。

不过,如果事态紧急,大多数尼安德特人身体的强壮程度也完全能够让他们通过在野外觅食来养活自己。显然,维桑现在就面临着这样的情况。另外,由于尼安德特人的人口规模有限,而且几百年来都是如此,所以对于任何想要外出觅食的人来说,都有大片未经他人染指的土地。

“但还有种情况,人们肯定会不再喜欢他们选出的官员,想把他们赶下台,这种事肯定会发生吧。”

“噢,对,当然会。”

“这样的话怎么办?”

---

①1英亩约等于0.4公顷。

②1平方英里约等于2.59平方公里。

“以前吗？在我们清洗基因库之前？刺杀。”

“你看！这不就是侵犯他人隐私的理由吗？这样可以挫败别人的刺杀企图。如果有人密谋刺杀你,那你就会想要监视他们,防止他们得逞。”

班德拉听了,挑起眉毛:“刺杀不需要密谋啊,你只需要走到想要赶下台的人面前,然后砸碎他们的脑袋就行了。相信我,这对民选的官员来说反而是个很好的激励,好让他们服务自己的选民。”

玛利亚忍不住笑了起来,“话是这么说,不过就算大多数人满意了,也还是会有不满的人。”

班德拉点点头,“所以我们很久以前就觉得,必须把那些可能会有反社会倾向的人从基因库里清理出去。”

“但这种对基因库的清洗……”玛利亚努力不让自己的话带有批判的意味,不过她的语气背叛了她,“我试着和庞特谈过这件事,但很难。他对这件事的支持简直到了盲目的地步。这件事对我们来说是最毛骨悚然的,甚至比缺乏隐私还强。”

“‘毛骨悚然’！噢！太经典了！’”

“不,班德拉,我是认真的。我们那边之前试过,结果……结果就是永远都会出问题。我想说的是,我们相信这样的事肯定会涉及腐败。因为我们曾经就有人试图消灭某个特定的人种。”

一阵“哔哔”声。

“人种就是基于地理起源划分,并具有独特特征的人群。”

“但多样性价值巨大。”班德拉说,“你是生命化学家,肯定知道这一点。”

“是的,但——好吧,我的意思是,我们已经试过了……我的同胞,我是说……好吧,不是我的同胞,而是那些坏人,我们中的坏人,曾经试过那种行为……我们叫它‘种族灭绝’,就是把某个人种全部从这世界上抹去,而且——”

真该死,玛利亚心想。自己怎么就总和一个尼安德特人聊这些可怕的话题,而不是单纯地聊聊天气呢？自己要是学会闭嘴就好了。

“种族灭绝。”班德拉重复着这个词,但不像之前那样兴致勃勃。她所属的人种,也就是尼安德特人,就是智人实施种族灭绝的首位受害者。

玛利亚接着问:“我还想问一下,你们是怎么决定要消除哪些基因的?”

“这不是很明显吗？过度暴力、过度自私、虐待儿童、智力迟钝、易患遗传病这类的。”

玛利亚摇摇头,她还在因为中断了和庞特聊这个话题而烦恼,“我们相信,每个人都有生育的权利。”

“为什么?”班德拉问

玛利亚听了直皱眉,“因为这是——这是人权。”

“这是人欲,”班德拉说,“但你要说这是权利？不对,进化是通过人们想要繁衍的欲望来驱动的。”

“我猜背后的原因是我们相信,通过人的力量去超越残酷的自然选择是文明的标志。”

“但作为整体的社会肯定比任何个体都要重要,”班德拉说,“这点毋庸置疑。”

“我猜我的同胞不同意这种观点,我们非常重视个人权利和自由。”

“这能带来什么?巨大的价值?还是巨大的成本?”说着,班德拉摇了摇头,“你们在交通枢纽安排了各种安全预防措施,在整个城市也安排了许多执法人员,这些事我都听说了。你们口口声声说不想要战争,但却投入了大量资源去准备并发动战争。你们有恐怖分子,还有一些人存在的意义就是为了让他人沉迷于化学品,虐待儿童的情况像瘟疫一样四处蔓延,还有——这句话可能有点冒犯——远低于这个世界所要求的平均智力水平。”

“我们还没找到一种可以摆脱文化偏见的智力测试手段。”

班德拉听完疑惑地眨眨眼,“智力怎么会和文化偏见扯上关系?”

于是玛利亚解释道:“是这样,如果你问一个智力正常且家境富裕的孩子,提到杯子会想到什么,他可能会说‘茶托’,一种我们喝咖啡这类热饮时放在杯子下面的小碟。但如果你问智力正常但家境贫穷的孩子,他可能不知道答案,因为他的家人可能买不起茶托。”

“智力并不是一种着眼于琐事的游戏,”班德拉说,“有更好的方法来评估它的强弱。我们通过观察大脑中生长的神经元连接的数量来评判,它数量的多少是一种很好的客观指标。”

“但那些因为智力低下而失去生育权的人……肯定会感到非常不快。”

“是的，但按照定义，他们既然智力低下，自然很容易被欺骗。”

玛利亚听后打了个冷战，“不过……”

“还记得我们的民主政体是怎么构成的吗？我们的平均寿命大概是能见到九百轮月亮，而我们只让那些见过六百轮月亮的人投票，也就是……德尔卡？”

“四十八岁。”班德拉的机侣德尔卡答道。

班德拉继续往下说：“这已经超过了大多数女性能够生育的年龄，也超过了男性的平均生育年龄。所以那些能在这个问题上投票的人是不会为自己担心的。”

“如果只有少数人能够投票，那就不是真正的民主。”

班德拉听完就皱起眉，像是在试图理解玛利亚说的话，“我们每个人都能参与投票，但这一生也不是时刻都会参与这项活动。我们和你们的世界不同，我们从来都没因为性别或肤色的原因去剥夺任何到了年纪的人的投票权。”

“不过可以肯定的是，”玛利亚说，“那些投票的人肯定因为自己的成年子女而感到焦虑，毕竟成年子女就在可以生育的年龄，但却不能代表自己投票。”

班德拉的犹豫令玛利亚不禁想问为什么。目前为止，班德拉在两人的辩论中一直都比较有利。最后她说：“希望我们的孩子能有快乐的未来，这当然很重要，但投票是在智力测试之前。你明白其中的意味了吗?被投票的提议是要求最底层的约百分之五的人口之后十代时间内不能生育。想要找到任何一位认为自己的孩子处在智力底层的父母?根本不可能!投票的人肯定觉得自己的子女不会被波及。"

"但的确有可能。"

"是的,有时候会这样。"班德拉耸耸肩,"但你看,这都是为了社会的利益。"

玛利亚摇摇头,"我们永远都不可能支持这种事。"

"凡事都有例外,但我们已经不用再担心基因库了。经过十代人的生育限制,我们放宽了规定。多数遗传疾病消失了,多数暴力行为也消失了,平均智力也变高了许多。当然,它的分布规律还是钟型曲线,但我们最终得出的结论是——你是怎么称呼它的?我们有个统计学的概念:每个样本与全体样本平均值之差的平方,求其均值后再求平方根。"

"标准差。"

"啊,对,在十代人之后,智力的平均值已经向左移动了一个标准差。"

玛利亚刚想说"按照你的意思应该是向右",但随后想了起来,尼安德特人的阅读顺序是从右往左,而不是从左往右。但还是问了句:"真的吗?居然有这么大的变化?"

"是的,现在我们那些不那么聪明的人也达到了我们曾经的平均水平。"

玛利亚摇摇头,“我只是觉得限制繁育权会让我们的人觉得不舒服。”

“我也不会为我们的做法辩解什么,”班德拉说,“但你们有个词说得好:‘各得其所’。”说完,她露出了她那温暖的笑容,“但是,来吧,玛,别那么严肃。今天晚上多好啊!我们出去散散步吧。然后你可以把你的一切都和我说说。”

“你想知道什么?”

“全部。最好是面面俱到、包罗万象、无所不包、事无巨细——”

玛利亚大笑起来。“我懂我懂。”她说完,然后站了起来。

第十七章

“但为何会如此？这种最崇高的动力把我们从奥杜瓦伊峡谷[①]带到了陨石坑，为何现在又放弃了？答案很明显：我们安于现状了。刚刚过去的这个世纪，人类在财富和繁荣、健康和长寿、技术和物质方面取得的进步，比之前四万年之和还多……”

玛利亚·沃恩养成了一种习惯：白天和露特或其他专家一起研究尼安德特人的遗传学课题，晚上则舒舒服服地待在班德拉家里。

玛利亚一直觉得自己的屁股太宽了，但尼安德特人骨盆的平均宽度比她要更宽一些。事实的确如此，她记得古生物学家埃里克·特林考斯以前说过，尼安德特人的臀部更宽，能够容下更大的婴儿，所以她们的妊娠期可能长达十一或十二个月。但后来的研究表明，

① 奥杜瓦伊峡谷位于坦桑尼亚北部，因其内部发现了许多早期能人的化石，所以被称为人类的摇篮。

尼安德特人的骨盆之所以形状不同,是因为他们的走路姿势和我们不一样,所以之前那套理论就作废了。有人认为他们走路时的步态会让臀部左右摆动,就像以前美国西部的枪手一样——她通过观察,现在很大程度上证实了这个说法。

但不管怎么样,玛利亚还是觉得尼安德特人的鞍型椅很不舒服,这是因为多数尼安德特人的小腿比大腿短。同理,长凳形状的巴拉斯特椅对她来说有点太矮了。所以她请露特的木匠朋友做了把新椅子:整体框架用了多瘤的松木,靠背和座椅上绑了宽大的垫子。

班德拉今天回家的时间比玛利亚要早,已经先回卧室了,但玛利亚刚进家门,她就出来了。"嘿,玛,"她说,"我就觉得我闻到你了。"

玛利亚浅浅地笑了笑。这些她都习惯了,真的。

"看!"班德拉指着椅子说,"你的椅子到了!必须得试试。"

玛利亚没推辞,她坐到了椅子的坐垫上。

"嗯?怎么样?"

玛利亚在椅子上调整了一下位置,然后赞道:"太棒了!真的,真的很舒服。"

"正中下怀!"班德拉宣称道,然后竖起大拇指。

这让玛利亚很是吃惊,随后大笑道:"没错。"

"分毫不差!完美无缺!"

"这些词说的都对,很棒。"玛利亚说。

“是的!”班德拉也玩得很开心,“铛铛! 完全正确!”她对着玛利亚灿烂地笑了起来,而玛利亚也以温暖的微笑作为回应。

当天晚上晚些时候,玛利亚给她的新椅子安排了一场长时间的测试,她蜷在椅子里,读着她从劳伦森大学书店里买来的书。

而正在绘制新鸟画的班德拉显然是决定放松放松,于是她穿过房间,站在玛利亚身后。“你在看什么?”

玛利亚下意识地给她看书的封面,但随后意识到,班德拉看不懂书名。她是对英语很感兴趣,但玛利亚觉得她还需要很久才能学会阅读。“这本书叫作《有产业的人》,作者名叫约翰·高尔斯华绥,他获得了我们世界中写作的最高奖——诺贝尔文学奖。”科尔姆多年来一直对高尔斯华绥推崇备至,但玛利亚之所以决定读这套书,还是因为她姐姐克丽丝汀对英国广播公司新改编的《福尔赛世家》[①]剧集赞不绝口,而《有产业的人》则是这套书的第一卷。

“这书是讲什么的?”班德拉问。

“说的是一个有钱的律师和一个漂亮的女人结了婚。之后他雇了个建筑师为他们建造一栋乡间别墅,但这个女人却与这位建筑师有染。”

班德拉“啊”了一声,玛利亚抬头看着她,微笑着继续说:“书里写了格里克辛人那套复杂的人际关系。”

① BBC于2002年将《福尔赛世家》改编成了电视剧,共2季13集,分别在BBC One和PBS电视台播出。

“你能读点给我听听吗?”班德拉问。

玛利亚听到她的这个请求很是惊讶,但又感到很高兴,“当然。”于是班德拉跨坐在马鞍椅上,面朝玛利亚,双臂交叉,搭在腿上。玛利亚轻轻读出书页上的文字,再由克丽丝汀翻译成尼安德特人的语言。

……

像索米斯和伊琳这样一对夫妇,在许多人看来都会认为相当美满;男的有钱,女的有貌;这不就扯平了吗?就算两个人感情恶劣,也不能成为混不下去的理由。个人稍稍放纵自己一点也没有关系,只要面子顾得下去就行——只要尊重婚姻的神圣和双方共有的家庭就行。上层阶级的婚姻大半都是按照这些原则办事的:不要去惹上社会,不要去惹上教会。要避免惹上这些,牺牲自己的私人情感是值得的。一个安全的家庭有许多好处,是看得见、摸得到的,单是财产不就有那许多吗?保持现状是最没有危险的。破坏一个家庭至少是危险的试验,而且也是自私自利。

这就是辩护状,小乔里恩叹了口气。

“一切问题都系在财产上面,”他心里想,“可是有很多人不肯这样说。在他们看来,这是因为婚姻神圣不可侵犯;可是婚姻之所以神圣不可侵犯是由于家族神圣不可侵犯,而家族之所以神圣不可侵犯是由于财产神圣不可侵犯。想来这许多人都是基督徒,而基督却是从来没有财产的。怪啊!”

于是小乔里恩又叹了口气。[①]

……

等玛利亚最后停了下来,班德拉才说:“真有意思。”

玛利亚笑了,“你肯定只是出于礼貌,前面那些话对你来说肯定就是一堆胡言乱语。”

“不,”班德拉说,“不,我觉得我能理解。这个男人——他是叫索米斯吧?——他和这个女人住在一起,她……”

“伊琳。”玛利亚补充道。

“对。但他们的关系并不能带来温暖,他想要的亲密感比她多得多。”

玛利亚点点头,这番话让她刮目相看,“没错。”

“我猜,这种担忧是普遍情况。”班德拉说。

“差不多吧。”玛利亚说,“我其实很认同伊琳。她嫁给索米斯的时候还不知道自己到底想要什么。我和科尔姆也是这样。”

“但你现在知道了吗?”

“我知道了,我想要庞特。”

“但他并不是孤立地出现在你面前,”班德拉说,“他还有阿迪克和两个女儿。”

玛利亚将书页折好角,把书合上。“我知道。”她轻声说。

---

①《福尔赛世家·有产业的人》,[英]约翰·高尔斯华绥著,周煦良译,上海译文出版社1978年版。

班德拉似乎觉察到了玛利亚话中的沮丧。“对不起,”她说,“我想喝点东西。你要喝点什么?”

玛利亚非常想喝酒,但尼安德特人的世界里没有这种东西。不过她从另一边的世界带了一罐两千克重的速溶咖啡。她一般不会在晚上喝,但这边的室内温度只有十六度(和人类社会一样,这边也把水的熔点和沸点之间的温差分成一百份)。玛利亚喜欢二十或者二十一度左右的水温,一杯好喝的咖啡能让她暖和起来。“我来帮你。”玛利亚说,两人一起向备餐区走去。

在她生活的那个地球,玛利亚会随时备一份一升装的巧克力牛奶来冲咖啡。她在这里买不到这东西,但还是带了一罐咖啡伴侣和热可可风味粉。她把这两个东西混进麦斯威尔速溶咖啡里,弄出的风味和她最喜欢的味道差不多。

她们回到客厅,穿过苔藓覆盖的地板,班德拉坐在内嵌在墙中的弧形沙发上。玛利亚则坐回自己的椅子上,但她随后意识到自己在这里没办法放下装饮品的碗。于是她拿起自己的平装书,然后坐在沙发的另一端,把喝咖啡的碗放在前面的松木桌子上。科尔姆肯定会讨厌她把书脊弄皱,还给书页折角。

“你在你的世界里是一个人生活的吧。”班德拉说,这不是个疑问句,她之前就知道。

“是的,”玛利亚说,“我有一套共管公寓,也就是在一幢大型建筑中有一套属于我的私人公寓,和我情况相似的还有上百人。”

“上百人!”班德拉惊呼,“这幢建筑有多大?”

“一共有二十二层,我在第十七层。”

“景色肯定很壮观。”

“没错。”但玛利亚知道这只是自己下意识的回答。她看到的只有混凝土、玻璃,其他建筑和高速公路。她住在那里的时候还觉得一切都很美妙,但现在,她的品位正在发生改变。

“屋子的所有权变了吗?”班德拉问。

“它还是归我,一旦庞特和我决定好之后长期的生活状态,我就要想个办法处理它,但可能还是会想一直留着它吧。”

“那你和庞特对之后长期的生活状态是怎么打算的?”

“要是能知道就好了。”玛利亚说。她拿起装着咖啡的碗,啜了一口,“就像你之前说的,庞特并不是独自一人。”

“你也不应该是。”班德拉眉目低垂,说这话的时候,她没有看着玛利亚的眼睛。

“什么?”玛利亚问。

“你也不应该是。如果你想成为这个世界的一部分,那每个月就不应该独自一人。”

“唔,在我的世界里,大多数人只会被异性吸引。”

班德拉抬头看了她一会儿,然后又垂下目光,“女人之间就不会相互吸引吗?”

“呃,当然,有些时候会有,但这样的关系里是不会有男性加入的。”

“这里不是这样。”班德拉说。

玛利亚柔声说:“我知道。”

“我——我们——你和我,我们相处得还不错。”班德拉说。

玛利亚只觉浑身僵硬,“没错,是这样。”

“在这个世界,两个相互爱慕的女性住在一起,如果没有血缘关系的话,”班德拉突然把手搭在了玛利亚的膝盖上,“就会走得很近。”

玛利亚低头看着她的手。这么多年来,她终于把那个奇怪男人的手从她膝盖上移开了,但现在……

但她不想冒犯对方,毕竟,这个女人善意地让她住在这里。“班德拉,我……我不喜欢女人。”

“这可能……可能只是……”班德拉想要为这一切找个解释,“可能只是文化差异吧。”

玛利亚皱起眉,细细考虑。可能真的是这个原因,但不管怎样都不会有区别。噢,玛利亚在她十三四岁时亲过女孩,但这也只是为了最终与男孩亲吻而做的练习而已,因为她和她的朋友害怕自己可能不擅长这事。

至少,她们是这么和对方说的,但是——

但这事本身其实挺有趣的。

可是……

“班德拉,对不起,我不是故意扫你的兴,但我对这事真的不感兴趣。”

“你也知道,”班德拉看着玛利亚的眼睛,然后又把目光移开了,

“只有女人才最懂如何取悦另一个女人。”

玛利亚只觉自己的心怦怦直跳。“我……我知道,但是……”她温柔地把手伸下去,移开了班德拉的手,“但我不喜欢这样。”

班德拉点了几次头。“要是哪天你改变主意了……”她开了个头,但没把话说完,过了一会儿,她又说道,“在合欢日的时候,可能会非常孤独。”

玛利亚暗想:这话肯定没错。但她也没多说什么。

过了很久,班德拉终于开口道:“好了,我要去睡了。唔——按照你们的说法,是不是要祝对方‘好梦’?”

玛利亚努力挤出笑容,“是的,班德拉,晚安。”然后她就目送这位尼安德特女人穿过门廊,走向卧室。玛利亚有自己的房间,那本来是属于班德拉的小女儿德拉娜的。她想过今天就到此为止,准备就这么睡了,不过最后还是决定再读点东西,希望能把刚刚发生的事从脑海中清除出去。

她拿起《有产业的人》,翻回读到一半的地方。高尔斯华绥用了一种戏谑、讥诮的语调,毕竟对格里克辛人吹毛求疵的可不单是尼安德特人。她一边阅读,一边欣赏他对维多利亚时代英格兰中上层阶级的精彩重现。他的文字有种魔力,但是——

噢,我的天……

玛利亚猛地合上书,心狂跳不止。

我的天!

她深吸一口气,然后呼出,再次吸气,呼出。

索米斯也……

玛利亚的心怦怦直跳。

或许她搞错了，毕竟文字表达得并不明确。这可能只是她自己的误读……

她打开书，小心、谨慎，就像科尔姆一样，她又找到自己刚读到一半的地方，让眼睛在行距狭窄的版面上移动，然后——

不，她不会错的。索米斯·福尔赛，那位有产业的人，刚刚表明，他觉得自己的妻子伊琳不过如此。她对他缺乏兴趣，但是在婚床上，他还是强奸了她。

到目前为止，玛利亚都相当享受这本书，尤其是伊琳和建筑师波辛尼那段隐秘、偷摸的浪漫爱情故事，因为这有点让她想到了自己和庞特这段奇怪且禁忌的关系。但是——

强奸。

又他妈是强奸。

但她不能责怪高尔斯华绥。索米斯的确可能做这种事。

男人就可能会做这种事。

玛利亚把书放在那碗凉掉的咖啡边上，发现自己正在目不转睛地盯着班德拉紧闭的房门。不知过了多久，玛利亚才从沙发上站起来，走进自己的房间，走进孤单，走进黑暗。

第十八章

“在我们所生活的北美，还有印度、日本、欧洲和俄罗斯，还有广阔而美好的世界其他地区，情况大多都远超以往，而且正变得越来越好……”

那个日子终于到了！合欢日又来了。玛利亚和十几个女性一起在开阔的地带等待男性出现。露特在这儿，领着她和阿迪克的儿子小戴伯。庞特的大女儿婕斯梅尔也在，但玛利亚知道，她真正在等的是她自己的男伴泰伦。庞特的小女儿梅嘎也来了，玛利亚就站在她边上，牵着她的小手。小梅嘎的监护人达卡拉·波尔贝不见了踪影，玛利亚只觉如释重负，这个女人给玛利亚、庞特和阿迪克带来的麻烦够多了。

他们翘首以盼的那辆悬浮巴士终于来了。庞特和阿迪克走了出来，玛利亚向她的男人冲去。他们拥抱在一起，舔了舔对方的脸，然后庞特又抱了抱自己的两个女儿，把梅嘎扛在自己肩上。而阿迪克此时已经带着他的女伴和儿子消失了。

庞特带着他去另一个地球旅行时常用的梯形行李箱。玛利亚背着它，而他则背着梅嘎。

他们在另一次机侣连线中商定好，两人在为期四天的合欢日的第三天去找维桑，因为天气预报说萨尔达克那天有雨，而克拉尔达克天空晴朗。

所以玛利亚、庞特和梅嘎这天早上一起度过了一段美好的时光。虽然天气越来越冷，树木也都变了色，但空气依然清新。午饭后，梅嘎去和朋友们玩了，而玛利亚则和庞特一起待在她与班德拉共享的屋子里。尼安德特人对性的态度很开放，但知道家里有其他人的时候，玛利亚还是对性爱心有芥蒂。好在班德拉说她会和自己的男伴哈伯一起在外面待到晚上，所以庞特和玛利亚暂时拥有了这幢房子的使用权。

他们的性爱一如既往地美妙，玛利亚高潮了好几次。结束后，他们一起洗了澡，亲昵地为对方做清洁，然后倒在一堆垫子上相拥着聊聊天。玛利亚还不习惯庞特说话时用缩略词，不过庞特就无比烦恼，因为现在做翻译的是克丽丝汀，而不是哈克。

整个下午的大部分时间，玛利亚和庞特都在拥抱、爱抚、交谈和散步，享受彼此的陪伴。他们看了一部短喜剧——尼安德特人喜欢观看现场表演的戏剧。舞台后面的电扇将表演者的信息素吹到观众身上,同时也能把观众自己的信息素吹出房间。

之后他们玩了一种名叫帕坦拉尔的尼安德特棋类游戏,它有点像国际象棋和国际跳棋的结合体:棋盘有一百个方格,棋子长得都一样,但它们的移动方式和它们在棋盘上的位置有关。

晚些时候,他们在一家由两位老妇人经营的餐厅用餐,她们两人的男伴都已经去世了。这餐有鲜美的鹿肉、美味的松子拌蕨类沙拉、炸块茎和煮鸭蛋,两人并排坐在餐厅后面的软垫沙发上,戴着尼安德特人用餐时戴的手套,轮流给对方喂食。

"我爱你。"玛利亚依偎在庞特身边。

"我也爱你,"庞特答道,"我非常爱你。"

"我希望……我希望合欢日能够永远持续下去。"玛利亚说。

"我和你在一起的时候,也希望它能永远持续下去。"庞特抚摸着玛利亚的头发说。

"但它又必须结束。"玛利亚叹了口气,"我不知道自己能不能适应这里。"

"没有完美的方案,"庞特说,"但你可以……"

玛利亚坐直身子,转身看着他,"什么?"

"你可以回到你的世界。"

玛利亚只觉心里一沉,"庞特,我——"

"每个月回去二十五天,然后在合欢日回来。我保证,你每次回来的时候,我都会给你四天最有爱、最有趣、最激情的性爱。"

"我——"玛利亚皱起眉头。她一直在寻找能让他们两人常常见面的方法,但好像不可能。尽管如此,她还是说:“多伦多和萨德伯里之间的交通很麻烦,还有全方位的灭菌程序,但是……”

“你忘记自己的身份了。”庞特说。

“我……什么?”

“你是玛·沃恩。”

“嗯?”

“你是玛·沃恩,任何学院——对不起,任何大学都希望你能加入。”

“好吧,这又引出了另一个问题:我不可能每个月连休四天。”

“你又低估自己了。”

“怎么说?”

“你每年要上八个月的课,不知道我对你的课表理解得对不对?”

“对,从九月到四月,也就是从秋天到春天。”

“所以你不用在大学教课的那段时间里会有四五次合欢日。而剩下的八次中,大多数都会在你们以七天为一个周期的首尾两天,而你们在这两天是不用工作的。”

“话虽如此……”

“话虽如此,还是有几天会和大学的上课时间有冲突。”庞特接过话。

“没错,而且没人会理解背后的原因——”

“亲爱的,对不起,但大家都会理解的。你这次过来之前不就获得了大家的理解吗？并且从现在起情况就不一样了。你不但比任何尼安德特人都要了解格里克辛人的遗传学,而且也比任何格里克辛人都要了解尼安德特人的遗传学。你去任何一所大学,都会成为他们的宝贵资产。如果你要他们为一些特殊情况做出调整,我觉得都是可以安排的。”

“我觉得你有点儿低估这当中的难处了。”

“是吗？不试试怎么知道。”

玛利亚抿着嘴思考着。他说得对,问一下当然没什么损失。“就算这样,从多伦多到萨德伯里也要大半天时间,如果开车去,再加上进出传送门的时间,四天很容易就变成六天了。”

“如果你回多伦多生活的话是这样,那你为什么不选择在萨德伯里的劳伦森大学做贡献呢？我第一次来你们世界的时候,他们就因为你的科研成果认出你了。”

“劳伦森……”玛利亚品味着这个词,品味着这个想法。那是一所可爱的大学,面积虽然不大,遗传学系却是一流,而且也负责迷人的法医工作——

法医。

强奸。那起该死的强奸案。

玛利亚现在也在思考,自己还能否在多伦多的约克大学安心工作。首先,自己不但要再次面对科尼利厄斯·拉斯金,还要和奎赛尔·伦图拉一起工作,她也是被拉斯金强奸的受害者。如果玛利亚当时及时报警,说出自己所遭受的侵犯,那就有可能避免这件事。

玛利亚每次想到奎塞尔，都内疚不已。如果和她继续做同事，她恐怕难以承受心中的愧疚——而和科尼利厄斯做同事更是可怕。

庞特的提议还是有几分道理的。

在劳伦森大学教授遗传学……

新家离克莱顿矿区开车只要一会儿，连通两个宇宙的第一座传送门就在那里……

就算每个月只和庞特相处四天，也比与其他男性整天保持联系更好，也更加美妙……

“但是……第149代呢？我们的孩子呢？每个月只能见我的孩子一次，我可受不了。”

“在我们的文化里，孩子们要和她们的母亲及其女伴住在一起。”

“如果是儿子，那只有在十岁之前才会这样。之后就像戴伯一样，和他们的父亲一起生活。孩子十年后会离开我，我接受不了。”

庞特点点头，“不管我们最后用什么方法才能有自己的孩子，都要对染色体进行一些操作。当然了，在这个过程中，确保我们生的是女孩其实很容易。如果孩子是女的，那她就能和母亲一起生活，直到她满二百二十五个月，也就是你们所说的十八岁为止。就算在你们的世界里，父母和孩子一般也是共同生活到这个岁数的吧？”

这番话把玛利亚说得天旋地转，最后只得说：“学者博迪特，您是个聪明人。”

“不不，学者沃恩，我是尽力为之。”

“但这也不是个办法啊。”

“这种事毕竟少见。”庞特说。

玛利亚想了想,然后依偎在庞特身边,缓慢而又长久地舔了舔他的左脸。“你知道吗,”她把脸贴在他毛茸茸的脸颊上说,“说不定这样真的可以。”

第十九章

“所以我们稍加休整，享受冷战后最初几十年的繁荣，在另一件让人性更显伟大的事情上沉浸自我，这也合情合理：我们驻足，细嗅蔷薇……”

他们离开餐厅后，玛利亚和庞特与梅嘎重聚，俩人陪她玩了一会儿，但很快就到了睡觉的时间，梅嘎回到了她的塔班特，也就是达卡拉·波尔贝的房子里。这让玛利亚灵光一现：她可以和庞特一起去城缘的他家过夜。毕竟阿迪克不在，而且这样还能让班德拉和哈伯住在她自己的家里。庞特听了这个建议，先是吃了一惊，女人去男人家这个做法不太常见，虽然玛利亚已经去过庞特家好几次。不过玛利亚向他解释了自己在班德拉家和别人做爱的担忧，庞特听完很快就同意了，然后就叫了一辆旅行块把他们载到城缘。

他们又做了几次,感觉很棒。事后,玛利亚懒洋洋地躺在凹陷的圆形浴缸里,庞特则坐在椅子上,假装在看一块数据板。玛利亚之所以知道他在假装,是因为她注意到他的眼睛并没有从左往右或者从右往左看。巴伯正在她主人的脚边安静地打着瞌睡。

庞特的坐姿和智人男性有些不一样。虽然他的下颚很长(但没有下巴),不过他并没有弯着手臂支撑它。当然了,他手臂的比例也不太正常。不,不对,不应该用“正常”这个词。他要是以罗丹经典之作《思想者》的姿势坐着可能并不舒服。又或者——玛利亚之前怎么没注意到这点?

庞特的枕外隆突让他的后脑勺更重一些,平衡了他那沉甸甸的脸庞。他在沉思的时候没有用手撑着脑袋是因为没必要。

不管怎样,庞特现在肯定是在沉思。

于是玛利亚从浴缸里出来,用浴巾擦干身子,赤身走过房间,坐到他坐着的那张椅子宽大的椅臂上。“投币提问,你在想什么呢?”她说。

庞特皱起眉,“我觉得它们不值这个价。”

玛利亚笑了起来,轻轻抚摸着他的上臂,“什么事让你那么沮丧。”

“沮丧?”庞特喃喃着这个新词,“不,不,没有。我只是在想事情。”

玛利亚用手臂搂住他宽阔的肩膀,“和我有关吗?”

“一部分吧。”

“庞特,”她说,“咱俩的关系到底能不能行,我们已经决定试试看再说,但唯一成功的方法就是沟通。”

但玛利亚发现庞特看上去一脸担忧,似乎还透着一股哀伤,像是在说:“这我难道不知道吗?”

“嗯哼?”玛利亚问。

“你还记得维罗妮卡·香农吗?”

“当然记得,劳伦森大学的那位。”就是她让玛利亚·沃恩见到了圣母玛利亚。

“她工作背后的……意义。”庞特说,“她发现了智人大脑中负责宗教冲动的一系列结构。”

玛利亚深吸一口气。这个说法当然让她很不习惯,但她内心科学家的部分让她无法忽视维罗妮卡展现给大家的东西。她还是开口道:“我想……”可她只说了这两个字就停住了,然后呼出了肺里的全部空气。

“这么说吧,如果我们知道是什么带来了宗教,或许……”

“或许什么?”玛利亚追问。

“或许我们就能治好它。”

玛利亚只觉心跳加速,一度认为自己就要向后退,靠在椅子的扶手上。“治好它。”她重复道,好像听到自己说出这句话,就会让它们更讨人喜欢似的,“庞特,你不能治疗宗教,它不是疾病。”

庞特什么都没说,一手撑着她坐着的椅子扶手,低着头。玛利亚看见他的眉毛挑了一下,好像在说:“不是吗?”

玛利亚决定先开口,以免庞特用更多自己不想听的话来填补两人之间的沉默。"庞特,这是我之所以是我的一部分。"

"但这也给你的世界带来了许多邪恶。"

"但也有许多了不起的事。"玛利亚说。

庞特歪着脑袋,侧过脸好看着她,"这些是你让我说的,我本来想把这些想法都藏在心里的。"

玛利亚皱起眉。如果他一直隐藏内心的想法,那她永远都不会问他哪里出问题了。

然后庞特继续说:"应该能弄清到底是哪种突变导致格里克辛人产生了这种想法。"

突变。居然把宗教说成突变。我的老天爷。"你怎么知道是我们的人变异了?或许我们才是正常的状态,才是最初的状态,而你们才是变异的结果。"

庞特只是耸耸肩,"也许吧。如果是这样,就不会……"

玛利亚替他说完了他想说的话,但语气暴露了她心中的苦楚,"尼安德特人和智人的时间线分裂后,我们的进化还不止这个。"

"玛……"庞特柔声说。

但玛利亚不会就这样善罢甘休,"你看!你们能发出的音域不如我们!我们在这方面进化得更完善。"

庞特想张嘴抗议,但最后还是闭上了嘴,没有说出自己的想法。但玛利亚知道他可能会说什么:无非就是对她那套音域理论做出完美回击,还有格里克辛人会因为喝醉酒导致呛死自己,尼安德特人却不会。

最后，玛利亚让步了。“对不起，”她说，然后走向庞特坐着的椅子，这次坐在他的膝盖上，搂住了他的肩膀，“对不起，原谅我好吗。”

“没事的。”庞特说。

“我很难接受这个观点。你肯定能理解。宗教是一种偶然的变异。宗教是一种有害的东西。我的信仰只是生物学层面的反应，不具备更高的实在。”

“我不能说自己理解了，因为我根本就没有理解。对于那些选择无视反面证据的东西，我一向是不相信的，但是……”

“但是什么？”

庞特再次陷入沉默，玛利亚在他的大腿上换了个姿势，向后靠了一些，这样就能仔细观察他那张长满胡子的大圆脸。那双金色的眸子里闪着智慧，闪着善良。

“庞特，我要为自己之前的行为道歉。我最不希望见到你沉默——不想看到你害怕敞开心扉和我说话，把你想的一切都告诉我。”

庞特深吸一口气，他每次这样，玛利亚都能感到面前拂过一阵微风。“你还记得我之前和你说我见过一位人格塑造师吗？”

玛利亚匆匆点点头，“记得，是关于我被强奸的事情。”

“这只是我拜访人格塑造师的直接原因，但还有其他……其他事情，其他情况。”

“我们把这些统称为障碍。”

“啊，也就是说，我还有其他障碍要解决。”

“然后呢?”

庞特挪了挪身子,好让他自己和玛利亚都能坐得舒服些。“人格塑造师名叫朱拉德·塞尔根。”庞特这些话和他要说的实际内容无关,只是为了多点时间,好让自己整理思绪,“塞尔根有个假设,是关于……”

“嗯?”

庞特耸耸肩,“关于我喜欢你的原因。”

玛利亚一听这话,浑身都僵住了。自己是庞特问题的起因,这本身已经够糟了,更何况现在一个她从来没见过面的人又把自己当成了某个理论的主角!她的声音冷酷得就像更新世[①],“他的假设是什么?”

“你也知道,我的女伴克拉斯特死于白血病。”

玛利亚点点头。

“所以她已经不在了。未来已经完全、彻底没有她的存在了。”

“就像那些刻在越战将士纪念碑上的人名一样。”玛利亚说,她还记得他们的华盛顿之行,以及庞特在那里极力表达的观点。

“没错!”庞特说,“就是这样!”

玛利亚只觉一道道草蛇灰线在脑海中拼凑成了一幅完整的图景,她点头示意:“你之所以难过,是因为越战纪念碑前的人们相信自己爱的人依然可能以某种形式存在,而正是这种信念带给了他们巨大的慰藉。”

---

①更新世属于地质时代第四纪早期,这一时期冰川作用活跃。

“Ka。”庞特轻声说，克丽丝汀没有翻译这句尼安德特语中的“是”，如果巴拉斯特人只说了那么一个词的话。

玛利亚又点了点头，“你……你忌妒他们，虽然他们失去了很多，却获得了心灵上的安慰；而你们因为否认了天堂或者来世的存在，所以失去了这种慰藉。”

“Ka。”庞特又回答道。但他沉默许久后，才在克丽丝汀的翻译帮助下说道：“但我没有和塞尔根说起我访问华盛顿的事。”

“那是什么原因？”玛利亚问。

“他认为……认为我对你的爱是……”

“嗯？”

庞特歪着头，看着天花板上的壁画。“我说过，对于那些选择无视反面证据的东西，我一向是不相信的，而对那些没有任何证据的事情，我的态度也是如此。但塞尔根指出，在你说你们有灵魂，就算死后也能以其他形式存在的时候，我可能真的信了。”

玛利亚拧着眉，头也歪向一边，显然是蒙了，“然后呢？”

“他……他……”庞特好像说不下去了。最后，他只是抬起左前臂，然后说：“哈克？”

哈克接替他，直接用英语发言：“玛，不要为接下来的事失去信心。庞特显然是当局者迷，虽然这件事的答案对学者塞尔根……和我来说很明显。”

“什么？”玛利亚问，她的心怦怦直跳。

于是机侣哈克继续说道：“想象一下，如果有一天你死了，庞特的悲痛感可能不会像克拉斯特死去时那么强,不是因为他没那么爱你,而是因为他可能相信你仍然会以某种形式继续存在于这个世界上,这个想法能够缓解他的情绪。”

玛利亚听完浑身瘫软,要不是庞特的手搂着她的腰,她很可能会从他腿上滑下去。“我的……天。”她觉得自己头晕目眩,不知该作何感想。

“我觉得塞尔根说得并不对,”庞特说,“但是……”

玛利亚微微点了点头。“但你是个科学家,而这又是……”她停了下来,思考着接下来要说的话,对来世的信仰的确会让人心生宽慰,“这是一个有趣的假设。”

“Ka。”庞特说。

没错,Ka。

第二十章

“但现在，是时候重启我们的旅程了，因为正是对旅程的热爱，才造就了我们的伟大……”

“你猜怎么着，我们今天要去旅行！我们要坐直升机啦！”庞特对梅嘎说。

梅嘎满脸笑容，“玛已经告诉我了！耶！”

合欢日的这两天有很多城际旅行。一架直升机会定时从萨尔达克城中飞往克拉尔达克，庞特、玛利亚和梅嘎正在前往停机坪。庞特带了个皮包，玛利亚主动帮他背，因为他肩膀上还扛着梅嘎。

这架直升机是红棕色的，机身则是圆柱形。玛利亚觉得它看着就像是一罐巨大的胡椒博士汽水。直升机客舱出奇地大，玛利亚和庞特面对面坐着，软垫座椅相当宽敞。梅嘎则坐在庞特边上，地面离他们越来越远,她也在享受着人生中最美好的时光。

客舱的隔音效果很棒,玛利亚坐直升机的次数不多,而且每次体验都很差。“我要给你一个礼物。”庞特告诉梅嘎,然后打开皮包,掏出一个复杂的木制玩具。

梅嘎高兴地尖叫起来,“谢谢爸爸!”

“我也没忘记你。”他笑着对玛利亚说,然后再次把手伸进包里,拿出一份加拿大的全国性报纸——《环球邮报》。

“你从哪里搞来的?”玛利亚瞪大了眼睛。

“量子计算实验室,我拜托一个格里克辛人从那边给我带来的。”

玛利亚既惊讶又高兴。她这段时间很少想到自己出生的世界,不过能知道那边的近况也挺好——而且她也想看迪尔伯特漫画[1]。

她打开报纸。第一页上提到,有辆火车在温哥华附近脱轨了;印度和巴基斯坦摩擦再起;美国联邦财政部部长在议会公布了一份新的财政预算案。

她翻过报纸,纸张随着翻动发出了巨大的沙沙声,然后——

“我的天!”玛利亚惊呼。

“怎么了?”庞特问。

玛利亚庆幸自己已经稳稳地坐在了座位上。“教皇死了。”她轻

① 迪尔伯特是由漫画家斯科特·亚当斯于1989年创作的一个卡通人物漫画形象。

声说。这其实已经是几天前的事了,不然这肯定应该在报纸头版上。

“谁?”

“我们信仰体系的领袖,他去世了。”

“节哀。”庞特说,“那之后怎么办? 会有危机吗?”

玛利亚摇摇头,“这个,没……没什么特别的。就像我说的那样,现在的教皇年纪已经很大了,而且身子骨很弱,大家已经料到他将不久于人世了。”由于班德拉了解很多格里克辛的修辞手法,玛利亚也渐渐不再留心回避它们,但看到庞特脸上困惑的表情,她又解释道:“意思是他很快就要死了。”

“你见过他吗?”

“你说教皇吗?”玛利亚问,他冒出的这个想法让她一惊,“不,不,只有最特别的嘉宾才能和教皇面对面。”她看着庞特,“你见他的机会要比我大得多。”

“我……我不知道自己会对一个宗教领袖说些什么。”

“他可不单单是这个身份。按照罗马天主教会的说法,教皇是上帝向人类发出指示的真正渠道。”

梅嘎从自己的椅子上下来,想爬到庞特腿上。他满足了她的愿望。“你的意思是,教皇能和上帝沟通?”

“理论上是这样。”

庞特听完,只微微地摇了摇头。

玛利亚强颜欢笑道:“我知道你不信。”

“那我们就不提这些。但……你看起来的确很难过。可话又说回来,你和教皇私下也不认识。之前你也说了,他的死不会给你们的信仰体系带来危机。”庞特说得很轻,所以梅嘎没怎么理会他说的话。但克丽丝汀通过玛利亚耳蜗内的植入体,把庞特说的话用正常音量翻译了一遍。

“只是震惊。”玛利亚说,“而且,嗯……”

“嗯?”

玛利亚长叹道:“新教皇会对一些基本事务制定相应的政策。”

庞特不解地眨眨眼,“比如呢?”

“很多人说罗马天主教会……唔,跟不上时代。它不允许人们堕胎,也不允许离婚,也就是解除两人的婚姻。它也不允许神职人员有性行为。”

“为什么不允许?”庞特问道,一旁的梅嘎正满足地看着她那侧的窗外。

“怎么说呢,他们认为性生活会影响神职人员应对宗教事务的能力。”玛利亚说,“但大多数其他宗教都不要求神职人员禁欲,许多罗马天主教的教徒认为这个想法弊大于利。”

“危害?我们还会让青春期男孩不要压抑自己,不然那里可能会充满精子然后炸掉。当然了,这只是在开玩笑。禁欲有什么危害吗?”

玛利亚把目光从庞特身上移开。“有些禁欲的牧师,也就是一类神职人员,会……”她闭上双眼,重新组织语言,“我希望你能理解,这样的人只是牧师中的一小部分。大多数牧师都是诚实善良的。但也有一些人会虐待儿童。”

“怎么虐待?”庞特问。

“性虐待。”

庞特低头看着梅嘎,她好像没在听他们说话。

“‘儿童’的定义是?”

“就是三四岁以及更大一点儿的小男孩和小女孩。”

“这么看来,这些牧师禁欲是好事。这种行为的基因应该就能灭绝了。”

“你肯定会这么想。”玛利亚说,然后耸耸肩,“你们的做法可能是对的,不仅要让施暴者绝育,还要让那些与他共享至少一半遗传物质的人绝育。但糟糕的是,牧师虐待儿童的行为甚至都快变得像流行病那样到处都是了。”她拿起《环球时报》比画了一下,“至少报纸报道给我的印象是这样。”

“我没法儿看报纸,”庞特说,“我很想学着去读,不过我看过你们电视上的新闻,时不时也会听到电台里播的新闻。我听过这么一个说法:‘我们什么时候才能看到尼安德特文明的黑暗面? 他们肯定也有不好的品性。’但是玛,我要告诉你,”——克丽丝汀本来可以用玛利亚的全名来代替庞特的称呼,但它没有——“我们根本无法和你们的世界里那些猥亵儿童、污染环境、制造和使用炸弹的渣滓,以及奴隶主和恐怖分子相提并论。我们什么都不会隐瞒,但你们还是觉得我们肯定也做过同样糟糕的事。我不知道这种谬论是不是和你们的宗教冲动有关,但它似乎真的带来了类似的伤害:你们相信人性中总有阴暗面,这点避免不了,但其实根本不是。如果要说你我两个世界接触后会有什么好处,帮助你们认清这点或许算是其中之一。"

"你可能是对的,"玛利亚说,"但你看,随着时间推移,我们的确有了一些成果,这就是新教皇登基带来的改变。"

"爸爸,你看!"梅嘎指着窗外,"又是一架直升机!"

庞特伸着脖子,抚摸着女儿的头发,"没错。在合欢日的时候,很多人都会去见自己爱的人。"

玛利亚等梅嘎再次向外看后才继续开口道:"这在很大程度上取决于新教皇决定做什么——或者放在我信仰的宗教里来说吧,取决于上帝要求他做什么。上一任教皇在处理牧师虐待儿童的事情上收效不大,所以新任教皇可以大展拳脚。他能提出一个不那么极端的反堕胎政策,并承认同性恋的合法化。"

"怎么看出来他们是不是?他们外表看起来不一样吗?"

"不,我的意思是,我们教会认为同性之间发生关系是一种罪,但新教皇在这件事和其他事情上可能会放松管控。"

"你对这些事情是什么态度?"

"你说我吗?"玛利亚问,"我支持选择,也就是说,女性有权决定自己是否需要完成妊娠。我对同性恋没有任何意见,也不觉得牧师就应该被迫禁欲,另外,我当然也不觉得离婚应该是一件非常困难的事。当然了,这件事目前对我来说最重要,因为科尔姆和我决定废除婚姻——意思是在教会和上帝面前宣誓我们的婚姻关系不存在了,这样就能把相关档案删除掉。不过现在……”她犹豫了一会儿,继续说道,“现在我觉得我们应该缓一缓,看看新教皇会采取什么措施。如果他允许天主教徒离婚后还能留在教会,那我应该会开心点儿。”

这时候,有位尼安德特人凑过来对庞特说:“先生,我们即将在克拉尔达克降落,请您将女儿稳固住。”

庞特叫了一辆旅行块,载着他、玛利亚还有梅嘎三人前往哈克定位的地点。男司机似乎不想接这个活——因为那间小屋离克拉尔达克的城缘很远,但庞特最后还是说服了他。旅行块飞过露出地面的岩石,绕过成片的树林,穿过几个小湖,最后终于到达了哈克定位的地点。

他们下来后,朝着那个建筑走去。它看着像是一间木屋,但做墙壁的木头是垂直插进地里而不是水平堆叠的。庞特敲了敲门,无人回应。他转动星形把手,打开门,然后——

小梅嘎发出了响亮的尖叫。

玛利亚瞬间浑身发冷。正对着她的那面墙被一束从窗户打进来的光给照亮了,上面有……一个巨大的头骨。

不可能,但是……

但它看着的确很像是一种怪物:独眼巨人。畸形的头骨,当中是一个巨大的眼窝。

庞特抱起女儿安抚道:“这只是一个猛犸象的头骨啦。”玛利亚意识到他说得对。有人取下了象牙,而不断生长的树枝贯穿了脑袋中央的洞。

庞特喊着维桑的名字,但小屋只有一间房,中间摆着一张餐桌、一把椅子,地上铺着毛皮地毯,还有一个石制壁炉和一堆原木,角落里有一堆衣服,但人不可能藏在里面。玛利亚转身看了看身后的乡间,希望能看到维桑的踪迹,但她可能去的地方太多了……

“学者博迪特!”喊他的是旅行块的司机。

庞特回到木屋门口,也以喊声回应道:“怎么了?”

“还要等多久?”

“我不知道,”庞特说,“估计一个十分日吧,但也可能更久。”

司机考虑片刻,最后说:“那我用这个时间去打打猎吧,我已经有好几个月没来过这样偏远的乡间了。”

“那你好好玩。”庞特说着朝那人挥手告别,然后回到木屋里,走向堆在角落的那堆衣服。他拿起一件衬衫,凑到面前,深吸一口气,对其他几件衣服也做了相同动作,最后对玛利亚点点头,说道:“好了,我记住她的气味了。”

接着他扛起梅嘎,走到屋外。玛利亚紧随其后,并关上了她身后的门。庞特张开鼻孔,吸着空气,绕着房子走了大半圈,然后停了下来,指着东边:“这边。”

“太好了,”玛利亚说,“我们出发。”

尼安德特人的小女孩们很了解聚会,但猎人狩猎就没多少人见过了，梅嘎似乎很喜欢这次冒险。庞特将她举到自己肩膀上坐着，依旧轻快地穿过了乱石丛生的森林。玛利亚则跌跌撞撞地跟在后面。途中他们碰到了一群鹿，把它们吓得四散奔逃。三人的动静还惊动了一群旅鸽，它们扑棱着翅膀飞向了空中。

玛利亚不怎么会在荒野中判断距离，但他们肯定走了六七公里。之后，庞特终于指向远处小溪边一个弯着腰的人。

“她在那儿，”他轻声说，“她处在我们的上风口，所以我相信她还不知道我们已经到这里了。”

“好，”玛利亚说，“那我们再接近一点。”

庞特告诫梅嘎，让她务必保持安静，然后他们来到距离这位尼安德特女性大约四十米远的地方。这时利亚踩到了一根棍子，它“啪”的一声断了，女人闻声抬头，吓了一跳。庞特、玛利亚和梅嘎三人看着那个女人，那个女人也回头看着他们，众人愣了一会儿，然后那尼安德特女性率先行动，拔腿就跑。

“等等！”玛利亚喊，“别走！”

玛利亚本来不指望自己说的这些话会有什么用，但女人闻声停了下来，转过身。玛利亚突然明白过来，自己情急之下喊出的居然是英语。尽管克丽丝汀片刻后尽职尽责地又替她翻译了一遍，但这个女人可能从来没听过这种高亢的声音和奇怪的陌生语言。她从初夏就开始在这里独自生活，没有机侣，也没有窥机，根本不可能知道这世界上多了一扇通向平行宇宙的传送门。

庞特、梅嘎和玛利亚靠近了一些，在离她不足二十米的地方停下。她的大脸上缓缓露出了十分惊讶的表情。

“你们——你们是谁?”她用尼安德特语问道。

“我是玛利亚·沃恩。”玛利亚喊道,“拜托你,不要逃! 你是维桑·伦内特吗?”

那个女人宽大的下颚都要惊掉了,玛利亚意识到自己刚才说的话里有着他们从来都发不出的音。

“是的,”维桑用尼安德特语说,“我是维桑,但你们请不要伤害我。”

玛利亚一脸惊讶地看着庞特,然后喊道:“我们当然不会伤害你!”然后问庞特,“她为什么怕我们?”

庞特轻声解释道:“她没有机侣,所以这次遭遇也不会有记录,而且根据我们的法律,她也没有身份——所以她永远不能在远程档案库中检查我们的记录。”

“别怕!”梅嘎这一声帮了他们的忙,“我们是好人!”

庞特、玛利亚和梅嘎又试着朝维桑的位置移动了五米,她没有逃跑。

“你们是谁?”维桑又问。

“她是格里克辛人!”梅嘎说,“你看不出来吗?”

维桑盯着玛利亚。“我看不出来。你到底是谁?”

“梅嘎说得对,我就是你们口中的格里克辛人。”

“神奇! 但——但你是成年人。如果有人在几个旬月前复原了格里克辛人的遗传成分,那我肯定知道这件事儿。”

玛利亚过了会儿才明白维桑的意思，她以为玛利亚是通过古代DNA样本克隆出来的。

“不，不是，我——”

“让我来吧。”庞特说，“维桑，你认识我吗？”

维桑眯起眼，然后摇了摇头，“不认识。”

“他是我爸爸，”梅嘎说，“他叫庞特·博迪特，他是第145代的，而我是第148代的！”

“你认识一位名叫露特·芙拉多的化学家吗？”庞特看着维桑问道。

“芙拉多？萨尔达克的芙拉多？我知道她的研究方向。”

“她是阿迪克的女伴，而阿迪克又是我爸爸的男伴。”

庞特把手搭在梅嘎的肩膀上，“没错，阿迪克和我都是量子物理学家，他和我一起进入了一个平行宇宙。在那个世界里，格里克辛人一直活到了今天，而巴拉斯特人则没有。”

“你把我弄得一头雾水。”维桑说。

“不，他没说谎！”梅嘎说，“他说的是真的！爸爸去了另一个世界，他消失了，就在德博拉镍矿下面。谁都不知道他碰上了什么事。达卡拉还以为阿迪克对爸爸做了什么坏事，但阿迪克是个好人，他永远不会做那样的事！婕斯梅尔是我姐姐，她和阿迪克一起把爸爸带了回来。后来他们做了一个能一直开着的传送门，然后玛就从另一边过来了。”

“不，”维桑低头说，“她肯定是这个世界的人，她有机侣。”

玛利亚也低下头,克丽丝汀的面板从她上衣袖口那里露出了一部分。她脱下外套,卷起衬衫袖子,伸出手臂。“但我的机侣是最近才装的,”玛利亚说,“伤口还在愈合。”

维桑朝玛利亚迈出了第一步,接着是另一步,然后继续向前,最后说道:“看来是这样。”

“我们说的都是真的,”庞特说,然后又指了指玛利亚,“你能亲眼看到这是真的。”

维桑把手放在自己的大屁股上,端详了一番玛利亚的脸,看了看她的小鼻子和高前额,还有下颚前方突出的一块骨头——下巴。然后维桑用惊诧的声音说:“对,我也觉得是。”

第二十二章

“科学家告诉我们，我们的祖先来到了非洲的北端，向北望，在直布罗陀海峡的另一边见到了新的陆地——之后的事对我们来说就很自然了：海峡虽然凶险，我们还是冒险进入了欧洲……”

维桑是第144代的人，比玛利亚大十岁左右，有着一双绿色的眼睛，头发灰了大半，偶尔能看到几根金色的发丝，暴露出头发本来的颜色。她穿着一件相当破旧的衣服，到处都是皮革补丁，随身带着一只皮包，大概装着早上狩猎的收获。

他们四人返回维桑的小屋。“好吧，”她看着玛利亚说，“我接受了你们的说法，但还是不知道你为什么要找我。”

他们来到一条小溪前，庞特先抱起梅嘎跳了过去，然后伸手帮玛利亚渡水，维桑自己则涉水而行。

“我也是生命化学家,”玛利亚说,“我们对你的密码子编写器很感兴趣。”

“它被禁了,”维桑耸耸肩,“被一群目光短浅的傻子禁了。”

庞特示意大家安静,前方有一群鹿。玛利亚看着这群美丽的生物。

“维桑,”庞特的声音很轻,但克丽丝汀翻译的声音还是很响,好在只有玛利亚能听到,“你的食物够吗? 我可以帮你打一头鹿。”

维桑大笑起来,用正常的声音说道:“庞特,你是个好人,但我过得还不错。”

于是庞特点了点头,他们继续向前,直到鹿群自行散开。前方维桑的小屋隐约可辨。

“我对密码子编写器的兴趣不单单在学术层面,”玛利亚说,“庞特和我想要个孩子。”

“我要有小妹妹了!”梅嘎说,“我已经有了个姐姐,姐妹双全的人可不多哦,所以我很特别!”

“没错,亲爱的,”玛利亚说,“你非常特别。”然后她又转头看着维桑。

“你的巴拉斯特女伴呢?”维桑看着庞特问。

“她不在了。”

“啊,节哀。”

他们到小屋后,维桑打开门,示意庞特、玛利亚和梅嘎跟她一起进去,然后脱下她的毛皮外套——

——于是玛利亚见到了她左臂内侧那道可怕的伤疤，那是她剜出机侣后留下的。

庞特和梅嘎一起坐在桌前，梅嘎在回来的途中捡了一枚松果，还有两块漂亮的石头，她想让爸爸看看，所以庞特不得不把一部分注意力放在她身上。

于是玛利亚看着维桑，“那……你的原型机还在吗？”

“你要这个东西干吗？”维桑问，“是不是你们有人被政府绝育了？”

“不是，”玛利亚说，“不是这档子事儿。”

“那你要我的设备干吗？”

玛利亚看着庞特，他正在聚精会神地听梅嘎说话，他的女儿正在告诉他，自己在学校里学到的东西。于是，她开始解释：“巴拉斯特人、格里克辛人，以及黑猩猩、倭黑猩猩、大猩猩和猩猩，所有这些生物都有一个共同的祖先。这个祖先有二十四对染色体，所有后代都继承了这一点，只有格里克辛人例外。格里克辛人有两条染色体合二为一，意味着我们只有二十三对染色体。基因组长度相同但染色体数量不同，这会导致自然受孕出现问题。”

“真神奇！”维桑说道，“没错，密码子编写器制造相配的二倍体染色体其实很简单，它能把你和庞特的DNA结合在一起。”

“我们就是希望这样，”玛利亚说，“所以我们才对原型机是否存在感兴趣。”

“哦，它的确存在，”维桑说，“但我不能让你拿到它——它被禁了。虽然我很讨厌这种事,但事实就是这样,光是持有它就会受到惩罚。”

“它只是在这里被禁了。”玛利亚说。

“不单是在克拉尔达克附近,”维桑说,“全世界都把它禁了。”

“在这个世界上是这样,”玛利亚说,“但在我的世界里不是。我能带它回去,庞特和我可以在那边备孕。”

维桑的双眼在起伏的眉脊下瞪得大大的。她沉默了一会儿。玛利亚知道,自己不应该打扰她思考。最后她终于说:“我觉得这样可以。与其就这么放着,不如让人用它获益。”然后她顿了顿,又说:“不过你还是需要医疗协助,让他们从你的身体里取出卵子,再抽出其中天然的单倍体染色体组。然后医生把一组用密码子编写器写出的完整二倍体染色体加进去,接着再把这枚卵子放回你的子宫里,之后的流程就和正常怀孕一样了。”她的脸上浮现出微笑,“特别想吃腌块茎,会晨吐,还有其他种种变化。”

当这个解决方案还停留在抽象的概念,还是一个神奇的黑箱时,玛利亚还充满热情。但现在……“我……我没想到你会消除我自身天然的DNA。我还以为我们只是重新映射庞特的DNA,好和我的DNA相匹配。”

维桑听了,挑起眉毛,“玛,你说自己是生命化学家,所以你肯定知道,不管是由你的身体还是机器来生产脱氧核糖核酸,最后的结果其实没有区别。事实上,你压根儿区分不出天然和人造的密码子。它们之间从化学的角度看上去没有区别。”

玛利亚皱起眉。她经常怪她姐姐为那些打着“天然”旗号的维生素所带来的溢价买单,毕竟它们从化学层面上看和实验室生产的维生素完全一样。但……“但其中一条来自我的体内,另一条则来自机器。”

“对,但是……”

“不,不,你说得对。”玛利亚说,“我这么多年来一直都在和我的学生说,DNA 只不过是编码信息而已。”她对庞特和梅嘎微笑着说道,“只要它有我们的编码信息,那它依然是我们的孩子。”

庞特昂首点了点头,“当然了,我们的个人遗传材料也要测一下。”

“简单,”维桑说,“这事密码子编写器也能办到。”

“太棒了!”玛利亚说,“原型机在这吗?”

“不,不,我把它藏起来了,埋在地里,但在外面包了一层塑料和金属做保护。不过那地方离这里不远,我很快就能找到。”

“这对我们来说意义重大。”玛利亚说,然后她突然想到了什么,“你想和我一起回去吗? 去到我的世界。我可以向你保证,我们不会在那里禁用你的设备,也不会阻止你进行相关研究。”

“这个想法真是了不起!”维桑说,“你们的世界是什么样的?”

“这个嘛,和这里还是有点儿区别的。首先,我们人更多。”

“有多少?”

“六十亿。”

“六十亿! 那……我觉得你们应该用不上辅助怀孕的设备了。”

玛利亚点点头,承认了她的观点,“而且男女还一直住在一起。”

“疯了吧！他们不会互相惹毛对方吗?”

“呃……会吧,我觉得他们有时候会,但是……就像我之前说的那样,那里和这里不一样。我们有很多非常棒的东西,比如星际空间站,那是一个环绕我们星球的永久栖息地。我们还有高耸入云的建筑。”不过玛利亚遗憾地想,这些东西已经没有之前那么多了,“而且我们的食物要比这里丰富得多。”

“庞特,你去过吗?”

“我爸爸已经去过三次啦!”梅嘎说。

“我会喜欢那里吗?”维桑问。

“看情况。”庞特说,“你喜欢这里吗？生活在荒野里?”

“非常喜欢。我已经非常习惯这里了。”

“气味会困扰你吗?”

“气味?”

“对,他们为了获得能量,选择燃烧石油和煤炭,所以城市里的味道很难闻。”

“听起来不怎么诱人。我觉得我还是会留在这里吧。”

“你高兴就好。”玛利亚说,“不过这样的话,你能教我们用密码子编写器吗?”

维桑看着庞特,“你怎么想？我心甘情愿地摆脱了文明的束缚,所以不管是高阶还是低阶的银须长老会都管不了我。但你……”

庞特看着玛利亚,然后又看向维桑,“我之前也顶撞过最高银须长老会,他们让我回到这个宇宙并关闭传送门,但我选择无视他们的命令。要是大使没有说服其他人穿过传送门,我现在还会继续待在玛的宇宙里。而且……”

“而且什么?”

“而且,嗯,有时候,人被绝育的理由并不完全正确,所以……”

庞特的声音越来越低,玛利亚替他说道:“他说的是他的男伴阿迪克。当庞特第一次消失并出现在我的世界时,他们以为是阿迪克杀了他,并想办法处理了尸体。于是他们就要给阿迪克做绝育手术。”然后她转向庞特,“庞特,我说的对吧?”

“什么?”庞特的语气有些奇怪,“哦,对,是的,当然,我就是这个意思……”

“这样的话,如果你想要密码子编写器,那就去拿吧。”维桑说,然后朝门指了指,“我去把它拿过来,但你永远不能告诉别人你有这个东西,至少是这个世界上的人。”

第二十二章

“同样，一些我们的巴拉斯特人表亲，也就是欧洲本地的原始人，也南下直布罗陀，目睹了象征永恒和稳定的著名巨岩[1]。尼安德特人站在有利地形，可以看到南部未知的非洲土地……”

“乔克，能聊两句吗?”

乔克·克瑞格从他的办公桌前抬起头。他，怎么说，可能有点偏执，不想表达对露易丝美貌的赞赏。他知道，他们这代人都这样。毕竟他比露易丝大了36岁，他也看到兰德公司的一些同事因为所谓的性别歧视言论而身陷囹圄。“啊，贝努特博士。”他边说边站了起来。他在父母的管教下养成了许多习惯，而这就是其中之一。“要我帮你什么吗?”

① 指直布罗陀巨岩。

“还记得我们之前讨论过行星的磁场崩溃后会对意识产生的影响吗?”

“我怎么会忘?”乔克说,“你说过,人类的意识是在某次地磁崩溃的过程中诞生的。”

“没错。四万年前,当进化大跃进发生的时候,地球磁场正在崩溃,就像现在进行的这次一样。在我们的宇宙中,地磁场的方向和崩溃前一样,这种情况发生的概率约为百分之五十,所以我们的宇宙里没有留下任何记录。但在另一个宇宙里,地磁方向发生了翻转,所以他们的地质活动中有记录。就像我之前说的,人类意识在一次地磁场崩溃中诞生不可能是巧合,而且——”

“你的意思是,这次它可能会再次影响我们的意识,甚至可能导致崩溃。”

“没错。我第一次提出这个观点是因为进化大跃进正好就发生在地磁场崩溃的时候,磁场和意识之间显然存在相关性。在那之后,我一直在不断深入挖掘,试图找出以‘意识的电磁性质’为题的相关研究——结果,乔克,说实话,我比之前更担心了。”

“为什么?尼安德特人的世界在四分之一个世纪前就已经开始地磁崩溃了,现在不还是安然无恙吗?”这是乔克在阅读了科尔和普雷沃特的研究报告后得出的惊人结论。其实,他拿到的地球地质记录已经为他提供了证据,证明地磁崩溃就将发生在几周内而不是几个世纪内。“如果他们能够安全度过地磁崩溃期,那我们为什么不行?”

“尽管我也喜欢巴拉斯特人,”之所以改成这个称呼,显然是因为继续再用尼安德特人称呼他们从政治角度上看已经不太准确了,“但他们已经是另一个物种了,大脑结构和我们不一样。”露易丝说,“你看他们的头骨就能看出来。他们能够安然无恙并不代表我们也会。”

“露易丝,得了吧!”

“不,是真的。我一直在网上搜索电磁场和意识的联系,然后发现了一个非常有趣的东西,叫作CEMI理论。”

“半理论(Semi-theory)?”乔克重复道,心想这个名字果然适合这种不上不下的理论。

“是CEMI理论,开头是C,”露易斯说,“它是‘意识电磁信息理论’的缩写,这个理论是由两位研究人员提出的,分别是萨里大学的约翰乔·麦克法登和新西兰的苏珊·普吉特。”她望向乔克办公室的窗外,显然是在整理思绪,然后她说,“你看啊,我们已经确定了大脑中各个特定区域的功能,比如哪里是生成视觉图像的地方,哪里是进行数学运算的地方——我相信你在媒体上读到过——甚至确定了哪里是产生宗教情感的地方。但有一个地方,我们从来没能实现定位,那就是产生意识的地方。不过约翰乔·麦克法登和苏珊·普吉特认为他们已经找到了它的位置。它不在大脑里,而是围绕并渗透在整个大脑中,换句话说,就是一种电磁场。这样的电磁场能让大脑中两个相隔很远的神经元相互连接,将所有细碎的信息整合在一起,拼凑成一幅现实的完整图景。”

“有点像大脑中的无线通信?”乔克淡淡地问,虽然他心里好奇得不行。

“没错! 卡尔·波普尔在1993年的时候就提出,意识是大脑力场的表现,但他认为这肯定是某种未知的力场。他认为,如果这是由某种我们熟悉的能量组成的,那我们肯定早就发现了。但麦克法登和普吉特说这只是电磁场而已。”

“他们检测到了?”

“哦,大脑内部和周围肯定有电磁活动,毕竟脑电图测的就是这个。但别忘了,我们的巴拉斯特朋友有统一的电磁力和强核力。换句话说,电磁场——包括地球和我们大脑产生的电磁场——要比我们知道的多得多。”

接着乔克问:“那你提到的这些研究人员有没有成功证明这些电磁场和意识有关?”

露易丝拨开眼前深色的头发,“不,还没有。我承认,这个概念确实会遭遇许多的阻力。勒内·笛卡尔相信二元论,也就是说,他把身体和思想看作是两个分开的东西。但现在这套理论已经过时很久了,而且,怎么说,有些人把CEMI理论看作是这种理论的重现。不过从信息处理的角度看,CEMI理论还是不无道理的。本质上看,麦克法登和普吉特觉得,若是从不同参考框架上看意识和信息,它们其实是同一种现象,而且——”

“嗯? 而且什么?”

露易丝接着说:“是这样的,如果意识是一种电磁现象,那么说它最早是在地磁崩溃期间诞生的或许也不奇怪。我之前就说过,巴拉斯特人最近的经历告诉我们这种崩溃本身不会让意识出现问题,但别忘了,我是一名太阳物理学家。我或许应该专精于中微子,但却对太阳辐射这个概念很感兴趣,正常情况下,我们会受到地磁场的保护,避开太阳辐射。而一旦地磁崩溃,我们那个拥有微妙电磁场的大脑就会受到太阳辐射的猛烈冲击,这种状态可能持续数年或数十年。我越是深入研究,就越觉得发生某种程度上的意识崩溃可能性很大。"

"但这也有点儿太疯狂了。"乔克说,"意识不可能是电磁场。我去年还做过核磁共振,年轻的女士,我向你保证,整个过程中我都是完全清醒的。"

"这是对这个理论最常见的反驳手法。"露易丝点头道,"但麦克法登在《意识研究杂志》上发表的最新论文坦率地提及了这点。他认为脑室内的液体形成了法拉第笼,它能让大脑与多数外部电磁场绝缘,且效果显著。至于核磁共振成像,他认为这些是静态电磁场,只会改变运动电荷的方向,所以不会有任何生理效应。同理,地磁场也是静止的,且分布相当均匀,至少在崩溃前是这样。但是,与静态的外部电磁场相反,动态的电磁场确实会在大脑中引发电流,也的确会影响大脑活动。临床上对重复经颅磁刺激有严格的指导方针,操作人员必须遵守这些指导方针,以免让正常人突发癫痫。"

"但——但如果意识是电磁场,我们为什么检测不到?"

"其实可以。苏珊·普吉特列举了各种研究,它们都声称大脑在经历特定的感质后,其电磁场确实会变化,而且这种变化是可以复现的。如果你看着某个红色而非蓝色的东西,或者听见的是中央C而不是高音C,那么大脑电磁场产生的变化是可以测出来的。她对反对这一理论的观点的驳斥都很精彩。举个例子,如果切开胼胝体,也就是连接左右两个大脑半球的神经束,你可能会以为大脑的两个半球之间就不会有交流了,但那些裂脑症患者表现出来的样子却又非常正常,只有在刻意设计的场景中才会显出和正常人的区别。虽然两个半球在物理层面的联系被切断了,但它们的意识却还是紧密结合在一起的。因为意识存在于整个大脑的电磁场里,而不是依靠神经化学反应。”

“所以你是想告诉我什么来着?大脑的左右半球是靠心灵感应来交流的?得了吧!”

“对,它们一直在交流,就算左右两半大脑之间没有东西连着也可以。”露易丝说,“事实如此。”

“那我站在你边上的时候怎么就不知道你在想什么?”

“好吧,是这样。首先你要记住,大脑其实是被封闭在一个法拉第笼里的,这样可以获得保护。其次,苏珊·普吉特相信,与意识相关的主要振动频率集中在一赫兹到一百赫兹之间,大部分在四十赫兹左右,换句话说,波长大约是八千公里,而接收电磁信号的理想天线长度等于单个波的波长。如果你没有超大的接收器或者非常敏感的设备,光靠近我是没办法读取我的意识的。但是产生意识的磁场集中在大脑的范围里,这是很有可能的。关于意识,有个重大问题是所谓的约束问题。我们看一下那边的那本书。"她指向乔克桌上的一本书,那是一本兰德公司以前出的核战争研究报告,"一部分大脑把它识别成绿色,一部分大脑又从背景中勾勒出它的轮廓,第三部分大脑回忆起'书'这个词用来描述它。我们知道,这就是大脑的工作方式—— 一系列的功能划分。但这些东西又是如何整合在一起,然后产生我们正在看一本绿色书本的想法?CEMI理论给出的解释是电磁场。"

"这些都是猜测。"乔克说。

"这些都是前沿科学,不过也是一个非常好而且坚实的科学理论,根据它所做的推测都是可证伪的。乔克,我得告诉你,我之前对意识的构成想得不多,但是和另一个世界产生关联的东西出现之后就不一样了。总而言之,这个研究领域还是很迷人的。"

"那你担不担心我们的意识会因为地磁场的崩溃而受到干扰?"

"我不会预测未来会发生什么,你之前说,尼安德特人最近一次地磁崩溃对他们没什么影响,这话说得没错。但是,好吧,是啊,我还是担心的。我觉得你也应该担心起来。"

第二十三章

“但尼安德特人并没有穿越直布罗陀海峡。所以在那里，我们见证了两者之间的区别。因为我们只要看到新的世界，倘若并不遥远，就会欣然前往……”

维桑把一台浅绿色的仪器放在木屋的桌上，说道：“这就是密码子编写器的原型。”

玛利亚看着这台机器，它的体积大概类似三条吐司面包拼在一起，不过尼安德特人应该不会这么比较。

“它能合成你能想到的任何脱氧核糖核酸或者核糖核酸，你也能用它制造染色体或其他结构所需要的额外蛋白质。”

玛利亚难以置信地摇摇头。“好一座生命工厂！”然后她看着维桑，“在我的世界里，你能凭它得诺贝尔奖，这个奖是对我们科学工作的最高褒奖。”

“但它在这里却被禁了。”她的声音很苦涩,“我的本意是好的。”

玛利亚皱眉问道:“你的本意是?”

维桑沉默了好一会儿才说:“我有一个在研究所生活的弟弟。”她看着玛利亚,“我们虽然已经消除了多数可以遗传的基因疾病,但还是有可能出问题,还是会有不能遗传的基因疾病发生。我弟弟有,我不知道你们把这个病叫什么,反正他有一条额外的二十二号染色体。”

“你是说二十一号染色体吧?”玛利亚刚说完就意识到了,“不对,你们当然没有,在这个世界里应该是二十二号。我们把这种病称为唐氏综合征。”

“格里克辛人也会有一样的症状?”维桑问,“病人的精神和身体都很虚弱。”

玛利亚点点头。不过唐氏综合征在格里克辛人身上还会导致面部异常,包括舌胖前凸、下颚无力,甚至会让欧美人种也出现内眦赘皮。玛利亚不禁在想,患了唐氏综合征的巴拉斯特人看起来会是什么样。

“我母亲是140代的人,她本来应该在自己二十岁或者三十岁的时候生下她的第一个孩子,但却没能怀上。她在四十岁的时候生的我,在五十岁的时候生了我的弟弟拉那玛。”

“我们高龄怀孕也会增加胎儿患唐氏综合征的风险。”玛利亚说。

“因为身体产生干净染色体的能力已经下降了。我想解决这个问题，而且也已经做到了。我的密码子编写器可以消除所有复制错误，所有的——”

“所有的什么？”玛利亚问。

“不好意思，”克丽丝汀说，“我不知道要怎么翻译维桑刚刚说的词。那个词的意思是，本来应该是两条染色体的情况，但多了一条。”

“三体综合征[①]。”玛利亚说。

“如果我的父母能接触到这样的技术，让他们在年老后也能输出一组完美的二倍体染色体，拉那玛就会是正常的。当然了，许多类似的情况也都能避免。”

确实如此，玛利亚心想。每五百名格里克辛儿童中就会有一名出现性染色体异常，比如克氏综合征（体内含有两条或更多X染色体和一条Y染色体，或者常表现为染色体嵌合）；三X染色体综合征；特纳综合征（一条X染色体完全/部分缺失或结构异常）或者是容易让男性产生暴力倾向的超雄综合征（XYY综合征）。她怀疑科尼利厄斯·拉斯金就有一条额外的Y染色体，他的体型和性格肯定符合该病的特征。当然了，遗传病还会有其他组合，不过多数会导致流产。

“但原因还不止这些。”维桑说，“预防三体综合征和类似的疾病只是我做这件事最初的动力。我的研究进一步深入后，还启发了其

① 三体综合征是唐氏综合征的另一个名称，全称是21三体综合征。

他奇妙的可能性。"

"真的?"庞特问。

"真的! 我想消除基因选择的随机性,把选择权交给父母。"

"什么意思?"庞特问。

维桑看着他,说道:"你从父亲那里继承了一部分特征,又从母亲那里继承了一部分。父母双方各给了你一半的脱氧核糖核酸,两边加在一起,构成了你体内的四十八条染色体,但你产生的每个精子都随机携带着他们的某些特性。也就是说,你——庞特·博迪特所拥有的DNA,眼睛的颜色来自你的父亲和母亲,头发的颜色也来自你的父亲和母亲,眉脊的形状也来自你的父亲和母亲,等等。但是,你的精子只有二十四条染色体和你身体一半的脱氧核糖核酸。你产生的每个精子都会包含你的父亲或者母亲对某个特征的贡献,但不会同时包含两者。比如说,第一个精子中可以包含母亲对眼睛颜色的贡献,父亲对头发颜色的贡献,还有母亲对眉脊形状的贡献。第二个精子可能有一套完全相反的组合,而第三个精子所携带的特征可能全部都与你母亲有关。第四个呢,可能全都会和你的父亲有关。鉴于你拥有成千上万种不同的基因,所以这样的组合还有很多很多。你产生的精子不太可能会有相同的编码特征组合。对卵子来说也是同理,可以肯定的是,两枚卵子不会有同一套来自母亲的母亲的遗传物质,也不会有同一套来自母亲的父亲的遗传物质。"

"好吧。"庞特说。

"梅嘎是你的女儿,对吧?"

“是的!”梅嘎说。

维桑蹲下来,让视线和梅嘎的脸齐平,“你看,她的眼睛是棕色的,而你的眼睛却是金色的。你还有其他孩子吗?”

“还有一个大女儿,叫作婕斯梅尔。”

“婕斯梅尔的眼睛是什么颜色?”

“和我一样。”

“她运气真好!”梅嘎噘嘴道。

“的确,”维桑伸手摸了摸姑娘的后脑勺,然后看着庞特,“棕色是显性的,金色是隐性的。你的孩子通过自然过程继承你眼睛颜色的机会是四分之一,但如果你让密码子编写器来为你输出遗传物质,那就可以选择让你的两个孩子都拥有金色的眼睛,或者拥有你或者你的女伴携带的任何遗传特征。”

“哇,”梅嘎说,“我真希望我有一双金色的眼睛!”

“你理解了吗?通过自然方式受孕,最后获得的是一组完全随机组合出的特征。”

庞特点点头。

“但你发现了吗?这么做也太疯了!就是在赌自己最后会得到什么,而且相关的东西还不只是眼睛颜色这样无足轻重的事情。举个例子,你有两个与眼睛晶状体灵活度相关的基因,一个来自母亲,一个来自父亲。假如你从母亲那里得到的是好基因,它能让你上了年纪之后不用矫正视力的东西也能看清东西;而从父亲那里得到的却是个坏基因,你从小就得戴上矫正视力的东西。现在你要选出一个基因并传给自己的后代,而且只能选一个,你会选哪个?"

"当然是我母亲的。"庞特说。

"你看!但自然受孕就没有选择,根本就没得选择。你的孩子会遗传到什么……完全看运气,因为精子的自然生产其实相当低效。但如果我们对你的脱氧核糖核酸进行测序,就能从你继承的每对性状中选个更好的出来,然后制造出一组只包含那些优良性状的单倍体染色体。我们在玛利亚身上也能这么操作,制造出一个单倍体集合,只表现她所有特征的优良性状。然后就能把它们结合在一起,得到的孩子就是你们两人可能生下的最佳组合。这个孩子的遗传成分依然是父母各半,但它拥有的遗传物质组合是你们可能产生的最好情况。"

"哇,"玛利亚听完,惊叹地摇摇头,"这不能完全算是设计婴儿,但是……"

维桑摇摇头,"不,虽然密码子编写器从技术上可以实现设计婴儿,比如我们可以编辑出父母双方都不存在的基因,但我从来没这么想过。第149代的人很快就要受孕了,我想让这一代人成为有史以来最伟大的一代,把所有的优秀特质带给他们,消除所有负面特征。"说完,她又摇摇头,语气变得比往常还要低沉,"本来它就像清除基因库这个做法一样,能为我们这个物种带来相当大的好处。"过了会儿,她看起来像是已经克服了心中的苦楚,至少暂时是这样,"当然了,显然是永远都不可能了,但它的功能至少能让你们两个人获益。"

玛利亚觉得自己的心跳得都快蹦出来了。她马上就要当妈妈了！这应该是板上钉钉的事了。“维桑，太棒了，谢谢你！你能给我们演示一下它是怎么工作的吗？”

“没问题，”她说，“但愿它还有电……”她碰了碰一个控制器，过了一会儿，编写器中央的一块方形屏幕亮了起来，“当然了，你可以装一个更大的显示器。之后你只要把正确的化学原材料倒进这个小孔里。”她指了指设备右边的一个洞，“最终成果从这里出来，悬浮在纯水里。”然后她又指着左边的水龙头，“你肯定知道要把它连在一个形状合适的消毒玻璃容器上。”

“那你要怎么指定输出结果？”玛利亚着迷地盯着机器。

“第一种方法是用语音控制。”维桑说话间拔出一个控制钮，对设备发出了语音指令，“产生一串有十万个核苷酸的脱氧核糖核酸，密码子是腺嘌呤-胞嘧啶-胸腺嘧啶，以此重复。”她看着玛利亚，“这就是——”

“苏氨酸。”玛利亚接道。

维桑点点头，“没错。”

设备上闪过几道绿光。“啊，看那里，它在说自己需要原材料。”维桑指了指屏幕，“看到了吗？这里列出了材料清单。你还能用这些按键中的某个来输入数据。”她指着一个模式切换开关，“这里可以选择它的合成模式是脱氧核糖核酸还是核糖核酸。然后你就能以任意精度输入数据，最小可以到单个核苷酸。”说罢，她指了指以正方形排列的四个按钮。

玛利亚点点头。这四个按钮肯定是为了编辑DNA设计的,因为上面有尼安德特人的字符,分别代表了腺嘌呤、鸟嘌呤、胸腺嘧啶和胞嘧啶。她指着另一组按钮,这些按钮排列成了一个八乘八的格子,“那这些肯定是用来制定密码子的,对吧?”密码子就像是遗传语言的单词,共有六十四个,每个都由三个核苷酸组成。密码子都对应了一个氨基酸,而用于制造蛋白质的氨基酸一共有二十种。由于密码子的数量比氨基酸多,所以有几个密码子会对应同一个氨基酸,这就是遗传物质的相似性。

“没错,”维桑说,“这些按钮可以让你选择密码子,或者说,如果你不在乎氨基酸所对应的密码子,那也可以直接通过名称选择对应的氨基酸,就在这里。”她指着一堆按钮,每行五个,一共四行。

“当然,”维桑继续说,“它们只是用来做精细编辑的,手把手定制一串冗长的脱氧核糖核酸序列非常无聊。我一般会连到电脑上,把想要的基因设计图下载下来。”

“真是了不起!”玛利亚说,“我们在基因拼接上付出的波折说出来你可能都不信。”她看着维桑,“谢谢。”

“没事。”维桑说,“我们开始吧。”

“现在吗?”玛利亚问。

“当然。我们不是要真的开始制造DNA,而是要先定好流程。我们首先会采集你和庞特的脱氧核糖核酸样本,再对它们进行测序。”

“你在这里就能做?”

“让密码子编写器去做。我们只要把脱氧核糖核酸的样本给它,它就会自己分析。每份样本大概要用一个十分日。”

“完成一个人的基因组测序只要一个十分日?”她的回答让玛利亚很是惊诧。

“对。”维桑说,“我们开始吧,然后我再去给大家抓点儿吃的。”

庞特听了,微笑着举起手来,“我愿意报名参加狩猎,虽然我知道你用不着帮手。”

“有人一起我当然欢迎,”维桑说,“但首先,让我从你们身上收集点遗传物质……”

第二十四章

“如果说地球磁场崩溃带来的危险教会了我们什么，那就是人类太过珍贵，可惜只有一个家园——把所有鸡蛋放在一个篮子里是愚蠢的做法……”

庞特联系上了旅行块的司机，让他先回克拉尔达克；他们会在晚些时候再叫一辆旅行块载他们回家。

在庞特和维桑打猎的时候，玛利亚和梅嘎则待在小屋里。梅嘎给玛利亚看自己的新玩具；玛利亚则给梅嘎读吉卜林的《森林王子》；梅嘎还教了玛利亚几首比较短的尼安德特人歌曲。和梅嘎共度时光真是美妙，而且玛利亚也知道，如果有个自己的孩子会更好。

维桑和庞特回来的时候带着一只野鸡，这是他们的晚饭，维桑负责烹饪，庞特则开始做沙拉。后来他们才知道，维桑的木屋顶上装着太阳能板，还有一个用来储存食物的真空盒、一台电热器、几盏荧光素灯，等等。这些是她的朋友们在她选择离开结构明晰的尼安德特人社会时给她的告别礼物。不过玛利亚觉得，总的来说，只要有足够的东西阅读，这样的日子可能也没那么糟。维桑给玛利亚看了看她的数据板，还有她怎么用木屋顶上的太阳能电池板给它充电。“我在这里面存了大约四十亿字的文本，”她说，“当然，我没法看那些新书，但没关系，反正新书都是垃圾。但经典作品不是！”维桑把这个小装置抱在胸前，“我太喜欢读经典了！”

玛利亚微笑起来。维桑这番话听着就像出自科尔姆之口，他也会赞美莎士比亚和同时代人的美德，所以自己看禾林的言情小说时还得躲着他，免得引起争执。

玛利亚不得不承认，晚餐真的很美味——但她也怀疑，可能是她白天走路走得太多饿坏了。

他们在吃晚饭的时候把密码子编写器移到了地板上，但晚餐刚结束，维桑又把它放回了桌上。梅嘎蜷在角落里打盹，三个成年人则围着桌子坐下。维桑坐在椅子上，庞特坐在一根木头的末端，玛利亚则坐在真空箱上方的巨型猛犸象头骨对面。

“好了，它测序完了。”维桑瞥了一眼屏幕说道。玛利亚看着维桑而不是方形的屏幕，因为自己看不懂上面图案的意思，她到现在只认识几个沿路见到的图案。但维桑没留意到这些，而是指了指屏幕。“玛，你看，它列出了在你的脱氧核糖核酸中活跃的五万个基因，也列出了庞特的五万个。”

“五万个？我还以为人类的DNA中只有三万五千个活跃的基因呢。这还是我们最新得出的数字。”玛利亚说。

维桑皱起眉,“啊,好吧,你们肯定错过了……我不知道你们是怎么说的,这是一种基因外显子翻倍的情况。我之后可以给你演示一下它的运作方式。”

“拜托了。”玛利亚兴味盎然。

“总之,这个设备现在已经列出了你们两人各自拥有的五万个基因,也就是说,密码子编写器现在就可以继续制作你们需要的东西:一对和你们染色体数量相同的配子。但是……”

“嗯?”玛利亚问。

“好吧,我之前和你说过自己制造这件设备的初衷:就是让父母从他们可以为孩子提供的等位基因中选出那些自己想要的。”

“我觉得我们碰碰运气也挺好。”玛利亚把这话说出口的时候并没有认真地思考,然后她意识到,这可能是因为自己所信奉的天主教对生命进行修补这件事有着天然反感吧,它不知不觉从意识深处浮出了水面……不过,只要用了这台机器,那就肯定是大修大改了!

维桑皱起眉。“如果你们都是巴拉斯特人,那我还能接受这个答案,但话又说回来,你们自己应该也能发现,玛,如果你们都是巴拉斯特人,也不用让密码子编写器来随机结合你们的基因材料了。”说到这里,她摇了摇头,“但你们也不都是巴拉斯特人啊。”接着,她低下头,看着庞特的前臂,“我从来都没想过自己有一天会再用到它,但是……庞特的机侣呢!”

“日康，”机侣的外置扬声器用男性声音说道，“我名叫哈克。”

“那我就叫你哈克了，”维桑说，“既然我们和玛的同胞接触过，那么巴拉斯特人和格里克辛人的脱氧核糖核酸之间的区别肯定也有相关的研究了，对吧？”

“哦，是的，”哈克说，“这是最近的热点课题。”

“你能通过全球信息网络搜到这些研究的情况吗？”

“当然可以。”

“很好，”维桑说，“我们之后会需要了解这些信息的。”她抬起头，看看玛利亚，又看看庞特，目光最后又落回了玛利亚身上。“我强烈建议不要把你们的脱氧核糖核酸单纯拼凑在一起。现在，没错——”她指着密码子编写器的显示屏，“巴拉斯特人和格里克辛人的基因虽然大部分相同，但我们真的应该好好验证一下他们之间的差异，并且对组合严加筛选。”然后她指着玛利亚问，“你们的小鼻子算不算典型特征？”

玛利亚点点头。

“你看到了吧，如果单纯地把格里克辛人的小鼻子和巴拉斯特人软乎乎的大鼻子这两个特质结合起来，那肯定很奇怪。所以我们需要谨慎选择特征，做到锦上添花，至少不要相互干扰。”

玛利亚点点头。“没错。当然是这样。”她的胃里紧张得直翻腾，但还在强装镇定，“那我们有什么选的？”

“哈克？”维桑喊道。

“基因差异包括——”

“等下!”维桑叫停了它,“我还没问你问题呢。”

庞特微笑起来。“哈克是个相当聪明的机侣,”他说,“你知道寇巴斯特·甘特吗?”

“那个研究人工智能的学者吗?”维桑问,“我知道他。”

“是这样,”庞特说,“大概在十个月之前,他给我的机侣做了个升级。可不止你一个人想给巴拉斯特人升升级,比如寇巴斯特就想让第149代的尼安德特人都享受到真正的智能机侣带来的好处。”

“那就希望他们不会把甘特的研究也禁止了——要是真禁止了,我也乐意和他做个伴。好了,不管怎么样,我都准备让哈克总结一下目前格里克辛人和巴拉斯特人的基因组之间的区别。”

“我正准备和你说呢,”哈克听起来有点生气,“你也看到了,随便一个格里克辛人或者巴拉斯特人都有大约五万个活跃的基因,但98.7%的基因都以等位基因的形式为二者共有;巴拉斯特人特有的基因只有四百六十二个,格里克辛人的情况也是如此。”

“好吧,”维桑说,然后看着玛利亚,“如果你愿意的话,大可以把剩下的这些交给运气,不过我真的觉得我们应该好好看看这四百六十六个基因,逐一做出合适的选择。”

玛利亚看向庞特,确认他并不反对这个决定后,说:“可以。”

“那就好,不过在我们开始之前还要解决两个大问题。我们接下来会通过密码子编写器把你们两人的脱氧核糖核酸结合起来,制作一组二倍体染色体。那么染色体的数量是二十三对还是二十四对?也就是说,从染色体数量的角度出发,你想让你的孩子成为巴拉斯特人还是格里克辛人?”

“哇,好问题。”玛利亚说,“我在自己的世界里做的工作就是确定一个人属于哪个人种,当然这是出于移民项目的需要。目前看来,染色体数量的区别很有可能被用作法律评判的依据。”

“你的孩子在很多层面上都会有混血儿的特征,但在这件事上必须选一个。”

“呃,哎……庞特?”

“玛,你是遗传学家,我觉得对于染色体数量——你们是怎么说的来着,它对你的意义更紧密也更重要。”

“你没什么偏好吗?”

“情感层面上没有。不过从法律层面看,我觉得让我们的孩子成为格里克辛人可能更有好处。”

“怎么说?”

“我们的世界有一个统一的管理者,就是最高银须长老会。而你们的联合国却有一百九十一个成员国,此外还有一些非成员国,每个国家都会出现移民问题,对吧?”

玛利亚点点头。

“目前看来,说服统一的世界政府,让他们接受一个拥有二十三对染色体的人在我的世界里工作生活,要比在一个有两百多个政府的世界里,让一个拥有二十四对染色体的人拥有与众人相同的权利来得简单一些。”

玛利亚听完看向维桑,“我们今天还不用真的给我们的孩子制造DNA,对吧?"

"不,不,当然不用。我就是在假设,当你准备怀孕的时候,应该会回到自己的世界里。我就是带你过一遍你之后肯定要面对的问题。"

"所以我们也不用现在就做决定。"

"没错。"

"好吧,我们先搁置一下这个问题。"

维桑看着她面前的桌子,"什么?"

"我的意思是,让我们先把这个问题放一放。下个问题是什么?"

"接下来的问题和你的特殊情况关系不大,但也必须做个决定,因为这会影响密码子编写器如何分配庞特的脱氧核糖核酸。这个问题就是:你想要男孩还是女孩?"

"这个问题我们已经讨论过了,"玛利亚说,"我们想要一个女儿。"

维桑碰了碰密码子编写器的一个按钮。"一个女儿……好了,再看看还要做什么……"她看着屏幕。

哈克这时候说:"屏幕上的下一个基因序列指的是发缝。巴拉斯特人的头皮中线有一道自然的分界,就在矢状缝的正上方,而格里克辛人头发的自然分界一般是在头顶侧边。玛利亚似乎只有侧边的等位基因;而庞特的个人基因组中,两个等位基因表达的是中线。你可以各取一个,再看实际上哪个占主导,或者取两个来自庞特的,或者取两个来自玛利亚的,这样就能得出确定的结果。”

玛利亚看着庞特,尼安德特人头发的分开方式的确和倭黑猩猩一样,最开始她还很惊讶,但很快就习惯了。“我不知道。”

于是庞特说:“用侧边的。如果我们的孩子是女儿,那就应该和母亲一样。”

“你确定?”玛利亚问。

“当然。”

“那发缝就都用我的等位基因好了。”

“好了,”维桑说着又碰了其他几个控制钮,然后朝着方形的屏幕比画道,“你看到它的操作方式了吗?屏幕上的这些按钮就是用来选择等位基因的。”

玛利亚点点头,“很直白。”

“谢谢你的肯定,”维桑说,“为了让它好用些,我可是费了不少功夫。现在我识别出了下一组等位基因,至少庞特身上的确定了:它们对应的是眼睛颜色。玛,你的眼睛是蓝色的,我们尼安德特人的世界里从来没有过这样的颜色。庞特的眼睛是金棕色的,我们把这种颜色叫作德林特,这很罕见,所以也很珍贵。”

“在格里克辛人这里,蓝眼睛是隐性特征。”玛利亚说。

“我们的德林特也是,所以两个等位基因可以都是你的,这样你的女儿就是蓝眼睛,或者两个都用庞特的,她就是金眼睛,或者双方各取一个等位基因丢进去,等最后的结果带给你们惊喜……”

他们这样一直谈论了很长一段时间,只有玛利亚和庞特因为要上厕所,才中途休息了一会儿,他们用的是一个木制的室内便盆。

“现在,我们要解决一个有趣的神经学问题,”维桑说,“对于这个问题,我非常反对让玛和庞特各取一个等位基因的做法,在这个特性上混合你们的等位基因会有什么影响,我们完全不知道。完全采取其中一方的等位基因对孩子来说会更加安全,在这件事上就不要想着混合两者的特征了。在我们巴拉斯特人看来,这种基因主要是用来控制位于大脑左半球的顶叶的发育,你肯定不想让孩子冒着大脑损伤的风险,而且——”

“你前面说的是顶叶吗?”玛利亚凑上前问道,心怦怦直跳。

“是的,”维桑说,“如果它发育异常,那就会导致失语症,还会出现运动障碍,所以——”

玛利亚转向庞特,“你让她决定这个?”

“你指什么?”庞特问。

“别搞了,庞特,就是大脑左半球的顶叶部分!”

庞特皱起眉,“嗯?”

“按照维罗妮卡·香农的说法,我们就是依靠这部分大脑产生宗教体验的,它能给我们带来那种灵魂出窍、与宇宙合而为一的感觉。所有这些感觉都根植于此。”

“噢,”庞特应道,“对。”

“你是说你不知道会发生这种事?”

“玛,说实话,我不知道。”

玛利亚移开目光。“我的天,你一直在谈论如何‘治疗’宗教。现在你看,我们有方法了。”

“玛,”维桑说,“庞特和我之前没讨论过这个问题。”

“没有吗?你们之前打猎花了那么久时间……”

“玛,我说的是真的,”维桑说,“我根本就不知道你刚刚提到的那个研究。”

玛利亚深呼吸后缓缓吁出一口气,最后终于说:“对不起,我应该多了解后再作评论。庞特永远不会做让我没准备的事。”

庞特的机侣哔哔地响了起来,但他没有要求解释。

玛利亚伸出左手。“庞特,就算我们还没有举行缔约仪式,你也是我的男伴。你永远都不会骗我的,我知道。”

庞特什么都没说。

玛利亚摇了摇头。“我没想到自己还要面对这个问题。我的意思是,要我决定眼睛和头发的颜色,这当然很合理。但你要问我的是她要不要有信仰?谁能想到这会和基因选择扯上关系?”

庞特按着玛利亚的手。“这个问题对你来说,要比对我更重要。至少我是这么理解的。我们会照你的意愿来。”

玛利亚又深吸一口气,她觉得自己可以和卡迪考特神父谈谈——但是,天啊,罗马天主教的牧师对于这一切的任何部分都不会赞成。“你也知道,我不是盲人,”玛利亚说,“我亲眼看到了你们这个世界是多么和平,至少多数时候是这样。我也看到你们……”她的声音越来越轻,沉默着思考了一会儿,然后耸耸肩,找不到可以替代自己最初想到的那个词,“……你们很有灵性。庞特,我一直在回想你说过的话——在鲁本家里的时候,我们一起在电视上看罗马天主教会做弥撒,还有越战老兵纪念墙,然后……"她又耸了耸肩,"我一直在听,但是……"

"但没能说服你,"庞特温和地说,"这不怪你。毕竟我也不是社会学家。我对这个问题的思考,"——他也停顿了一下,清楚地意识到自己正在谈论一个非常微妙的话题,后来他还是继续说了下去,不过显然也是找不到更好的词了——"宗教在你的世界里带来的邪恶只是沉思,还有哲学的胡言乱语。我证明不了自己的观点,而且怀疑没人能证明得了。"

玛利亚闭上眼睛。她想祈祷,想要寻求指引,但之前从来都没有成功过,这次也没有不一样的理由。最后她开口道:"也许,我们应该把一切都交给命运,让基因自行决定表现。"

维桑用温柔的声音说:"玛,如果这和身体的其他部位有关,那我可能会同意你的观点。但我们讨论的是大脑的一部分,这在两种人类之间的区别非常明显。如果只是简单地把格里克辛人的一个等位基因和巴拉斯特人的另一个等位基因组合在一起,然后就希望能获得最好的结果,这样其实并不明智。"

玛利亚听了愁容满面,但维桑说得没错。如果他们想继续有一个混血的孩子,那就必须做出选择:要么这样,要么那样。

庞特松开玛利亚的手,然后开始抚摸她的手背。"现在不是在决定我们的女儿有没有灵魂,最多也就是在决定她之后会不会相信自己有灵魂而已。"

“你不用在今天就做决定，”维桑说，“就像我之前说的，我的目的只是引导你完成密码子编写器的使用过程。但是玛，不管怎么样，在我们把二倍体染色体组植入你体内之前，你也不会想要产生它们。”说罢，她双手抱胸，“但真到了那个时候，你就必须做出决定了。”

第二十五章

“没错，所以现在应该迈出更大的一步。但这不仅仅是属于美国的进取时刻。此时，请允许我引用另一场演讲——这是属于黑人和白人，犹太教徒和非犹太教徒，新教徒和天主教徒的时刻[①]，是属于穆斯林和佛教徒以及不论是否拥有信仰的男女的时刻，是属于联合国一百九十一个成员国全体公民的时刻，也是属于每个独特人种和信仰的时刻，我们携手并进，海晏河清，和谐共处，以礼相待，患难与共，重启属于我们智人的、曾经被短暂搁置的旅程……”

维桑提议道：“我觉得你们两个人肯定有些事情要讨论讨论。也许我能负责照顾梅嘎，带她去看星星。”梅嘎听闻后从睡梦中抬起头来。

① 这句话的前半句引用自马丁·路德·金于1966年在伊利诺伊卫斯理大学发表的演讲，后半句则是添加的原创内容。

“梅嘎,你想去吗?”

“想!”梅嘎说。

于是维桑从椅子上站起来,找到了她的毛皮外套,用几件大号衬衫包起梅嘎,朝门口走去。

玛利亚只觉门开时吹进来一阵凉风,她看着维桑和梅嘎离开,木门在他们身后关上了。

“玛……”庞特开口了。

“不不,先让我想想。”玛利亚说,“给我几分钟。”

庞特和蔼地耸耸肩,走向维桑的石壁炉,开始生火。

玛利亚起身离开原型机,坐在维桑空出的座位上,托着下巴陷入沉思。

下巴……

智人独有的特征。

不过是个很小的特征,一点也不重要。

玛利亚叹了口气。她只在乎孩子在居住方面的安排,孩子是男是女她真的不在乎。

她当然也不会在乎自己的孩子头发是怎么分的,也不在乎眼睛的颜色,或者是不是和尼安德特人一样肌肉发达,或者嗅觉是否灵敏。

只要她健康就行……

几千年来,这一直是父母信奉的信条。

玛利亚只在维罗妮卡的实验室里经历过这种全方位的宗教体

验，尽管如此，她还是笃信上帝。虽然现在她知道这种想法天生就存在于自己的脑海里，但自己还是深信不疑。

她是不是不想让自己的女儿获得与信仰相伴的快乐？她是不是不想让自己的女儿知道这种宗教的狂喜？这种自己在实验室之外的地方感受不到的快乐显然触动了很多人。

她想到了自己所处的世界，年轻时在新闻广播中听见的花言巧语浮现在耳畔。这些话她到现在都一直避而不听。

无神论者。

但是……该死，尼安德特人的体制的确有效，要好过她那个贪污腐化、道德沦丧的资本主义世界，这包括烟草巨头、安然公司、世通公司，还有其他被曝光出来的种种黑幕。人们只被贪欲驱使，一些人赚得盆满钵满，而另一些人则食不果腹。

而且这套体制运行起来也比她那个世界的教会更好。几十年来，她的教会一直都在掩盖虐待儿童的事实。除了她所信奉的宗教之外，许多其他宗教也有压迫妇女的行为。宗教极端分子更是让飞机撞向了摩天大楼……

庞特正在生火，他在壁炉里的石块上堆放的木头里升起了一缕缕青烟。

等他终于将微弱的火苗扇成熊熊烈焰时，玛利亚从椅子上站起来，走到她的男人身边，而他还蜷蹲在壁炉边上。

他抬头看着她，虽然火光让他的眉脊和大鼻子变得格外明显，但他看起来还是显得很深情、很温柔。“我会接受你做的一切决定。”

他说着并站了起来。

玛利亚把手臂搭在他的肩膀上,“我——我希望自己能有很长时间来好好考虑一下这件事。”

“还有时间,”庞特说,“但时间有限,如果我们的孩子要成为第149代的一员,就必须在规定的时间里怀孕。”

玛利亚知道她的声音听起来很暴躁,“她可能不是第149代的一员,也许我们会在明年生她,或者后年。”

庞特的语气很温柔,“我知道你们的人每年都会生孩子,如果我们的孩子主要在你们的世界里长大,那什么时候怀孕都无所谓。但如果我们希望她一直都在这个世界长大,或者多半时间在这里生活,或者真的能够融入这个社会,那就必须按照规定怀孕。”

“那……”玛利亚抽回身子,看着庞特。

庞特扬起眉毛。

“‘那就必须按照规定怀孕’,这句话听起来很不浪漫。”

庞特又把她拉近自己身边,“我们是有一些……特别的挑战。但有什么能比一对爱侣诞下孩子更浪漫?”

玛利亚挤出一个微笑。“你说得当然对,对不起。”她顿了顿,继续说,“你说得对,这件事是应该在正确的时间做。”玛利亚的生日就是在年底,她知道比学校操场上的其他孩子小六个月是什么感觉。那么比周围的其他孩子小一两岁又是什么感觉呢?她根本想象不出这会多糟糕。没错,他们的女儿大部分时间会在玛利亚的世界里长大,但她长大后,可能会在尼安德特人的宇宙里安家,如果她不属于某代人,那就永远融不进这里。

庞特沉默许久。“你准备做决定了吗?”玛利亚的目光越过庞特的肩膀,望向火焰。

终于,她说话了:“我的哥哥比尔是和新教徒结的婚,我的天,这事让我妈很难过!比尔和他的妻子黛安妮,需要弄清他们抚养孩子的时候要遵循哪些宗教传统。关于他们的事我只听说了一些只言片语,当然也是从比尔的角度出发的,但他们之间的磨合显然是一场硬仗。现在你居然要我决定自己的孩子是不是要有信仰上帝的打算?”

庞特什么也没说,只是抱着她,抚摸着她的头发。庞特或许也想知道玛利亚的决定,可他现在没有任何表示,玛利亚对此很是感激。如果他看起来很焦虑,她就能知道他的偏好,但这只会让她更难厘清自己的感受。另外,如果他有什么可能的偏好,玛利亚也看不出来。她最初想到的是,他可能会希望自己的孩子能多像他一些,没有……

她恨死了这个说法,但它早已渗入大众媒体,甚至比连通尼安德特人世界的那座桥出现之前还早。

……没有那个“上帝器官”。

话说回来,庞特很聪明,他知道,虽然今天在这里讨论了那么多事,但毕竟还是不能像定制比萨那样定制一个人。不能就这么说:“给我二号口味的比萨,不加洋葱。”全部都混在一起,才是整体。或许他想让自己新出生的女儿拥有母亲的信仰?或许这就是他一直在等待的人格塑造师的检验？他对一个相信来世的女儿所怀有的情感会不会和自己对婕斯梅尔以及梅嘎不同？

玛利亚永远不会去问他这件事，做了决定后也不会。一旦合适的基因编码被编入了他们的孩子体内，后悔或者去翻旧账就没意义了。

威廉·夏特纳导演的《星际迷航5:终极先锋》，就是史波克同父异母的兄弟赛波克踏上了搜寻上帝的征程的那部。这部电影里放出了史波克出生的场景，那居然是在洞穴里，在场的除了史波克的人类生母亚曼达之外，只有瓦肯人的助产士。当助产士把婴儿史波克抱给他的瓦肯人生父沙瑞克时，他只说了两个字，每个字当中都包含着深深的失望:“人类……”

玛利亚摇摇头，想要忘掉这段记忆。沙瑞克到底想要看到什么？为什么他开始想要一个混血儿，看到他带着母亲的特征后又失望了？玛利亚和庞特的确在寻找两个世界中最好的结果，这意味着包容和接纳。

最后玛利亚开口了，她不再费心去定义“这”是什么。“这不是一种缺陷，这不是格里克辛人的大脑出现了问题。只要我们想，只要我们愿意，那就能相信上帝，这是我们特征的一部分。”她握住庞特的手，“我知道宗教引发了什么，知道有组织的宗教带来了什么。我甚至开始同意你的观点，觉得来世这个概念的确给我们的世界造成了伤害。因为我们相信，许多不公行为的产生都是因为迷信来世会变好。但不管怎么样，我都希望我的女儿，我们的女儿，至少能有相信这一切的可能。”

“玛……”庞特开口了。

她离开庞特身边,“不不,让我先说完。你们给罪犯绝育并说这只是为了维护基因库的健康,但其实不止如此,对吧?至少对男性罪犯来说不止。你们采取的手段,打个比方,不是采取输精管切除手术。你们选择了阉割,也就是摘除了他们的睾丸。这样不但移除了他们的攻击性,也移除了他们的性欲。”

玛利亚觉得庞特看起来很不自在,但她还是认为没有男的会喜欢阉割这种做法,于是她继续紧逼道,“我作为一个曾经被强奸过的人站在这里,承担了睾酮所能带来的最大恶果。但我也作为一个知晓性爱快乐的人站在这里,曾经与充满激情的男性爱侣共赴巫山。有些时候,移除产生睾酮的器官或许是合适的选择。有些时候,切除‘上帝器官’也是如此,但绝对不是在一开始,也绝不是与生俱来。”

玛利亚又望向庞特,“我的教会有原罪的概念,他们认为所有人生来就有污点,背负着祖先的所作所为里承载的罪与恶。但庞特,我反对这个观点,因为维罗妮卡·香农和我们谈论了行为主义,也就是说,你可以教会人类任何行为或者任何回应。格里克辛人和巴拉斯特人面对间歇性强化和持续性强化的机制或许会有细微差别,但基本概念是相通的。新出生的孩子,新诞下的生命,只是具备各项发展潜力的个体而已——我想让我们的孩子,我们的女儿,拥有她所能拥有的所有潜力,并通过身为父母的我们给予她的爱,成长为她能成为的最好的人。”

庞特点点头，“你想要什么都可以。”

玛利亚说：“这，这就是我想要的：一个能够相信上帝的孩子。”

第二十六章

“所以，今天的我站在这里，迎接下一个阶段的到来。我的朋友们，是时候启程了。我们中的某些人即将离开这个宇宙里的地球，再次迈出人类的一大步……”

玛利亚、庞特和梅嘎在维桑那儿过了一夜，睡在地板上。翌日，他们用毛皮把密码子编写器包好，这样别人就不会注意到它了。三人叫了一辆旅行块，载着他们回到克拉尔达克城中，再从那里搭乘直升机飞到萨尔达克城中……正好踩着合欢日的尾巴。

庞特和阿迪克碰了头，再一起搭乘环线巴士回到男性的居住地。玛利亚知道庞特明天还有一趟行程，他要和联合国的代表团去多纳卡特岛，乔克·克瑞格也一起去。

玛利亚只觉心里隐隐作痛，她已经在扳着手指计算下次合欢日的日期了，不过她不指望自己可以一直在这里待到那时候，她还得先回协力集团的总部一次。当然了，她肯定还是会回来过节的。

玛利亚觉得自己现在无比嫉妒阿迪克。她也知道，这不公平，整件事让她觉得自己像个小三，庞特见她就像是偷偷溜去和一个代表不忠的爱人幽会，现在只不过是回归了自己原来的家庭。

玛利亚带着用毛皮包好的密码子编写器往她和班德拉共住的屋子走去。这段路很长，她的步伐又很缓慢。许多女性在四周闲逛，但脸上都没有悲伤的神色。那些相聚在一起交谈的女人们都在笑着。那些独自行走的女人们呢？她们的大脸上都带着微笑，不是那种与人打招呼的笑，而是私密的、个人的笑，是回忆带来的微笑。

玛利亚觉得自己像个傻子，她留在这里，留在这个世界，和他们在一起，到底是为了什么？没错，和庞特在一起的时光让她很快乐，性爱一如既往地美妙，谈话也很有意思，与庞特和梅嘎一起拜访维桑的旅程从各方面看都无可挑剔，但她现在要想再和庞特见面，还要再等上整整二十五天！

一群旅鸽暂时遮蔽了太阳。玛利亚知道它们是候鸟，会在两处家园间来回穿梭。一个家在南，一个家在北。玛利亚长叹了口气，继续走着。她知道这些和她擦身而过的尼安德特女人为什么会笑：她们根本不是回到孤独的生活里，而是要回到她们的女性爱侣身边，有孩子的人也会回到她们的孩子身边，回归家庭的怀抱。

玛利亚翻起猛犸毛大衣领，刮起的微风带来一阵寒意。她恨多伦多的冬天，现在更是怀疑自己对那里的憎恶又深了一层。多伦多很大,产业繁杂,人口众多,车也很多,这样多少改变了当地的环境。每年冬天,那座城市以北和以南的部分,甚至包括纽约州西侧,都会被白雪完全覆盖。但在多伦多城中,每年只下零星几场雪,在圣诞节前总是少一场像样的大雪。当然了,她现在也不在与多伦多对应的位置,萨尔达克比多伦多往北大约四百公里,在玛利亚的世界里,萨德伯里的雪的确不少,萨尔达克肯定更多了。

尽管温度还没冷到那个地步,玛利亚还是打了个寒战。走在路上的时候,她想问一下机侣,让她和自己说说这里的冬天,但她觉得克丽丝汀只会让自己更加担忧。

最后,她终于来到了一棵直径很宽的矮树前,它就是班德拉建筑的主结构,而叶片正在飘落。玛利亚进了屋子,穿着尼安德特式的裤子,下面的鞋子是和裤子连在一起的。可她一进屋,还是本能地想去脱鞋,接着她又叹了口气,在想自己到底要怎样才能习惯这个地方。

玛利亚走进卧室,放下密码子编写器后回到了客厅。她听见了流水声,班德拉肯定已经到家了,她的男伴肯定也已经坐着早些时候的环线巴士回到了城缘,而流水声肯定掩盖住了玛利亚回家的声音,再说卫生间的门也关着——玛利亚知道,这说明里面的人正在洗漱,而不是出于什么隐私需要——所以班德拉肯定也闻不到玛利亚的气味。

玛利亚回到厨房,给自己倒了点果汁。她之前听说那些在尼安德特世界南部采收水果的人会剃掉他们的头发和体毛,好更加适应炎热的气候。她试着幻想没有毛发的庞特会是什么样。玛利亚之前在电视上见过健美运动员,他们出于某种原因,胸口和背部都是没有体毛的。他们要么是剃掉了,要么是和使用类固醇有关系。但不管怎么说,她觉得庞特要是那样也还挺不错。

玛利亚觉得班德拉这时候也该从卫生间里出来了,但班德拉还是没有动静,可她自己真的很想尿尿,于是她完全是出于必需,强迫自己克服保护个人隐私的想法,与他人共用一间卫生间。于是她走向那扇关着的门,用手推开了它。

班德拉站在洗手池前,弓着背,头抵在洗手池上方的方形镜子上。

“不好意思,我只是想用——噢,我的天!班德拉,你还好吗?”

玛利亚过了会儿才注意到光面花岗岩台面上有一摊血,粉色石头上的血渍很难看清。

班德拉没有转身,反而在努力遮掩自己的脸。

玛利亚凑了上去,抓住班德拉的肩膀,问道:“班德拉,怎么了?”只要班德拉愿意,她完全可以阻止玛利亚,不让自己转过身来,她的体格完全支撑得了她自己这么做。但她在稍作抵抗后,还是做了让步。

玛利亚只觉自己倒吸了一口凉气。班德拉左边的脸瘀青得很厉害,蓝黑色的血块外面围着一圈黄色。整片瘀青直径大约十厘米,上至她的眉脊上方,下至她宽大有棱角的脸颊,直到嘴角,中心有一道疤痕,覆盖了整片瘀青的一半大。但班德拉揭掉了大半部分痂,血就是从这儿来的。

“我的天,你怎么了?”玛利亚找来一块方形粗布,沾了点水,帮班德拉清理伤口。

泪水此刻开始顺着班德拉的脸流下,从她深陷的眼窝绕过巨大的鼻子,一直流到她没有下巴的下颌线上,最后滴落到花岗岩的台盆里,冲散了上面的血渍。“我……我不该让你进来的。”她轻声说。

“我?”玛利亚问,“我怎么了?”

但班德拉似乎沉浸在了自己的世界里。“还不错。”她看着镜子说。

玛利亚放下湿布,双手搭在班德拉宽阔的肩膀上,“班德拉,怎么回事?”

班德拉轻声说:“我刚刚在试着去痂,想着自己可能可以遮住瘀青,还不让你注意到,但是……”她抽泣了起来,当尼安德特人抽泣的时候,会发出一种巨大而沙哑的声音。

“这是谁弄的?”玛利亚问。

“没关系的。”班德拉说。

“当然有关系!”玛利亚喊道,“谁搞的?”

班德拉恢复了一点点气力,“玛,我让你住在我家了。你也知道,我们巴拉斯特人需要保留的隐私不多,但在这件事上,我有我的坚持。”

玛利亚只觉一阵恶心,“班德拉,你受伤了,我不可能什么都不管。”

但班德拉只是捡起毛巾,在脸颊上轻轻擦了几下,想看自己是不是还在流血,然后把毛巾放回了原处。玛利亚带她来到客厅,让她在沙发上坐下,然后坐在她旁边,握住了她的两只大手,望着她小麦色的眼睛。“慢慢来,”玛利亚说,“但你必须告诉我发生了什么。”

班德拉把目光移开,“他已经三个月没有这样了,所以我想他这次应该也不会。我想也许……”

“班德拉,是谁伤害了你?”

玛利亚几乎听不见班德拉的声音,但她能听清克丽丝汀转述的声音,“哈伯。”

“哈伯?”玛利亚很震惊,“你的男伴?”

班德拉轻轻点了下头,移动幅度只有几毫米。“我……的天!”玛利亚深吸一口气,然后点了点头,既是对自己,也是对班德拉,“好了,我们下一步就是去找相关当局举报他。”

“Tant。”班德拉说。她拒绝了这个提议。

“要去,”玛利亚坚定地说,“在我的世界里也有这种事,但你没有必要忍受这些。我们可以找到帮你的人。”

“Tant!”这次的班德拉更坚定了。

“我知道接下来会很困难。”玛利亚对她说,“但我们会一起去找当局。我全程都会陪着你。这一切会了结的。”她指着班德拉的机侣,“远程档案肯定全程记录了他的所作所为,他不可能逃脱惩罚的。”

“我不会指控他。没有受害者的指控就没有犯罪。法律是这么规定的。”

“我知道你觉得自己是爱他的,但你没必要坚持。没有哪个女人需要这样。”

“我不爱他,”班德拉说,“我恨他。”

“那好,那我们现在得做点儿事情改变它。振作起来,我们先把你清理干净,然后拿两件新的衣服过来。我们去见审判员。”

“Tant!”班德拉说着拍了一巴掌,打在了面前的台面上,发出了非常响的声音,玛利亚都以为台面要碎了。“Tant!”班德拉又重复了一遍,但这次的语调没有恐惧,而是充满了某种信念。

“但……为什么?班德拉,如果你觉得让他接受惩罚是你的责任——”

“你根本不懂我们的世界,”班德拉说,“根本不懂。”

“为什么不懂?攻击他人在这里肯定也是犯罪,对吧?”

“当然。”班德拉说。

“对两个已经缔约过的人也是?”

班德拉点了点头。

“那为什么不去?”

“因为我们的孩子!”班德拉厉声说,“因为哈伯娜和德拉娜。”

“和她们有什么关系?”玛利亚问,“哈伯也会这么对她们吗?他会——他会经常虐待孩子吗?”

班德拉听完后喊道:“你看!你根本什么都不懂!”

“那就把这些事和我说清楚,班德拉。和我说清楚,不然我就自己去见审判长。”

“这和你有什么关系?”班德拉反问。

这个问题把玛利亚唬住了。这当然是和每个女人都有关的分内事。当然了……

一个念头突然闪过她的脑海,就像流星划过夜空。她自己也没有上报自己被强奸的事,于是她的系主任,奎赛尔·伦图拉,就成了科尼利厄斯·拉斯金的另一个牺牲品。她想以某种方式弥补这一点,再也不想因为没有上报针对女性的犯罪而内疚。

“我只是想帮个忙,”玛利亚说,“我在乎你。”

“如果你真的在乎我,你就把今天看到的我忘了吧。”

“但是——”

“你要保证!你必须要向我保证。”

“但是,班德拉,为什么?你不能就这么算了。”

“我只能就这么算了!”她紧紧握着她那只巨大的拳头,闭上眼睛,“我只能就这么算了。”

“为什么?班德拉,看在上帝的分上。”

“这件事和你那个愚蠢的上帝根本就没关系。”班德拉说,“它只和现实有关。”

“什么现实?”

班德拉又看向别处,深吸了一口气,然后吐出来,最后才开口道:“法律的现实。”

“什么意思?他们不会因为这件事而惩罚他?”

“当然会,肯定会。”班德拉苦涩地说。

“然后呢?”

“你知道惩罚是什么吗?”班德拉问,“你和庞特·博迪特在一起了。那你还记得当初他们误将他的男伴阿迪克指控为谋杀庞特的嫌疑人之后阿迪克会受到什么惩罚吗?”

“他们会给阿迪克绝育,”玛利亚说,“但阿迪克不该受这种罪,因为他根本就没做这些事。但是哈伯——”

“你觉得我会在乎他吗?但他们要绝育的不单是哈伯。基因库里容不下任何暴力因素,所以他们也会绝育任何拥有他一半遗传因素的人。”

玛利亚轻声呼道:“我的天,你的女儿……”

“没错!我们很快就要怀第149代了,我的哈伯娜即将怀上她的第二个孩子,我的德拉娜也快要怀上第一个孩子了。如果我上报了哈伯的行为……”

玛利亚觉得胃部像是挨了一拳。如果班德拉上报了哈伯的行为,那她的女儿也会被绝育,他的亲属包括父母,如果还活着也要接受对应的惩罚……不过她觉得哈伯母亲可能会被网开一面,因为她应该已经绝经了。“我不认为尼安德特人应该这样。”她轻声说,“班德拉,对不起。”

班德拉宽大的肩膀微微动了动,“这个负担我已经背负太久了,早就习惯了,而且……”

“什么?”

“我还以为这件事就这么结束了，自从我的女伴上次离开我之后，他就没有打过我，但是……”

“他们永远都不会停下来，”玛利亚说，“至少不会主动变好。”她的喉头一阵反酸。“你肯定可以做点什么。”说完她停住了，然后继续说道，“你肯定可以保护自己，这肯定是合法的。你可以……”

“什么？”

玛利亚看着覆盖苔藓的地毯，说道：“尼安德特人一拳就能把另一个尼安德特人打死。”

“是的！”班德拉说，“没错。所以你看，他肯定还爱我——要不是这样，我早就死了。”

“挥拳打人根本不是什么爱的表现，”玛利亚说，“但是打回去——狠狠地打回去，可能是你唯一的选择。”

“不行。”班德拉说，“如果陪审团认为我没有放他一条生路，那我就会遭到暴力裁决，我的女儿还是会受苦，因为她们有我一半的基因。”

“该死的‘第二十二条军规’。”玛利亚看向班德拉，“你知道这个说法吧？”

班德拉点点头，“指代一种无解的情况。但是玛，你错了，这事是有出路的。总有一天，我和哈伯会死一个。在那时候……”她举起双手，松开了拳头，然后掌心向上，做出了无能为力的姿势。

“你为什么不直接和他离婚呢，我不知道你们这边是怎么说的。这样应该会简单点。”

“从法律上看,你说的离婚其实很容易,但人们还是会八卦,还是会胡思乱想。如果我要解除与哈伯的结合,人们就会打探我和他之间的事。纸包不住火,我的女儿们还是会面临被绝育的风险。”她摇了摇头,“不,不,现在这样更好。”

玛利亚张开双臂,将班德拉抱在怀里,抚摸着她银红相间的头发。

第二十七章

“我的智人同胞们，现在是时候启程前往火星了……”

庞特觉得这事肯定让贝多斯议员非常恼火，不过每次他感到不悦，庞特都很是享受。

谁叫贝多斯下令让庞特和大使图卡娜·普拉特从玛所在的地球回来的？而他这么做的下一步，就是关闭平行宇宙间的传送门。可最后不但庞特拒绝返回，图卡娜·普拉特也说服了十位德高望重的尼安德特人穿过传送门，来到另一个世界，其中更是包括了朗维斯·特洛波。

现如今，贝多斯还不得不亲自迎接从另一个世界来的格里克辛代表团。代表团的成员穿过传送门的时候，庞特一直在量子计算室里待命。如果好斗的格里克辛代表团走过德克斯管时，地位最接近世界领袖的那个人因为传送门的瞬间关闭而被切成了两半,那可就惨了。

贝多斯今天没有在德布拉尔镍矿深处等人,而是在地表等待“抄写员-高级-勇士”和其他联合国的官员坐电梯上来。

不过这些都是刚才的事了。螺旋形的矿井电梯花了两次才把所有人都送上地面,现在人都齐了。四名银光闪闪的曝录者也已就位,好让大众看到正在发生的一切。黑皮肤的联合国首领最先从电梯轿厢里走出来,之后是庞特。然后是三男两女,他们肤色都较浅,接着是乔克·克瑞格,他是随行的格里克辛人中个子最高的。

“欢迎来到詹塔尔。”贝多斯说,显然,他提前告知了自己的机侣不要翻译巴拉斯特人所在星球的地名。这七位格里克辛人也没有机侣,甚至连用绑带绑在手腕上的临时机侣也没有。这件事显然经过了许多争论,但庞特之前了解的一套被称作“外交豁免权”的奇怪规则得以让格里克辛人的一切言行都不被远程档案记录在内。不过如果庞特对这套规则的理解正确,那么乔克肯定是没资格享受这项特权的,但他也没有戴机侣。

然后贝多思继续说道:“我们怀着对未来的美好憧憬欢迎各位莅临于此。”庞特听后努力憋住了笑。贝多斯之前接受了图卡娜·普拉特的指导(就是无视贝多斯权威的那位),学会了怎么按照格里克辛人的标准发表一段得体的演讲。之后他继续滔滔不绝,像是说了整整一个十分日,那位“抄写员-高级-勇士”也做出了类似的回应。

庞特觉得乔克·克瑞格内心深处肯定是个巴拉斯特人。因为其他格里克辛人看起来都在享受这场盛大典礼，但他显然对此不屑一顾，而是四处张望树木和山丘，观察每一只飞过的鸟儿，仰望着头顶的蓝天。

演讲终于结束了。庞特悄悄走到乔克身边，对方穿着一件米色大衣，系着一条米色腰带，戴着皮手套和宽檐帽。格里克辛人代表团还得在矿井这边等一会儿，他们的衣物正在接受消毒处理。“你觉得我们的世界怎么样？”

乔克缓缓摇了摇头，赞叹神色溢于言表，“真漂亮……”

班德拉家里的窥机装在客厅的墙壁上，它的表面契合着圆形房间的曲面微微弯曲，巨大的方形屏幕被分为四个小块，每块都对应着身处德博拉镍矿现场的一位曝录者，此刻联合国代表正在依次出场。班德拉今天的状况不宜出现在公众场合，所以玛利亚就和她在家里待着，假装是为了在窥机上看其他格里克辛人的到访。

“噢，看！”班德拉说，“庞特！”

玛利亚一直都希望能一睹他的风采，但不幸的是，她只能看到这么多了。曝录者对巴拉斯特同胞兴致缺缺，注意力全在格里克辛人身上。

“他们都是谁？”班德拉问。

“那边的那个，”她和大部分加拿大人一样，害怕被其他人当作是种族主义者，所以只能避免使用“黑人”或者“有着深色皮肤的人”这样的词，虽然这是科菲·安南相比其他人来说最明显的特征，“是联合国的秘书长。”

“哪个?”

“那个,就在左边的。”

“那个棕色皮肤的?”

“唔,是的。”

“他是你们世界的领袖吗?”

“怎么说呢,严格来说不是。不过他是联合国级别最高的官员。”

“啊,那个高个子是谁?”

“那位是乔克·克瑞格,他是我老板。”

“他看起来……有点凶神恶煞的。”

玛利亚想了一会儿,最后觉得班德拉说得没错,“一张消瘦憔悴的脸。[①]”

“哦哦哦哦!”班德拉高兴地喊道,“这是个谚语吗?”

“这是一部戏剧里的台词。”

“怎么说,这句台词还挺符合他的。”然后她决然地点了点头,“我不喜欢他的行为举止,他的表情里见不到一点儿高兴的样子。”但随后班德拉就意识到这话可能有点冒犯,“对不起,我不该这么说你朋友的。”

“他不是我朋友。”玛利亚说,接着她解释道,只有那些你去过他

---

① 此处用了莎士比亚《裘力斯·凯撒》第一幕第二场台词,译本来自朱生豪译本,人民文学出版社,1994年版。

们家的人，或者他们来过你家的人才能算是朋友，“我们只是同事关系。”

“你看！”班德拉说，“他没戴机侣！”

玛利亚瞥了眼屏幕。“的确。”然后她看着其他几个画面，“所有格里克辛人都没戴。”

“怎么会这样？”

玛利亚皱起眉，“我猜是因为外交豁免权吧，这就意味着……”

“嗯？”

玛利亚的心怦怦直跳，“这就意味着外交官旅行的时候行李可以不用过安检。如果我能把密码子编写器给乔克，再让他把这东西带回我们那边应该很容易。”

“完美，”班德拉说，“噢，你看！又是庞特的镜头！”

从萨尔达克到多纳卡特岛的飞行时间是两个十分日，庞特知道，这段旅程比起在玛的世界要花的时间长得多。他大部分时间都在思考玛和维桑的设备，这个设备可以让他们有一个孩子，但是乔克，那个在直升机宽敞机舱里挨着他坐的人，打断了他的沉思，“你们没发明出飞机吗？”

“没有。”庞特说，“这个问题我之前想过。当然了，我们的许多同胞都对鸟儿和飞行感兴趣，但我看到了那些长长的‘着陆跑道’，你们是这么说的吗？”

乔克点点头。

“我见到了你们飞机起落所需要的着陆跑道,我觉得只有已经习惯于为农业开垦大片土地的物种才会觉得为了跑道或者马路腾出大片空地是自然的事。”

“我从来没这么想过。”乔克说。

“这么说吧,我们肯定不会用你们的方法修路的。我们大部分人,怎么说?都是宅家的类型。我们不怎么旅行,也更愿意在屋子就近吃东西。”

乔克看了一圈直升机,“不过这看起来还是很舒服。座位和座位之间的空座很多。我们喜欢让大家都挤在飞机里;同理,火车和巴士也是一样。”

“但我们不是为了舒适,”庞特说,“而是为了让我们不要闻到彼此的信息素。我坐你们的那种大型飞机的时候会觉得很难受,尤其是在那些气密舱内。我们不像你们飞得那么高,其中一个原因就是这样可以不用密封飞机舱门,不断吹入的新鲜空气,可以避免信息素浓度上升。”说完庞特歪着头,“啊,哈克,谢谢你。”然后他看着乔克说,“我之前对哈克说过,如果我们经过这里的纽约州罗切斯特市上空的时候告诉我。现在,如果你看窗外……”

乔克把脸贴在一块正方形的玻璃上。庞特走过去,从另一扇窗户向外望。他能看到乔克口中那个叫作安大略湖的南部湖滨线。

“这里只有森林。”乔克惊诧地说,然后转头望着庞特。

庞特点点头,“这里有一些猎人小屋,但没有大规模居住的痕迹。”

“没了路连辨认位置都困难。”

“我们很快就会飞过五指湖,我们对它们的称呼和你们一样,因为形状很好辨认,你认出它们应该也不困难。”

乔克又看向窗外,眼前的景色完全把他迷住了。

曝录者没有和联合国的代表团一起向南飞,不过班德拉说,等他们在多纳卡特岛落地时会有其他曝录者接手。在中间飞行的空当,班德拉用语音控制关上了窥机,然后她转身对玛利亚说:“昨天晚上,关于我和哈伯的事情,我们并没有说……太多。”

玛利亚点点头,“那这——这件事是不是你女伴离开这里的原因?”

班德拉站起来,仰头看着天花板。上面画着成百上千只鸟,分属十几个种类,每只都由她精心描绘。“是的,她看到了他对我做的事,再也忍不下去了。但是……但是从某种程度上说,她走了更好。”

“为什么?”

“四下无人的时候可以更好掩盖羞耻感。”

玛利亚起身把双臂搭在班德拉的肩膀上,向后退了一步,好看清她的全脸,“班德拉,听我说,没什么好羞耻的,你什么都没做错。”

班德拉勉强地微微点了点头,“我知道,但是……”

“没什么但是,我们会找到解决办法的。”

“不可能的。”班德拉说,然后伸手去擦眼泪。

“肯定会有的,”玛丽亚说,“而且我们会找到它。我们一起。”

“你没必要这样的。”班德拉柔声说着摇了摇头。

“我愿意。”玛利亚说。

“为什么?”

玛利亚只是耸耸肩,“我就是欠女性一份情。”

“先生们,女士们,我们到了。”贝多斯议员说,“这是多纳卡特岛,你们将其称之为曼哈顿。”

乔克不敢相信看到的一切。他对纽约了如指掌,但眼前的这一切!

简直太了不起了。

他们正飞行在南布朗克斯的上空,只不过这里现在看着是一片古老的森林,长满了胡桃树、雪松树、栗树、枫树,还有橡树,树叶印染着秋天的色彩。

“看!”科菲·安南喊道,“里克斯岛!”

没错,这里曾经是个没有战犯的殖民地,经由不断填海扩充,才成了乔克所知的大小,而这边的这里只有他认知中的三分之一大。随着直升机越飞越近,乔克发现这里没有通往皇后区的大桥,左侧当然也没有他所在的世界中才有的拉瓜迪亚机场。相反,那里有一处港口,乔克乍一看还被吓了一跳,因为停在港口中的那个东西看着像是航空母舰,他没料到尼安德特人还会有这个东西。他讨厌自己还要鼓励身边的尼安德特人再打开话匣子,继续喋喋不休地和他聊天，但他必须知道，“那是什么？”

“一艘船。”不过庞特说话的语气就像是说，这个答案太明显了。

“我知道那是一艘船，”乔克有点愠怒，“但它顶部的平台为什么又平又宽？”

“这些是太阳能板，”庞特说，“负责为船上的轮机提供动力。”

驾驶员显然事先被告知要兜着圈降落，好让乘客们大饱眼福。所以现在他们又开始朝西边飞去，位于沃兹岛上方，上面点缀着像是小屋的建筑。

直升机继续向前飞，中央公园像是变成了整个曼哈顿岛那么宽，从东河大道一直延伸到亨利·哈德逊大道。

“多卡纳特岛是佩普拉达克市的‘城中’。”庞特说，“换句话说，这里是女性的地盘。萨尔达克周围的乡村绵延好几公里，将城缘与城中分隔开来。但分隔佩普拉达克‘城缘’和‘城中’的，只有一条被你们称作哈德逊河的河流。”

“所以男人们住在新泽西州？”

庞特点点头。

“他们要怎么过去？我一座桥都没看到。”

“旅行块，它能飞过水面，”庞特说，“所以在夏天的时候，他们就用这种方法过河；而冬天河水就结冰了，他们走过去就行。”

“哈德逊河冬天不结冰啊。”

庞特只是耸耸肩，“在这个世界结冰。你们的活动对气候的影响比你以为的要大。”

直升机现在已经转向南方,沿河飞行,然后直升机很快就转了个小弯,说明他们现在肯定正在飞越霍博肯市那片未经驯服的荒野。乔克看向左边,岛还在那儿,不错,还有很多山,不过曼哈顿这个词的本义不就是指“多山的岛屿”吗?岛上还点缀着许多湖泊……完全没有摩天大楼。空地上有砖砌的建筑,但最高不过四层楼。乔克又把他的注意力转移到右侧,本来是自由州立公园的地方现在全是树。埃里斯岛也在这里,还有自由岛,但岛上当然没有自由女神像。乔克心中觉得这样也还不错,他可不想看到一座一百五十英尺高的尼安德特人像立在那里。虽然——

乔克听见周围的人发出了尖叫声,他们也看到了他见到的东西。上纽约湾里有两条露脊鲸。它们肯定是从大西洋一路向上游到了纳罗斯海峡,每头鲸鱼都有四十英尺长,背部是深灰色的。

直升机向东转去,飞过总督岛和炮台公园之间的水面,然后沿着伊斯特河前进。乔克在沿岸地区看到了数百幢树屋,然后——

“那是什么?”

“天文台。”庞特说,“我知道,你们会把大型望远镜放在半球形的外壳里,但我们更喜欢这种方方正正的结构。”乔克摇摇头。想象一下,纽约的格林尼治村的天空居然能黑到可以看见星星!

“这里的野生动物多吗?”乔克问。

“哦,当然多。这里有海狸、熊、狼、狐狸、浣熊、鹿、水獭,至于鹌鹑、鹧鸪、天鹅、大鹅、火鸡这些更不用说,当然还有几百万只信鸽。”庞特顿了顿,继续说道,“可惜现在是秋天,要是在春天,你还能看到玫瑰和许多野花。”

直升机继续逆着伊斯特河的流向飞行，机身贴着水面，蓝色的河水在桨叶的下沉气流中翻腾。他们来到了河流弯向北方的位置后，又继续沿河飞了几英里，在一片宽阔的高草地上着陆了。周围是一片果园，种满了苹果树和梨树。贝多斯议员首先下了飞机，接着是庞特和阿迪克，然后是联合国秘书长。乔克跟在他后面，其他人则跟着乔克。空气清新甜美，冷冽干爽。乔克只在亚利桑那州的夏日见过头顶那片天空的蔚蓝色，但在被称作大苹果的纽约，这般景象可是从来没有过。

生活在当地的女性官员代表和两名当地的银装曝录者到场迎接。当然了，讲话是少不了的，一些人做了致辞，其中包括被称作是当地银须长老会的主席的人。乔克猜那位主席和自己的年纪差不多，这样的话她应该是哪一代的？他猜是第142代。她把所有头发都剃了，只留下枕骨隆突上的一撮马尾。乔克觉得她看起来很让人反感，就算从尼安德特人的审美来看也是这样。

作为致辞的收尾，她提到了今天晚些时候为他们准备的一顿饭，里面有巨大的牡蛎，还有更加大的龙虾。然后她让庞特·博迪特上台再说几句。

“谢谢你。”庞特说，然后站到众人面前的讲台上。乔克要听清他们说的话有点困难，尼安德特人演讲时没有准备麦克风或者扬声器的概念，因为他们有机侣，所以可以直接通过机侣收音，也能直接从耳中播放出来，不需要其他设备。

“我们一直在努力,”庞特继续说,“好在我们的地球上找到了与你们的联合国总部所对应的地方。正如你们所知,我们没有卫星,所以我们没有类似全球定位系统那样的好东西。我们的测量人员现在仍在争论,说是定位可能会偏几十米,但我们还是希望去解决这个问题。不过……”他转身朝一个方向指去,“看到那边的几棵树了吗？我们认为,它们生长的地方就是秘书处大楼正门的位置。”然后他转过身,“而那边的沼泽地呢？那里就是大会堂的所在地。”

乔克惊讶地看着这一切。

这就是纽约市,没有几百万居民,没有刺痛双眼的空气,没有拥挤不堪的车流和成千上万辆出租车,也没有拥挤的人群、恶臭和噪声。

这就是曼哈顿,就在几百年以前,也就是1626年,彼得·米纽特从印第安人手中以二十四美元的价格买下了曼哈顿岛。那时的它,就像自己眼前这样,没有铺设路面,没有建起高楼,纯净无瑕。

代表团的人正在互相攀谈,那些说英语的人似乎也在讨论着乔克的想法。

庞特开始向伊斯特河的岸边走去。它比认知中的距离更近,但话说回来,现代曼哈顿的大部分地区都是填出来的。这位尼安德特人跪在岸边,拢着双手伸进河里,不断往自己的大脸上泼水。

乔克发现有些人面无表情,这一切对他们来说没什么意义,但对他来说可不是这样。

庞特·博迪特刚刚用伊斯特河里未经处理、未经加工、未经过滤、未经污染的生水洗了脸。

乔克摇摇头,他开始恨他的同胞对那个世界做的一切,真希望能以某种方式将过往一笔勾销,重新开始。

第二十八章

“我认为,我们所生活的地球上的人类应当在下一个十年内向这颗红色的行星派遣一支包含男女成员的国际小队……”

玛利亚和班德拉看着多纳卡特岛上曝录者的转播。在尼安德特人的电视上看到庞特很有意思,当然了,建立另一个传送门的项目也很吸引人。

庞特花了点时间来描述在地面建造传送门的困难。他最开始造的量子计算机深埋地下,为的是让它不受太阳辐射影响,不然会让量子寄存器退相干。但就算是庞特和阿迪克做出了突破(字面意义上的,突破到了另一个宇宙),欧洲的第二组巴拉斯特研究员也还是在尝试分解同样大的数字,这个研究小组的成员全都是女性。她们显然正在坐船朝多纳卡特岛赶来,负责对屏蔽技术方面提出专业建议。

“看来你在这里找到了一个好男人。”班德拉说。

玛利亚微笑着答道:“谢谢。”

“你认识他多久了?”

玛利亚把目光从班德拉那双小麦色的眼睛上移开。

“也就从8月3日开始。”

班德拉歪着脑袋,听自己的机侣为她翻译日期。玛利亚以为班德拉会说一些比较严厉的话,说他们怎么才认识那么短的时间。毕竟玛利亚总是抓住一切机会对自己的姐姐克丽丝汀说她恋爱的进展太快,一见到“真命天子”就神魂颠倒;但相反,班德拉却说:“你找到他真是很幸运。”

玛利亚点点头,她是很幸运。而且她知道,许多人的爱情曾经就像龙卷风一样,来得相当之猛烈。没错,从她和科尔姆相识一直到科尔姆向她求婚再到她接受,当中这段时间比她认识庞特要长得多,但那时候的她心中暗藏疑虑。

但现在,疑虑都消失了。

感觉对了,就没必要拖延。

“采撷今日。”玛利亚说。

班德拉的翻译器“哔哔”地响了起来。

“不好意思,”玛利亚说,“这句话的意思是‘抓紧时间’,不要把大半辈子都浪费在焦虑上,而是要抓住机遇,奋勇向前。”

“这套哲学理论很不错。”班德拉说,然后她从沙发上站起来,

“我们该去吃晚饭了。”

玛利亚点点头,站起来,跟着班德拉去食物准备区。班德拉有一个巨大的真空箱用来放食物,还不用冷藏。她还有一台激光烤箱,用的就是消杀室中的可调节激光技术。

真空箱上方嵌着一块方形屏幕,用来显示里面的东西,这样就不用打开密封的箱体来查看了。“猛犸肉怎么样?”班德拉看着食物清单问道。

“我的天,太好了!”玛利亚说,“我一直都想试试!”

班德拉微笑着打开真空箱,揭盖时发出了一阵“嘶嘶”声。她挑了两块肉排,把它们送进激光烤箱里,对着它说了几句烹饪指令。

“狩猎猛犸象肯定很难。”玛利亚说。

“我从来没自己打过猎。”班德拉说,“那些狩猎它们的人说,其实有个简单的技巧。”然后她耸了耸肩,“就像你们说的那样,可能的邪恶就隐藏在细节里。”

玛利亚眨眨眼,试着去理解克丽丝汀对班德拉刚刚说的话的翻译,“你的意思是不是‘魔鬼藏于细节’?”

“没错!”班德拉说。

玛利亚笑了起来,“我回去了肯定会想你的。”

班德拉微笑着回应道:“我也会想你的。如果你要在这个世界里找个地方住,那么这里永远欢迎你。”

“谢谢你,但是……”

班德拉举起一只大手,“噢,我知道了。你只打算在合欢日的时候来，然后就和庞特在一起。那我只能……”

“班德拉，对不起。我们肯定能做点儿什么。”

“我们先不要纠结这个，先享受临行前我们的时间。”

“采撷今日？”玛利亚说。

班德拉微笑道：“没错。”

晚饭非常棒，猛犸肉有一种非常浓郁且复杂的风味，而且班德拉准备的枫糖沙拉酱简直好吃得要死。

吃饱后的玛利亚背靠鞍形椅，心满意足地舒了口气，“你们没有红酒实在是太遗憾了。”

“红酒？”班德拉问，“那是什么？”

“一种饮品，酒精饮料，发酵后的葡萄汁。”

“好喝吗？”

“怎么说，唔，味道不是重点，或者说只占一部分。酒精会影响中枢神经系统，至少对格里克辛人来说是这样。它会让我们微醺、放松。”

“我现在就很放松。”班德拉说。玛利亚也微笑道：“其实我也是。”

庞特给玛利亚带来的《每日邮报》上刊登了一项研究成果，该研究旨在确认世界上最好笑的笑话是哪个，但这并不是说它要找那些让人笑得最响的。它没打算重复蒙提·派森的《秘密武器笑话》——

笑话成了武器,所有读到或听到这个笑话的人都会在大笑中死去[①]。相反,它想找的是一个可以跨越文化隔阂的笑话,一个几乎能让所有人都觉得它很有趣的笑话。

玛利亚决定在班德拉身上试试,因为这个笑话碰巧和打猎有关,所以她猜尼安德特人应该会觉得它很有意思。她在她们的谈话中适当加了些解释,这样班德拉就能了解到这个笑话的背景。接下来,大约是在晚上九点,也就是第六个十分日的晚些时候,她讲了这个笑话:

"好了,是这样的,某天有两个人一起出去。你知道吧,就是出去打猎。然后呢,其中一个人突然倒下了,就这么摔在地上了。他看起来没气儿了,而且目光呆滞。另一个人看到这种情况后就打了911,这是我们那里的紧急求助电话,毕竟我们没有机侣。然后那个用手机打了电话的家伙就很慌张,他问:'我和朋友鲍勃在外打猎,他刚刚倒下去了。我怀疑他死了,我要怎么办?我要怎么办?'

"然后急救电话接线员说:'先生,请您冷静。深呼吸,我们一步一步来。首先我们要确认鲍勃是真的死了。'

"接着,那个家伙说了声,'好'。然后接线员听到对面放下手机走开了。再来就是——砰!——电话那头传来了枪声。此时,那人走回来拿起电话说:'好了,现在呢?'"

① 蒙提·派森是一个成立于1969年的英国喜剧小组,而短片《秘密武器笑话》也叫《世界上最好笑的笑话》。短片的大致剧情是:一个英国笑话创作者写了个笑话,读了它后大笑而亡,他的母亲读了后也一命呜呼。之后德国纳粹得到了这个笑话,将它变成了武器,并用于二战战场。

班德拉大笑起来。她刚才在喝松针茶,还好尼安德特人的喉咙位置较高,所以笑的时候水不会呛进鼻腔。但如果她是格里克辛人,要是笑得太放肆了,那肯定免不了被呛着。“太可怕了!”她边擦眼泪边说。

玛利亚也咧嘴笑了起来,灿烂的笑容几乎可以和庞特一较高下,“很搞笑,对吧?”

晚上剩下的时间里,她们谈论了各自的家庭,讲笑话,耳蜗植入体内同时播放尼安德特人的音乐录音,总的说来,两人玩得很开心。嫁给科尔姆之前,玛利亚有几个亲密的女性朋友,但婚后便与她们渐行渐远,分居后也没能真正认识什么新朋友。玛利亚沉思:尼安德特的生活体系有个优点,就是能为女性留出充足的时间来和其他女性发展友谊。

再说了,虽然她们来自不同的世界,但班德拉这样的人肯定是她交友时的首选:她热情、机智、乐于助人、才华横溢——她们既可以分享一些傻里傻气的笑话,也可以讨论最新的科学突破。

过了会儿,班德拉拿出一套帕坦纳棋,玛利亚之前和庞特玩过,他的棋盘是一块抛光的木板,上面是交错的深浅两色方格。而身为地质学家的班德拉,用的棋盘则是用抛光的石头做的,上面是交错的黑白两色方格。

“太好了!”玛利亚看到后就惊呼道,“我知道这个游戏!庞特之前教过我。”

下国际象棋和国际跳棋的时候,玩家面对面坐着,双方都试图把自己的棋子大军移向棋盘的另一侧。但帕坦纳没有那类游戏的方向性,它没有前进和后退一说。所以班德拉把棋盘放在沙发前的一张小桌上,自己坐上沙发,腾出足够的空间,好让玛利亚挨着她坐。

她们玩了大约一个小时,这是玛利亚喜欢的休闲游戏,科尔姆不喜欢这种,他喜欢那种比谁更厉害的竞技性游戏。玛利亚和班德拉都不在乎谁输谁赢,只要看到一步妙棋就会很高兴。

“有你陪着真好。”班德拉说。

“在这里很快乐。”玛利亚回答。

“你知道吗,我的有些同胞不赞成我们两个世界进行接触。比如贝多斯议员,你从窥机里看到过他,记得吗?他就不赞同。但就算是这样——我在这里还要用一个你们的谚语——就算有几匹‘害群之马’,也不会破坏大趋势。玛,他是错的。他对你们的认识是错的。你就是最好的证明。”

玛利亚又微笑道:“谢谢你。”

班德拉犹豫了很长时间,双眼从左至右扫过玛利亚,然后又回看向她,接着俯身凑了过去,慢慢舔了舔玛利亚的左脸。

玛利亚只觉自己的整条脊椎都绷直了,“班德拉……”

班德拉垂下目光,看着地面。“对不起……”她轻声说,“我知道这不是你们的做法……”

玛利亚把手搭在班德拉长长的下颌上,缓缓抬起她的脸,直到她和自己面对面。

“对，”玛利亚说，“的确不是。”她凝视着班德拉麦色的眼睛，心跳加速。

采撷今日。

玛利亚靠得更近了，当她的嘴唇接触到班德拉的嘴唇时，她说：“这才是。”

第二十九章

“虽然并没有太多尼安德特表亲愿意加入这场宏伟的火星历险，但如果有人参与，我们当然欢迎……”

科尼利厄斯·拉斯金敲响了办公室的门。里面一个带着轻微的巴基斯坦口音的熟悉女声说道：“请进。”

科尼利厄斯深吸一口气，推开了门。“你好啊，奎赛尔。”他边说边走进办公室。

奎塞尔·伦图拉教授的金属桌与门呈直角，长边靠墙，左侧的短边挨着办公室窗户。今天她穿了深绿色上衣和黑色裤子。“科尼利厄斯！”她惊呼，“我们很担心你。”

科尼利厄斯笑不出来，但他还是说道：“谢谢你们。”

但奎塞尔的圆脸微微皱眉，“我还是希望你能事先给我们打个电话,告诉我们你今天能来,戴夫·奥森已经来代你下午的课了。”

科尼利厄斯摇摇头,“没事儿,其实我就是要来和你说这件事儿。”

奎塞尔之后的那套动作几乎是学者接待访客时的标配:她从转椅上站起来,又从另一把椅子上搬开一堆书和论文,那是一把金属框架的折叠椅,配了橙色的塑胶坐垫。“请坐。”她说。

科尼利厄斯坐下,双脚在脚踝处交叠,然后——

他又摇摇头,自己是不是已经习惯这种感觉了?他上半辈子总是暗暗觉得自己这么坐会让睾丸受到压力,但现在已经没有这种感觉了。

“我能帮你什么吗?”奎塞尔问。

科尼利厄斯·拉斯金看着她的脸:棕色的眼睛,棕色的皮肤,棕色的头发,由三种巧克力色的阴影构成。她看上去大约四十五岁,比他大了十岁左右。他见过她痛苦哭泣的样子,见过她乞求自己不要伤害她的样子。他不后悔,她活该,但是……

但是。

“奎塞尔,我想请个假。”他说。

“按课时付费的讲师没有带薪假。”她说。

科尼利厄斯点点头,“我知道。我——”这些他之前都排练过,但现在却犹豫了。他不知道这样做对不对,“你知道的,我病了。医生说我应该……休息一下,就是请一段时间的假。”

奎塞尔脸上浮现出了关切的神色,“问题严重吗?我能帮你什么吗?”

科尼利厄斯摇摇头,“不,我没事儿,我确信。但我——我只是觉得自己再也不能进课堂了。”

“这样,现在离圣诞假期还有几周,如果你能坚持一下,到那时候……”

“奎塞尔,不好意思,我觉得自己真的不应该继续撑下去了。”

奎塞尔皱眉道:“玛利亚·沃恩走了之后我们人手不足,你也是知道的。”

科尼利厄斯点点头,但什么都没说。

“我还是要问清楚,”奎塞尔说,“毕竟这里是遗传系,能让你不舒服的东西有很多,而且……怎么说,我也得关心学生和教职工的健康问题。你碰到的问题和在这里接触到的化学品或者标本有关系吗?”

科尼利厄斯又摇了摇头。“不,不是这些事。”然后他深吸一口气,“但我不能再留在这里了。”

“为什么?”

“因为……”要是放在几周前,他根本不可能心平气和地讨论这件事,但现在……

他耸耸肩,“因为你赢了。”

奎塞尔皱起眉,“什么?”

“你赢了,还有这里的体系,它赢了。它把我打败了。”

“什么体系?”

“得了吧！就是聘用体系，晋升体系，非升即走体系。这里根本没有白人男性的位置。”

奎塞尔显然不敢直视他的眼睛。“这对学校来说也是一件困难的事，”奎塞尔说，“对所有学校都一样。不过你也应该清楚，虽然系里有我和其他女性，但女性担任终身教职的数量还是远远低于大学的指导方针。”

“你的意思是说要到四成？”科尼利厄斯问。

“没错，我们现在离这个指标还差得远。”奎塞尔的声音里有种戒备在，“但你看，本来应该是男女各半的。”

“各半。”科尼利厄斯说，但他说话的语气很平静，自己也吓了一跳，奎塞尔显然也惊了，因为她立刻就不说话了。

“就算应聘的人里只有两成是女的，也要招到一半？”

“呃，好吧，那——但不管怎么样，目标其实是让女性占四成，而不是一半。”

“这个系的终身教职有几个？”

“十五个。”

“女性占多少？”

“现在吗？包括玛利亚？”

“当然要把她算进去。”

“三个。”

科尼利厄斯点点头。自己报复了其中两个，第三个是坐轮椅的，科尼利厄斯还不能让自己……

“所以接下来的三个终身教职都要开放给女性,对吧?”

“是的,前提是她们的条件达标。”

科尼利厄斯自己都惊讶了。这话要是放之前,肯定会让他发火,但现在……

“如果玛利亚之后会永久离开这里,”他说,语气还是没有波澜,“而且这个可能性很大,那你找来接替她位置的人应该也还是女的,是吧?”

奎塞尔点点头,但她还是不敢直视他的眼睛。

“所以接下来的四个终身教职必须给女的。”他停住了,这比他自己预料的要容易些,然后又补了句,“最好是残疾的黑人。”

奎塞尔又点了点头。

“终身教职一般隔多久会放出来一个?”他问,如同他并不知道答案。

“这要看他们什么时候退休了,或者什么时候会调去其他岗位。”

科尼利厄斯一声不吭地继续等着。

终于,奎塞尔开口了:“大概要好几年。”

“平均来看更像是要三年左右。”科尼利厄斯说,“信我,我已经算过了。也就是说,下一个终身教职要轮到男性得是十二年后了,而且就算真到了那时候,招的也会是残疾或者少数族裔,对吗?”

“呃……”

“我说得对吗?”

但这也不用奎塞尔来回答,科尼利厄斯经常阅读教师协会和理事会之间的相关协议,尽管这种条文很拗口,但他还是能背出来:

(一)若单位中女性担任终身教职/图书馆管理员岗位的数量少于40%,当候选人的资格近似时,则推荐女性且优先考虑显性少数族裔/少数族裔、原住民或残疾人士就任。

(二) 如果(一)中无推荐候选人,当候选人的资格近似时,则推荐女性或显性少数族裔/少数族裔、原住民或残疾人士的男性候选人就任。

若(一)或(二)中无推荐候选人,则推荐男性候选人就任。

终于,奎塞尔说道:“科尼利厄斯,对不起。”

“谁都能排在健全的白人男性前面。”

“只是因为……”

奎塞尔声音越来越轻,科尼利厄斯狠狠地盯着她,“嗯?”

她其实有点坐立不安,“只是因为……健全的白人男性以前排在了所有人前面。”

科尼利厄斯还记得,去年春天的一场派对上也有人和他说过这句话,那人是个同情心泛滥的自由主义白人。他听完后怒不可遏,几乎是扯着嗓子对那人喊,自己不应该为祖先的错而受罚……

现在,他意识到了。

这么做只是在给自己丢脸。当时,他愤怒地离开了派对。

"你可能是对的。"科尼利厄斯说,"随便怎么说吧,那句古老的祷词是怎么说的?——'上帝啊,请赐予我平静,去接受我无法改变的。给予我勇气,去改变我能改变的。赐我智慧,分辨这两者的区别'。"

"科尼利厄斯,对不起。"奎塞尔说。

"那我是应该离开了。"他想,这不就是缩紧卵蛋滚回家去吗——当然了,他现在连这个都做不到了。

"你也知道,多数大学都有类似的平权行动。你打算去哪儿?"

"可能是私企吧。我喜欢教书,但是……"

奎塞尔点了点头,"生物技术领域现在非常热门。空缺很多,而且……"

"而且生物技术行业里大多是初创企业,所以没有历史遗留的不公问题。"科尼利厄斯语气很平静地说。

"话说回来,你知道自己该去哪儿吗?协力集团!"

"那是什么?"

"那是美国政府旗下专门研究尼安德特人的智囊团,他们雇了玛利亚·沃恩。"

科尼利厄斯刚打算回绝这个提议,毕竟和玛利亚做同事的难度不比和奎塞尔做同事低,不过奎塞尔继续说:"我听说他们给玛利亚开了十五万美元的年薪。"

科尼利厄斯觉得自己下巴都要惊掉了,我的天,这差不多是每年二十五万加元了。他这样的人,牛津大学毕业的博士,就该拿这么多钱！

不过……他最后还是说："我不想和玛利亚扯上关系。"

"噢，你当然不会。"奎赛尔说，"其实我听说她离开了协力集团。她带的博士达利娅·克莱恩之前收到了一封她的邮件，看来她是决定融入尼安德特人社会了，也就是说，她打算搬到尼安德特人的世界里长住。"

"长住？"

奎赛尔点点头，"我听说的版本是这样。"

科尼利厄斯皱起眉，"这样的话，我觉得自己申请一下也没什么坏处……"

"当然！"奎赛尔说，她显然是想帮科尼利厄斯做点什么，"这样，我来给你写封推荐信。我相信他们肯定还会要一个DNA方面的专家来接替玛利亚的位置。你的博士课题是在牛津大学古分子生物学中心做的，对吧？那你肯定是个完美的人选。"

科尼利厄斯考虑着这个建议。他最初之所以那么做，完全是出于对自己停滞不前的事业感到的挫败。如果他最终能得到自己应得的工作，那就是一个很好的结局了。"谢谢你，奎赛尔。"他微笑着对她说，"非常感谢。"

第三十章

“但不管尼安德特人是否会和我们一起前往这颗红色的行星，我们都应接纳他们对那个世界的颜色所持有的看法：火星不再是战争的象征；它是健康的颜色，生命的颜色——如果，我是说如果，它上面现在还没有生命，那我们不该再让这种情况持续太久……”

玛利亚是时候把密码子编写器交到乔克手上了，这样他就能把它带回去……

但又能带到哪里去呢？

玛利亚之前在窥机上听到贝多斯议员把巴拉斯特的世界称作“詹塔尔”的时候禁不住笑了出来。地球在玛利亚的世界里有很多名称，但没有哪个把它叫作家园。“Earth”只是英语的说法，在其他语言里，与地球共用一个称呼的还有其他东西。Terra就是拉丁语中地球的叫法。其他由拉丁语派生出的语言（罗曼语系）也是这么叫的，比如法国和加拿大的法语都叫它“Terre”。世界语[1]里叫它“Tero”。希腊语的地球叫作“Γη（Gaea）”，也就是大地母亲盖娅，这个说法在环保主义者里很受欢迎。俄罗斯人把地球叫作“Земля（Zemlja）”。瑞典人叫它“Jorden”。在希伯来语里是这个词是“כדור קראה（Eretz）”，在阿拉伯语里是“أرض（Ard）”，在波斯语里是“زمین（Zamin）”，在中文里是“地球”，在日语里是“ちきゅう（Chikyuu）”。而在众多地球的名称中，玛利亚觉得最美的是塔希提语，他们把地球叫作“Vuravura”。庞特只是简单地把它叫作“玛的世界”，但玛利亚怀疑这个说法到底会不会被大家接受。

不管怎么说，玛利亚现在都得先把密码子编写器带给乔克，这样才能把它安全地运回……Gliksinia。

格里克辛纳？别别别，声调太尖了。萨皮恩蒂亚[2]怎么样？或者——

玛利亚叫的旅行块到了，她上车后坐上了后排两个位置中的一个。“德布拉尔镍矿。”她对司机说。

司机不冷不热地看了她一眼，“回家吗？”

“不是，”玛利亚说，“去别人的家。”

当玛利亚看到从多纳卡特岛回来的庞特和部分代表团的成员

---

① 世界语（Esperanto）是由波兰籍犹太人拉扎鲁·路德维克·柴门霍夫于1887年7月26日在印欧语系的基础上发明创立的一种人造语言。

② 这里原文是Sapientia，为拉丁语，意为智慧。

时,不禁心跳加速。但她之前暗暗发过誓,自己要表现得像个真正的尼安德特人,不要一头栽进他的怀里。毕竟合欢日已经过了!

不过要是四下无人,她还是会送他一个飞吻,而他也会对她报以灿烂的笑。

但她这次来,真正要见的不是庞特,而是乔克·克瑞格。玛利亚走向他,胳膊下夹着一个长长的包裹。“当心带着礼物的格里克辛人! ①”她说。

“玛利亚!”乔克喊道。

玛利亚示意乔克避人耳目,一位穿着银色衣服的曝录者想要跟上,但玛利亚转身瞪着他,直到对方悻悻跑开为止。

“所以,”玛利亚问,“你觉得这个世界怎么样?”

“太惊人了!”乔克说,“我的理性告诉我,地球的环境被我们弄得一团糟,但现在我看到了这些……”他指着这片,“就像发现了伊甸园。”

玛利亚大笑起来,“是吧? 可惜已经被人占了,嗯?”

“确实,”乔克说,“你要和我一起回去吗,还是想在这座花园里再待一段时间?”

“这个嘛 ,如果这两个选项对你来说没区别,那我还是想多待几天。”她努力忍住笑,“我有了……巨大的进展。”她拿出包裹,“但我的确有点东西想让你帮忙带回去。”

“那是什么?”

---

① 相当于谚语“当心带着礼物的希腊人”,即特洛伊木马的故事。

玛利亚左顾右盼，还扭头看了看，接着低下头，确保乔克没有被强制佩戴机侣。“这是密码子编写器，一种巴拉斯特人的DNA合成装置。”

“那你为什么要我把它带回去？你自己回去的时候带着不行吗？”

玛利亚放低声音：“这个技术被他们禁了，它不该归我，归谁都不行。但这是全世界最最神奇的东西。我给你写了一些笔记，一并放在包里了。”

乔克忍不住把眉毛往自己那头蓬巴杜头发的方向挑，显然很震惊。“被禁的技术？我雇你的时候就知道，这个决定肯定没错……”

玛利亚突然醒来，花了一会儿时间才在黑暗中确定自己的位置，弄清自己到底在哪儿。

一个温暖的壮硕躯体静静地睡在她身旁。是庞特吗？

不，不，还不是，今晚不是，是班德拉。这几天晚上，玛利亚一直和班德拉睡在一起。

玛利亚瞥了一眼天花板。上面的尼安德特数字发着微弱的光，用来显示时间。她清醒的时候辨认它们易如反掌，但她的视线现在很模糊。她花了几秒——应该是几拍——才想起来，她看的时候得从右向左看，圆圈代表的是五而不是零。现在是今天第九个十分日的中间，也就是刚过凌晨三点。

现在没必要起床，虽然她自己想要起床。这个决定和自己挨着另一个女人入睡没关系。相反,她倒是惊讶自己居然这么容易就习惯了。但那个让她醒来的念头还在她的脑子里打转,像团火似的越烧越旺。

之前她也会因脑子里灵光乍现,在半夜醒来,但只能睡回去。等第二天早上醒来后,这些灵感都消失了。其实多年前,她曾短暂地幻想过自己是名诗人,她和科尔姆就是在他的一次诗歌朗诵会上认识的。那会儿她会在床边放一本本子和一盏小台灯,这样做笔记时就不会打扰到科尔姆。但她很快就放弃了,因为等她早上再回看的时候,发现自己记的大多是胡言乱语。

但玛利亚相信,这个想法,这个念头,这束美妙的灵光,自己到早上还会记得。它太重要了,不能让它溜走。

她蜷了蜷身子,又躺回了垫子里,很快就睡回去了,非常平静。

翌日,克丽丝汀轻柔地在约定好的时间,也就是在第十个十分日的三分之二时唤醒玛利亚。班德拉之前也让机侣在同一时刻叫醒她,现在看来的确也是这样。

玛利亚对班德拉微笑着打了个招呼,“嘿。”然后伸手去触碰这位巴拉斯特女人的胳膊。

“日康。”班德拉说。她眨了眨眼,依然半梦半醒,“我先去做早饭。”

“不着急,”玛利亚说,“我有些话想和你说。”

她们在床上面对面躺着,距离很近,“什么?”

“上次合欢日的时候,庞特和我讨论过了……我们的未来。”

班德拉肯定是从玛利亚的语气中察觉到了什么,“啊。”她回应道。

“你也知道,我们有一些事……要理清。”

班德拉点点头。

“庞特提出了一个解决方案——至少是部分的解决方案。”

“我一直很害怕这一天的到来。”班德拉轻声说。

“你也知道,这种情况不可能持续太久。”玛利亚说,“我……我不能永远留在这里。”

“为什么不行?”班德拉悲伤地问。

“就在昨天,我的老板乔克问我什么时候回去。而且我也必须回去,我必须解除和科尔姆的婚姻。而且我……”

“嗯?”

玛利亚动了动自己没被压在床上的肩膀,“我就是受不了——我在这里生活,在这个世界里,庞特明明离我那么近,但又不能见到他。”

班德拉闭上眼,“那你准备怎么办?”

“我准备回到自己的世界去。”玛利亚说。

“你最后就这么决定了?你要离开庞特?你要离开我?”

“我不是要离开庞特,”玛利亚说,“每月的合欢日我都会回来一次。”

“你要在两个世界里来回吗?”

“对,我会把协力集团的工作辞了,然后想办法在萨德伯里找个工作。在我的世界里,传送门就在那儿,那里也有一所大学。”

“我知道了。”班德拉说,玛利亚能觉察出来,她在努力让自己的声音保持平静,“这样的话,我觉得你会做这个决定也合理。”

玛利亚点点头。

“玛,我会想你的。我会很想你。”

玛利亚又抚摸着班德拉的手臂,说:“这不一定是告别。”

但班德拉只是摇摇头,“我知道合欢日是什么样的。头几个月的时候,你每次来这里可能还会象征性地见我几次,但你的真实想法还是把所有时间都花在你的男伴上。”班德拉举起一只手,“我能理解,你找到了一个好男人,一个很好的伴侣。如果我有……”

“你不需要男伴。”玛利亚说,“不论在传送门的哪一侧,女人都不需要男人来证明自己。”

班德拉温柔地说:“但我有男伴,所以对我来说别无选择。”

玛利亚微笑着说:“选择这个词很有意思。”她短暂地合上眼,开始回忆,“我知道你们把它叫作‘habadik’。它不像其他词那样只能有个大致的对应,这个词的翻译非常精准:就是在有且仅有的两个可能性之间做出取舍。我那些身为生物学家的朋友们会争辩说,‘选’择这个概念是由于我们身体形态而在我们身上根深蒂固:一方面,你可以这样做;另一方面,你可以那样做。而一只会说话的章鱼如果碰到只有两个选择的情况,很可能没有词来表达。”

班德拉盯着玛利亚看了一会儿,最后问:“你在说什么?”她显然是生气了。

“我想说的是,你还有其他的可能性。”

“我不会做任何危及女儿生育能力的事。”

“我知道。”玛利亚说,“相信我,这也是我最不想看到的情况。”

“那又怎么说?”

玛利亚在床垫上向前挪了挪,拉近了她和班德拉之间的距离,然后又亲了亲班德拉的嘴唇,接着她说:“跟我走吧。”

“什么?”

“跟我走,去传送门的另一边。去我的世界,去萨德伯里。”

“这怎么就能解决我的问题了?”

“你在合欢日的时候留在我的世界里,就永远不用和哈伯见面了。”

“但我的女儿……”

“那只要解决她们的问题就好。她们会一直住在城中,见不到他也会很安全的。”

“可见不到她们我会死的。”

“所以你只要在非合欢日的时候回来就行,也就是在你不可能见到哈伯的时候回来,只要你愿意,回来几次都行。你可以回来见见你的女儿,还有她们的孩子。”

班德拉显然在尝试理解这一切,“你的意思是,你和我都会在两个世界之间通勤,但会在不同的时间回来?”

“没错,我只会在合欢日回来,而你可以在非合欢日回来。加拿大的工作习惯是做五休二,我们把休的这两天叫作周末,你可以在非合欢日的周末回来。"

"哈伯肯定会大发雷霆。"

"管他干吗?"

"我如果要用传送门,就得去城缘。"

"所以不要独立行动。你要确保他不可能接近你。"

班德拉听起来半信半疑,"我……我觉得可能可以。"

"肯定可以。"玛利亚坚定地说,"如果他抗议,或者想在每个月规定之外的时间见你,那他做的事就会曝光。他可能不在乎你或者他的女儿,但肯定不希望自己被阉。"

"你会帮我吗?"班德拉问,"你会和我一起在你的世界里安家吗?"

玛利亚点点头,抱紧了她。

"我在那里能做什么?"班德拉问道。

"教书,在劳伦森大学,和我一起。在我的世界里,没有一所大学会拒绝拥有尼安德特地质学家的机会。"

"真的?"

"噢,当然。"

"那我们是不是就能在你的世界里一起生活和工作了?"

"是的。"

"但是……但你之前和我说,这不是你们的生活方式。两个女人在一起……"

“我们世界的大部分人虽然不这么生活，但也有一些人是这样的。而我所生活的安大略省，就算从全世界范围看，也是最能接受这种关系的地方。”

“但……这样会让你开心吗？”

玛利亚粲然一笑，“世上没有完美的答案，但这个已经很接近了。”

班德拉哭了，但流出的显然是喜悦的泪水，“玛利亚，谢谢你。”

“不，”玛利亚说，“是我要谢谢你，还有庞特。”

“你要谢庞特我能理解，但为什么要谢我？”

玛利亚又拥她入怀，“你们都向我展示了人类存在的新形式，所以我将永远心怀感激。”

第三十一章

“我们一旦到了那里，一旦在太阳系的第四颗行星上用锈色的沙土种下花朵，一旦用从火星极地提取的水浇灌出生命的嫩芽，智人或许会再次短暂驻足，闻一闻那些玫瑰花……”

“混蛋！”

乔克知道旁边车的司机听不到他的话，今天天气太冷，没人会摇下车窗。但他就是烦别人别他的车。

今天的路况似乎难以忍受。但他又想，今天或许和在罗切斯特的其他日子开车没有什么两样，但他见过另一边那田园牧歌般的洁净美景后，这里的一切就变得让人无法忍受了。

“另一边。”老天爷啊，他母亲之前也是这样形容天堂的，“事情到了另一边会变得更好。”

虽然乔克既不相信天堂,也不相信地狱,但他不能否认尼安德特人世界的真实性。他们没有把事情弄得一团糟,完全只是因为运气好。如果这个世界的人有那样的鼻子,可能也不会愿意在自己生产的垃圾堆里打滚。

乔克在红灯前停下来。一张《今日美国》的报纸头版从街上飘过,孩子们在公交车站抽烟,前面的街区有家麦当劳,远处传来警笛声和汽车的喇叭声,边上的一辆卡车从直立排气管中喷出废气。乔克看看左右两侧,最后才在半个街区外的一个混凝土花坛里发现了一棵树。

电台新闻开始报道,有位心怀不满的男子在伊利诺伊州的一家电子工厂里枪杀了四名同事;接着又用十秒提了一句发生在开罗的自杀性爆炸事件;又用十二秒带过巴基斯坦和印度之间即将爆发的战争;再用一分钟总结了普吉特湾的一次石油泄漏;达拉斯市附近的一次火车脱轨以及罗切斯特市的一次银行抢劫。

*什么乱七八糟的。*乔克想。他的手指敲打着方向盘,等待交通信号灯变绿。*真他妈的乱七八糟。*

乔克到了协力集团办公楼的门前,正好在走廊上撞见露易丝·贝努特。"嘿,乔克,那边真像他们说的那样好?"

乔克点了点头。

"我倒是什么都不知道,不过乔克,你去的这几天正好错过了历史上最棒的一场极光。"

“在这儿?”乔克问,“这么靠南的地方也有?”

露易丝点点头,“不可思议。这次和我之前见过的完全不一样,而我还是一名太阳物理学家。地球磁场真的开始产生影响了。”

“但你的意识似乎还是清醒的。”乔克嘲弄地说。

露易丝微笑着指了指他手里的包裹,“既然你给我带了花,那前面那句话我就不追究了。”

乔克低头看着玛利亚·沃恩给他的那个长条箱子,“其实这是玛利亚想让我帮她带回来的东西。”

“是什么?”

“我就是要弄明白这个。”

乔克沿着走廊一直走到华莱士夫人的桌前,她是乔克的前台兼行政助理。

“先生,欢迎回来!”她说。

乔克点头示意,“今天有预约吗?”

“只有一个。我在你不在的时候预定的,希望你别介意。是一位求职的遗传学家,他的推荐信背景很强。”

乔克哼了一声。

“他十一点半到。”华莱士太太说。

乔克查了一圈电子邮件和语音信箱,给自己弄了点儿黑咖啡,然后打开了玛利亚给他的包裹。他一眼就能看出这是异世界技术:不论是表面的质感还是整体的配色和外观,都和人类的制造风格完全不同。尼安德特人显然非常偏爱方形元素:横截面是方的,显示屏是方的,控制钮的排列结构也是方的。

他惊讶的是,许多控制钮边上都贴着笔记,看起来像尼安德特人留下的。它显然不是大规模生产的设备,或许是某种原型机……

乔克拿起电话,拨了个内线号码,“是朗维斯吗?我是乔克。能麻烦你来一下我的办公室吗……”

不一会儿,乔克的房门打开了,来的人没有先敲门,正是朗维斯·特洛波。“乔克,什么事?”这名年迈的尼安德特人问。

“我这里有这么个设备,”他指着桌上那个长长的设备,“我想知道怎么开机。”

然后朗维斯穿过房间,乔克觉得自己都能听见尼安德特人走路时关节发出的咔咔声。他弯下腰,这次绝对能听得见关节的声音。朗维斯把自己那双蓝色的机械眼凑到设备前。“这个东西。”说着他指了指一个孤立的按钮,用两根骨节分明的手捏住它,拔了出来。那个设备开始发出轻柔的嗡嗡声。“这是什么?”

“玛利亚说它是DNA合成器。”

朗维斯又看了几眼,“外壳用的是标准配件,但我从来没见过这样的东西。你能帮我举着它吗?”

“什么?”乔克不解,“噢,这个,当然。”他从桌上举起设备,朗维斯弯腰去看它下面。“你可能要把它接到一个外部电源上,而且——啊,对的,很好,连接端口是标准型号。贝努特博士和我造了一些设备,可以让巴拉斯特人的技术与你们的电脑相连,试试?”

“唔,当然。”

“我叫贝努特博士来。”朗维斯说着朝门口走去,“祝你和新玩具玩得开心。”

接着,乔克花了好几个小时来检查密码子编写器,并阅读玛利亚之前准备的笔记。

他现在只清楚一点:这东西可以制作DNA。

当然还有RNA,乔克知道这是另一种核酸。它似乎还能生产相关的蛋白质,比如那些将脱氧核糖核酸结合到染色体中的蛋白质。

乔克对遗传学有粗略了解,他在兰德公司参与的许多研究都与生物战有关。如果这个装置能产生核酸序列和蛋白质,那么……

乔克把指尖搭在一起。德里克堡的小伙子们为了得到它,不知会愿意付出多大的代价!

核酸、蛋白质。

这些就是病毒的组成部分,毕竟它们只是被蛋白质外壳包裹住的DNA或RNA片段。

乔克盯着机器,陷入沉思。

乔克桌上的电话响起了特殊的内线电话铃。乔克拿起听筒,传来了华莱士夫人的声音:“十一点半的预约已就位。”

“好的,好的。”

过了一会儿,一个长着蓝眼睛、约莫三十岁的瘦削男子从门外走了进来。“克瑞格博士，”他伸出手说，“幸会。”

“请坐。”

这名男子照做了，但在落座之前，他先给乔克递上了一份洋洋洒洒的简历，“如你所见，我是牛津大学的遗传学博士。我曾在那里的古生物分子研究中心工作。”

“你之前做过尼安德特人相关的课题吗？”

“没有专门做过。但我做过许多其他新生代晚期的课题。”

“你是怎么听说我们的？”

“我之前在约克大学任教，也就是玛利亚·沃恩之前在的学校，而且——”

“你也知道，我们一般是根据自己的需要招人。”

“哦，我知道，先生。不过我觉得，既然玛利亚去了另一个宇宙，那你可能还会需要一位遗传学家。”

乔克瞥了一眼桌上的东西，“您说得没错，拉斯金博士，我是需要。”

第三十二章

“但嗅闻花香只是我们在重新启程前的一次停顿，是短暂的喘息、片刻的深思。之后我们就会拾掇行囊，向更远处前进，不断学习、发现、成长，拓宽我们的边界，也拓展我们的思想……”

包括乔克在内的联合国代表团从尼安德特人的世界里回来差不多已经有三周时间了。消息传来的时候，庞特和阿迪克正在距离地面大约有一千臂展深的量子计算实验室里工作。加拿大军官通过德克斯管送来了一个信封。

包裹正好是由庞特亲自打开的，里面的信件上印着协力集团的分割地球标志，所以庞特最开始以为这是玛寄给他的。不过让他惊讶的是，里面那封给他的信上同时写有英语和尼安德特文。

庞特打开信封，他心爱的阿迪克则在身后张望。里面是一枚记忆珠，庞特刚把它弹启动，放在自己的控制台上，朗维斯·特洛波的三维影像就出现了，他那双机械的蓝眼睛闪闪发光。影像大概有真人的三分之一大，在控制台上大约一掌宽的高处悬浮着。

“学者博迪特，日康。”朗维斯说，“我需要你来一趟协力集团的总部，也就是乔兰特湖南侧，虽然我纠正了他们很多次，但他们还是要把这里叫作安大略湖。你也知道，我在这里和贝努特博士一起研究量子计算的问题，我现在对防止退相干这个问题有了一些新想法，这样一来量子计算机就算在地表也能运行了，但我需要你在量子计算方面的专业知识。把你的研究伙伴学者阿迪克·胡德也带上，他的专业知识也会有很大作用。三天内就位。”

图像停住了，说明回放已经结束。庞特看向阿迪克，“你愿意一起去吗？”

“你在开玩笑吧？”阿迪克说，“有机会和朗维斯·特洛波见面哎！我当然想去。”

庞特露出微笑。格里克辛人说巴拉斯特人缺乏探索新地方的欲望，也许他们之前是对的，但现在不一样了。虽然传送门是基于阿迪克制造的硬件设备才从理论成为现实，他本人却对造访格里克辛人的世界完全没有兴趣。不过现在他决定去那里，好和他心中巴拉斯特人的英雄之一见面。

“三天时间用来打包行李肯定够了，”庞特说，“从这里到协力集团的总部的距离不远，我是指以我们世界的位置来说。”

“我有点好奇朗维斯眉毛后面都装了些什么？”阿迪克问。

“谁知道呢,但我相信他的脑子是聪明的。”

控制室里除了庞特和阿迪克之外就没有别人了,不过还有一名尼安德特技术员坐在计算室的地板上工作,一名尼安德特执法员坐在传送门边上以防万一。

“我必须请玛和我们一起。”庞特说。

阿迪克眯起眼,“现在还不是合欢日吧。”

庞特点点头,“我知道,但这套规则在他们的世界不适用,如果我过去了不带她,那她永远都不会原谅我的。”

“学者特洛波也没请她啊。”阿迪克说。

庞特伸手摸了摸阿迪克的胳膊,“我知道你很难接受。你觉得我和玛在一起的时间太多,和你在一起的时间又太少了。但你也知道我有多爱你。”

阿迪克缓缓点头,“对不起,我真的在努力不要对玛和你太小家子气。我的意思是,我希望你有个女伴,这你也知道,但我从没想过她会打扰我们在一起的时间。”

庞特说:“这当中很复杂,我要向你道歉。但你的儿子戴伯不久就会来和我们一起生活,这样你和我在一起的时间就会减少了。”

庞特刚说出口就后悔了,这话造成的伤害在阿迪克脸上表现得很明显。“我们会共同养育戴伯。”阿迪克说,“这是我们的做法,你之前就知道的。”

“我知道,对不起,只是……”

“这样就太尴尬了。”阿迪克说。

“我们很快就会解决这个问题的，”庞特说，“我保证。”

“怎么弄？”

“玛会搬回传送门的另一侧，在那里，也就是她的世界里长住，只有在合欢日的时候才回来。阿迪克，你和我之间会恢复正常的。”

“什么时候？”

“很快，我保证。”

“但你还想让她和我们一起——和我们一起去协力集团，和我们一起去见朗维斯。”

“是这样，她现在的工作是在协力集团当研究员，所以偶尔回去几次也合理。”

阿迪克噘起嘴，庞特则用手背轻轻地揉了揉阿迪克的脸颊，感受着他脸上的胡须，“阿迪克，我是真的爱你。我们之间不会有任何隔阂。”

阿迪克缓缓点了点头，然后主动对机侣说：“请帮我联系玛·沃恩。”

过了会儿，阿迪克机侣的外部扬声器就响起了由克丽丝汀模仿的玛利亚的声音，这是在翻译玛利亚说的话，“日康。”

“玛，日康。我是阿迪克，想不想跟庞特和我一起旅行？”

他们驾车在安大略省萨德伯里市穿行，阿迪克不由得赞叹道：“真了不起！建筑到处都是！还有人！男人和女人都在一起！”

“这还只是一个小城市，”庞特说，“等你到时候去了多伦多或曼哈顿就知道了。”

“难以置信!”阿迪克说。庞特坐在后座,这样阿迪克就能坐副驾驶座了。“难以置信!”

他们在踏上前往罗切斯特市的长途旅行之前先在劳伦森大学停留了片刻,替玛利亚和班德拉问了一下工作机会。庞特说得没错,会面刚开始时他们见的还是遗传学和地质学系主任,但很快,校长和名誉校长也来了。劳伦森大学非常想雇用她们,也很乐意安排时间表,好让玛利亚每个月连续休假四天。

既然他们到了劳伦森大学,就顺道去了一趟维罗妮卡·香农的地下室。阿迪克走进“维罗妮卡的衣橱”,戴上新造的测试头盔,这个头盔更符合尼安德特人的头骨形状。

玛利亚希望阿迪克在被刺激左半球顶叶的时候会经历一些事情,但他没有。维罗妮卡认为尼安德特人大脑的结构很可能与格里克辛人的大脑互为镜像(不过尼安德特人普遍是右撇子,所以这个结论可能性不大),所以又试了一次,这次刺激了阿迪克大脑右半球的顶叶,但也没有任何反应。

然后,玛利亚、庞特和阿迪克就开车前往玛利亚在里士满山的公寓,阿迪克看着车窗外高速公路上的车流,完完全全被震惊到了。

等他们到玛利亚家里的时候,玛利亚从大堂前台的桌上拿起一叠厚厚的信,然后乘电梯去了她的公寓。

随后阿迪克走上阳台,眼前的景色让他甚是惊讶。看来他只要能够不断发现新东西就能满足了。所以玛利亚就点了一些她知道庞特会喜欢的东西当晚餐,包括肯德基炸鸡、卷心菜沙拉、薯条,还有十二听可乐。

在等外卖送来的时候,玛利亚打开电视,希望能赶上新闻播出的时间,但很快她就发现自己被电视里的内容吸引住了。

“Habemus papam!”新闻主持人宣布道,她是一位赭发、戴着金属边眼镜的白人,“这是今天从罗马梵蒂冈传来的一句拉丁语消息,意思是,我们的新教皇诞生了!”

画面一转,西斯廷教堂的烟囱里飘出一缕白烟,这说明某位候选人得票已经超过总票数的三分之二,现在正在烧毁选票。玛利亚觉得自己心跳加速。

接着是一幅静止的画面:一个大概五十五岁的白人,有着灰白相间的头发和一张瘦削的脸。“新任教皇是佛罗伦萨的红衣主教佛朗哥·迪查里奥[①],我们刚刚得知他的教名是马克二世。”

现在换了双画面,电视上出现了主持人和一名四十岁左右的黑人女性,她穿着一身干练的商务套装。“加拿大广播公司广播中心邀请了多伦多大学宗教研究教授苏珊·唐卡斯特来到直播现场。教授,谢谢你的光临。”

“我的荣幸,萨曼莎。”

“您能和我们介绍一下佛朗哥·迪查里奥吗?我们希望他能为罗马天主教会带来什么改变?”

---

① 本书英文原版第一次出版于2003年,时任教皇为若望·保禄二世,他于2005年才去世,接替他的是德国人本笃十六世。文中的马克二世为原创。

唐卡斯特摊开双臂,“许多人都希望任命新教皇能给我们带来一股新鲜空气,也许能让教会对一些比较保守的事情持以略加开放的态度。但已经有人注意到,他选择的名字听起来就像是延续自以前某位教皇名号:他选择的名号是教皇马克二世。你会发现,现在坐上圣彼得宝座的人又是一位意大利人,而作为一名红衣主教,佛朗哥·迪查里奥非常保守。”

“因此在避孕这类事情上,我们看不到放宽相关政策的可能性?”

“很大可能不会。”唐卡斯特摇摇头,“迪查里奥曾公开表示,教皇保禄六世的《人类通谕》是第二个千年最重要的通谕,他认为其中的原则应该指导教会贯穿第三个千年。”

接着萨曼莎问:“要求神职人员保持独身,这件事怎么说?”

“佛朗哥·迪查里奥再次谈到婚礼标准誓言里提到的贫穷、贞洁和服从,这对接受上帝的指令来说非常重要。我看不出马克二世有扭转罗马教廷在这件事上立场的迹象。”

“我也有这种感觉。”主持人浅浅一笑,“那我再问女性神职人员的授任看来是没有任何意义了。”

“至少在佛朗哥·迪查里奥在位期间不可能。”唐卡斯特说,“这个教派四面楚歌,而它还在加固传统的壁障,而不是拆除它们。”

“那离婚的相关规定也不可能放松吗?”

玛利亚屏住呼吸,虽然她已经知道答案了。

“不可能。”唐卡斯特说。

每当夏初,玛利亚都会把电视遥控器放到远处的抽屉里,她在试着减重,而这个小举动看起来似乎是个能强迫自己多动动的好方法。她从沙发上站起来,走到十四英寸的RCA电视机前,按下电视机的按钮把它关掉。

等她转过来的时候,看到庞特正在看她,“你对新教皇的人选不是很满意啊。”他说。

“是的,其他很多人也这么觉得。”她微微耸了耸肩,话里颇具哲思,“但话又说回来,我觉得世界上许多其他地方也会庆祝这个决定吧。”说罢,她叹了口气。

“你打算怎么办?”庞特问。

“我——我不知道。我的意思是,我不太像是会被逐出教会。我的确对科尔姆保证过,自己答应废除婚姻而不是离婚,但是……”

“但是什么?”

“你别误会我的意思。”玛利亚说,“我们的孩子会有‘上帝器官’的确让我很高兴,但我真的是烦了这些荒谬的规定。我的天,现在都二十一世纪了!”

“不过这位新教皇可能会给你一些惊喜。”庞特说,“据我所知,他在圣座任职以来,从来都没有独立发表过任何声明,所以我们听到的这些只是猜测。”

玛利亚又坐回到沙发上,“我知道。但如果红衣主教们真的想要做出改变,那就会选另一类教皇。”接着她笑了起来,“你听听,我都说了什么话!当然了,这些都是世俗的观点,选择教皇的时候应该看自己是否收到了上帝的启示。所以我应该这么说:如果上帝想要一些真正的改变,那他就会选另一类教皇。"

"不管怎么说,就像那位女士说的那样,你有了一位新教皇,他看起来年纪还算轻,未来的几个旬月里都会是他任职。"

玛利亚点点头,"我会废除婚姻的。这是我欠科尔姆的。毕竟是我选择离开了这段婚姻,而他不想被逐出教会。但就算废除婚姻能让我继续留在天主教会,我也不打算继续留在教会了。毕竟基督教的教派还有很多,换一个应该也不算改变信仰。"

"听起来是个重要的决定。"庞特说。

玛利亚微笑着说:"我最近做的重要决定可不少。天主教会我是留不下了。"这话就这样轻松地说出了口,就连她自己也吓了一跳,"留不下了。"

第三十三章

“我们身为灵长类动物，具有一种独一无二的内驱力，这里的我们既是指那些被称为‘智人’的人类，也是指那些被我们的尼安德特人表亲称为‘格里克辛人’的人类。这种内驱力在具有意识的生物中也是独一份……”

“你好啊，乔克。”玛利亚·沃恩进了协力集团的办公室。

“玛利亚！”乔克喊道，“欢迎回来！”他从自己的艾龙椅上站起来，绕过桌子，和她握手，“欢迎回来。”

“很高兴见到你。”玛利亚对门外示意，两名旅伴也走了进来，“乔克，你应该还记得特使庞特·博迪特，而这位是学者阿迪克·胡德。”

乔克浓密的灰色眉毛朝自己的蓬帕杜头高高扬起。“我的天！”

他说,“惊喜啊。”

“你不知道我们要来?”

乔克摇摇头,“我一直在处理其他事情。我最近收到了很多尼安德特人来往的报告,但还没来得及看。”

玛利亚一下子就想起了一个老笑话:有个坏消息是,中情局会查看**你**所有的电子邮件;好消息是,中情局会查看你**所有**的电子邮件。

“不管怎么样,”乔克走过来,握了握庞特的手,“欢迎回来。”然后他又和阿迪克握了握手,“欢迎胡德博士来到美利坚合众国。”

“谢谢。”阿迪克说,“这……有点太夸张了。”

乔克努力挤出一个微笑,“是有点。”

玛利亚对两名巴拉斯特人示意道:“朗维斯·特洛波让庞特回来,这次他把阿迪克也一起带上了。”

庞特笑了起来,“相信从朗维斯的角度来看,我太偏理论了,但阿迪克就知道怎么造东西。”

“说到尼安德特人的独创性,”玛利亚接过话,指着乔克办公室角落里的一张工作台,“我看你一直在看那台密码子编写器。”

“没错,”乔克说,“这真是台神奇的设备。”

“是的。”玛利亚说。她看着乔克,犹豫自己该不该告诉他,最终她难遏内心的激动,说出了口,“它能让庞特和我有一个孩子,就算我们染色体数量不同也没关系。”

乔克听了之后,立刻在自己的艾龙椅上挺直身子,“真的? 我的天……居然还有这种可能……我不知道。”

“是的!”玛利亚喜气洋洋地说。

“唔,那,恭喜你。”乔克说,“当然还有你,庞特。恭喜!”

“谢谢。”庞特说。

乔克突然又皱起眉,好像发现了什么重要的事,“智人和尼安德特人的混血儿,他会有二十三对还是二十四对染色体?”

“你的意思是,根据我的实验结论来看,它属于格里克辛人还是巴拉斯特人?”

乔克点点头,“我就是——你也知道——就是好奇,随便问问。”

“我们就这个问题讨论了很多次,最后决定给自己的孩子二十三对染色体,所以是格里克辛人,也就是智人。”

“这样。”乔克似乎对这个结果有点失望。

“毕竟胚胎要被植入到我的子宫里,”她拍了拍自己的肚子,“所以我们要避免任何可能的排异反应。”

乔克向下瞥了一眼,“你现在还没怀孕吧?”

“不,还没呢。第149代的孩子要等明年才能怀上。”

乔克眨眨眼,“那这个孩子会一直在尼安德特人的世界里生活咯?是不是意味着你要搬去那里定居了?”

玛利亚看着庞特和阿迪克,她没想到话题会一下子变得那么深入。于是她缓缓地说道:“其实……我打算多数时候都住在这个世界里……”

“听起来后面很可能还会有个‘但是’。”

玛利亚点点头,“没错,你也知道,你雇我来协力集团的任务已经比预定时间提早完成了。我觉得,现在是时候向前看了。劳伦森大学的遗传系给了我一个全职的终身教职。”

“劳伦森?”乔克问,“那地方在哪里?”

“在萨德伯里,就是传送门的所在之处。劳伦森大学虽然面积小,但遗传学系很强,也会帮加拿大皇家骑警队做做DNA相关的法医工作。”然后她顿了顿,“这段时间我发现自己对那个领域有了点儿兴趣。”

乔克笑了,“谁能想到,投资物业的原则——‘地段,地段,还是地段’这个说法,居然会用到萨德伯里上。”

“玛利亚,你好。”

玛利亚手里的马克杯掉在地上,碎了一地。加了巧克力牛奶的咖啡溅到了办公室的地板上。“我会叫的。”玛利亚说,“我会把庞特叫来。”

科尼利厄斯·拉斯金关上了身后的门,“没必要这样。”

玛利亚心跳加速,环顾四周,寻找任何可以用来当武器的东西,“你在这里干什么?”

科尼利厄斯勉强一笑,“我在这里工作,接替你的位置。”

“我们走着瞧。”玛利亚说着,一把抄起桌上电话的听筒。

科尼利厄斯·拉斯金走得更近了。

“别碰我!”玛利亚说,“你敢!”

“玛利亚——”

“滚出去！滚！滚！”

“玛利亚,给我两分钟,我就要求这么多。”

“我要叫警察了！”

“你不能这样。你知道你不能这样,尤其是在庞特对我做了这些事之后,而且——”

科尼利厄斯突然打住不说了。玛利亚的心狂跳不止,而且她的脸上肯定流露出了什么,被拉斯金察觉到了。

“你不知道！”他瞪大了那双蓝色的眼睛说道,“你不知道,是吧？他从来没有告诉过你！”

“告诉我什么？”玛利亚问。

科尼利厄斯瘦削的身体突然瘫软下来,四肢就仿佛不属于自己,“我没想到,原来你没有参与计划,也不知道……”

“知道什么？”玛利亚追问。

科尼利厄斯后退几步,“我不会伤害你的,玛利亚。我不能伤害你了。”

“你在说什么？”

“你知道庞特见过我吗,就在我家里？”

“什么？你骗人。”

“我没有。”

“什么时候？”

“九月的一个晚上……”

“你在骗我。他从来没——”

“他真的来过。”

“他会和我说的。”玛利亚反驳道。

“我本来也是这么想的,”科尼利厄斯豁达地耸耸肩,“但看来他没说。”

“听好了,我不想管这些,你给我从这里滚出去。我来这里就是为了躲开你!你再不走我就要报警了!”

“你不会想报警的。”科尼利厄斯说。

“你等着瞧吧——你要是再往前一步,我就要叫了。”

“玛利亚——”

“别再往前。”

“玛利亚,庞特把我阉了。”

玛利亚震惊得难以置信。“你骗人,”她说,“这都是你编的。”

“如果你想看,我就……”

“不!”玛利亚想到自己可能要再次见到他赤裸的肉体,几乎都要吐了。

“这是真的。他来到我的公寓里,大概是凌晨两点的时候,然后他就——”

“庞特不可能做这种事,不可能不告诉我。”

科尼利厄斯把手移到拉链上,“就像我说的,我能证明。”

“别!”玛利亚大口喘气。

“奎塞尔·伦图拉说你已经融入了他们,要搬到另一个世界里去生活。不然我也不会想来这里,但是……”他又耸了耸肩,“玛利亚,我需要一份工作。约克大学对我来说就是死路一条——对我这代的任何白人男性来说都一样。你是知道的。”

玛利亚马上就要过度换气了,“我不能和你一起工作,甚至连在一个房间里都不行。”

“我不会影响你的,我保证。”他的声音变得柔和起来,“该死,玛利亚,你觉得我愿意见你吗?看到你就让我想起——”他没有继续说下去,等他再次开口的时候,嗓音已经有些哑了,“——我以前是个健全的人。”

“我恨你!”玛利亚咬着牙对他说。

“我知道你恨我。”他随便耸了耸肩,“我——我也不能说现在这样都怪你。但如果你把我的事告诉克瑞格或其他人,那庞特·博迪特也就玩儿完了。他会因为对我所做的一切而入狱。”

“上帝诅咒你。”玛利亚说。

科尼利厄斯只是点点头,“他肯定会。”

“庞特!”玛利亚喊道,她冲进阿迪克·胡德、朗维斯·特洛波和庞特三人共同工作的房间里,“跟我过来!”

“嘿,玛,”庞特说,“怎么了?”

“现在!”玛利亚厉声说,“马上!”

庞特已经转身背对着两名尼安德特人,但克丽丝汀还在继续为她翻译:“不好意思,我要离开一会儿……”

朗维斯点点头,对阿迪克说了句玩笑话,说今天肯定是末候日。玛利亚冲向屋外,庞特紧跟其后。

"到外面去!"玛利亚喊道,她头也不回地沿着铺满地毯的主走廊一直往前,从衣架上拿下外套,走出大门。

庞特跟在她后面,没有拿外套。玛利亚穿过褐色的草坪,穿过马路,走到一处废弃码头的木板路上才停下,然后她转身对着庞特:"科尼利厄斯·拉斯金来了。"

"不可能。"庞特说,"如果他来了,我能闻出来——"

"可能他的蛋没了,所以气味也变了。"玛利亚呛道。

"啊!"庞特说,然后继续道,"噢。"

"就这?"玛利亚追问道,"你的反应就这些?"

"我——呃,好吧……"

"你为什么不告诉我?"

"你肯定不会同意的。"庞特低头看着人行道,多半路面都覆盖着枯叶。

"你他妈说得对,我是不会同意!庞特,你怎么能做这种事?上帝啊……"

"上帝,"庞特温柔地重复道,"上帝告诉我们,原谅是最大的美德,但是……"

"但是什么?"玛利亚没好气地问。

"但我不信基督教。"他说,声音听着盈满悲伤,"我不能原谅。"

"你和我说过你不会伤害他的。"玛利亚说。一只海鸥在他们上方盘旋。

“我只是和你说我不会害他性命。”庞特说，“而且我也确实没有，但是……”他耸了耸自己巨大的肩膀，“我本来只是想警告他，我已经认定他是个强奸犯，而他之后再也不能犯下这种罪了。但等我见到他的时候，等我闻到他身上的味道，闻到那股恶臭，那股他留在受害者身上的恶臭时，我就再也忍不住了……”

“我的天啊，庞特。你知道这意味什么吗？现在他有把柄了。只要他愿意，他就能告发你。我甚至怀疑他是不是强奸犯这件事甚至都不会出现在对你的审判里。”

“但他有罪！我不能忍受他逍遥法外的可能性。”接着，或许是为了辩解，他又重复了一遍“有罪”这个词，“还不止一次。”这提醒了玛利亚，她并不是科尼利厄斯·拉斯金手下唯一的受害者；而第二次强奸案的发生，只是因为玛利亚没上报她的情况。

这时候，玛利亚突然想到一点，便赶快问道：“那他的亲属，他的兄弟姐妹，还有父母。我的天，你没有对他们做什么吧？”

庞特垂下头，玛利亚还以为他会承认自己进行了更多袭击，但他感到羞耻的原因并不是这个。“不，”他说，“不，我没有对那些造成他现状的其他基因的所有者做这些事。我只想因为他伤害了你而去惩罚他，去伤害他。”

“但他现在能伤害你了。”玛利亚说。

“别担心，”庞特说，“他不会把我做的事说出来。”

“你凭什么那么确定？”

“指控我就意味着曝光他自己的罪行。可能不是在审判我的时候,而是在其他上诉里,你说呢?这里的执法者肯定不会放过这件事。”

“我想也是。”玛利亚说,而她还是很愤怒,“但法官可能会认为他已经因你而获得了足够的惩罚,毕竟加拿大的法律认为,物理阉割就算对强奸犯来说也过重了。所以,如果他已经受到了这种程度的惩罚,那法官就会觉得再给他加一些拘役这类较轻的惩罚就没太大的意义了。这样的话,你对他的所作所为反而能让他避免牢狱之灾。”

“但不管怎样,大家都会知道他是个强奸犯。这肯定会给他带来严重的社会性后果,好让他不敢冒这个险。”

“你应该先和我打声招呼的!”

“我之前说过,我根本没有详细计划过这个……这个……”

“复仇。”玛利亚说,但这话说出来的时候语气反而很平淡,像是在提点另一个词。她慢慢地摇了摇头,“你不应该这样的。”

“我知道。”

“但你还是做了,而且还瞒着我!该死,庞特——我们之间不该有任何秘密!你为什么不告诉我!”

庞特望着码头,望着冰冷的灰色海水。“因为我相信自己在这个世界上不会受到影响。”他说,“我之前说过,拉斯金永远不会把我对他做的事说出去。但在我的世界里……”

“怎么了?”玛利亚逼问他。

“你没理解吗？在我的世界里，如果大家知道了我的所作所为，就会觉得我过于暴力。”

“你他妈宁愿相信拉斯金会保守秘密，但不相信我！”

“不是这个原因，根本不是。但是一切都会被记下来。我的远程档案中会有我和你说话的记录，你的档案中也会有同样的记录。就算我们谁都没有泄露事情，法院也可能下令查阅你或我的档案，然后……”

“然后呢？然后什么？”

“然后受到惩罚的就不单是我自己了，梅嘎和婕斯梅尔也逃不了。”

上帝啊，玛利亚想，一切都闭环了。

“对不起，”庞特说，“我真的要向你道歉——为我对拉斯金做的事，还有不让你知道这一点。”他寻找她的目光，“相信我，承担这一切绝非易事。”

玛利亚突然明白了，“人格塑造师！”

“是的，这就是我去见朱拉德·塞尔根的原因。”

“不是因为我被强奸了……”玛利亚缓缓地说。

“不，这不是直接原因。”

“……而是你为我被强奸一事所做的一切。”

“没错。”

玛利亚长长地舒了口气，愤怒和许多其他的东西离开了她的身体。他并没有因为她被强奸而轻视她……“庞特，”她柔声道，“庞特,庞特…”

“玛,我非常爱你。”

她缓缓地摇着头,不知道接下来该怎么办。

第三十四章

“并将继续推动我们不断前行,不断开拓……”

布里斯托港曾是一位名叫弗雷德·萨基斯的地产开发商的梦想:五座豪华共管公寓坐落在卡南代瓜湖畔的页岩悬崖之上。卡南代瓜湖是纽约州北部五指湖的众多湖泊之一,是一条诞生于冰河时期、细长且深的沟壑。

布港是在二十世纪七十年代开发的,那时候罗切斯特市和其他北部城市的经济还没有崩盘。它是那个时代遗留下的奇怪文物,就像加拿大蒙特利尔为了迎接1967年世博会而建造的“67号住宅区”一样。玛利亚在露易丝·贝努特的推荐下,第一次看到这里的时候,心里涌起一个坚定的念头,下一部蜘蛛侠电影应该在这里取景,这个住宅区的各种桥梁把多层户外停车场和公寓本身连接起来,看着就很适合那个会射蛛丝的家伙。

但这块地方的开发进度显然完全不及预期,虽然街边仍有类似罗伯特·特伦特·琼斯高尔夫球场这样奢华的场地,还有可以在冬天滑雪的布里斯托山,但仍待售或者待租的公寓还是很多。之前与玛利亚聊过的地产经纪人向她吹嘘说帕蒂·杜克和约翰·阿斯廷[①]结婚的时候还在这里度过了一个夏天。玛利亚有理由怀疑,一旦对方知道这里现在住着两个尼安德特人,之后肯定会用来当作自己新推销话术的一部分。

玛利亚租的是个两居室公寓,约莫一千平方英尺[②],上下两层。里面还有张难看得可怕的橙色绒毛地毯,肯定是最初的房主留下的,玛利亚已经有几十年没见过这玩意儿了。不过窗外的景色还是很美,正对着湖面,上层主卧的阳台则是一幅无遮挡的全景画;从下层的阳台眺望出去,能看到从峭壁上长出来的顽强树木的树冠。而从任何一个阳台看去,都能看到直通向室外电梯井的水泥通道,而电梯则一路下降数百英尺,通向码头和下面的人造海滩。

“这真是个有趣的地方!”庞特站在下方的阳台上,双手抓着栏杆说道,“现代科技带来的便利与自然融为了一体,我差点都以为回到了自己的世界。”

玛利亚在阳台上用电烤炉烤着从韦格曼超市买来的牛排。庞

① 帕蒂·杜克(Patty Duke,1946—2016)和约翰·阿斯廷(John Astin,1930—)都是美国电影和电视演员。两人于1972年结婚,后于1985年离婚。

② 1平方英尺约等于0.09平方米。

特继续看着外面的湖景,但阿迪克好像对一只正在沿着栏杆爬行的大蜘蛛更感兴趣。

玛利亚给他们端上烤好的牛排。两位男士的只是稍稍烤了下,而她自己的则是七分熟。庞特和阿迪克戴好手套手撕牛排,而她则用刀切。玛利亚不由得想,晚餐当然是最容易的部分。但吃了一会儿之后,有人提出了这个问题——

"那,"阿迪克说,"我们怎么睡?"

玛利亚深吸一口气,然后说:"我觉得庞特和我应该——"

"不不不,"阿迪克打断她,"现在还不是合欢日,现在该和庞特睡在一起的人是我。"

"没错,但这是我家。"玛利亚说,"这是我的世界。"

"和这个没关系。庞特是我的男伴,你们两个甚至还没缔约呢。"

"求求你们!"庞特说,"别吵了。"然后他对着玛利亚露出一个微笑,接着又对阿迪克笑笑,但有那么一会儿他什么都没说,之后才试探性地说道:"我们几个能睡一起……"

"不行!"阿迪克和玛利亚同时喊了出来。*我的天!玛利亚想,古人类的三角家庭!亏他想得出!*

然后她继续说:"我真的认为自己和庞特睡一起合情合理——"

"烂骨头。"阿迪克说,"很明显——"

"亲爱的,"庞特说,但或许是因为玛利亚的玛这个音在尼安德特人的语言中指的就是"亲爱的"这个意思,所以庞特又换了个说法,重新说了一遍。"我的两位挚爱,"他说,"你们肯定都知道,我对你们每个人都很关心。但阿迪克说得对,在正常情况下,这个月的这个时间,我应该和他一起睡。"他伸手充满爱意地摸了摸阿迪克,"玛,你必须习惯这点。这是我余生所要面对的现实。"

玛利亚望向湖面,近侧笼罩着阴影,但远处的湖面却洒满阳光。公寓里有四组空调,玛利亚知道,每层的两头都有一台。她每晚睡前都会打开主卧的空调,让机器的白噪声淹没黎明的鸟叫。她在想,如果她把温度调低一些,可能就听不到另一间卧室传来的噪声了……

庞特说得没错。她必须习惯这一点。

"好吧,"她闭上双眼,"但早饭必须你们来做。"

阿迪克牵起庞特的手,对玛利亚微笑道:"成交。"

乔克的办公室里有一个很大的保险箱,就在远处的那面墙上,乔克在协力集团买下这座旧宅后的首次翻修中就下令安装了它。它嵌在混凝土里,符合国防部关于安全和防火的指导要求。乔克把密码子编写器放在里面,只有在做那些受监督的研究时才会把它拿出来。

乔克坐在桌前。桌上一角摆着朗维斯制作的转换盒,它能让乔克把在电脑上设计的碱基序下载到密码子编写器上。乔克一直都想要一个这样的设计。他的17英寸黑框液晶显示器上显示的是科尼利厄斯·拉斯金为他准备好的笔记和公式。当然了,乔克和科尼利厄斯说过，他的出发点完全是为了防御，他想知道如果密码子编写器落入坏人之手后可能发生的最坏情况是什么。

乔克知道自己应该把这个设备交给五角大楼，但那些混蛋肯定会想用它来对付人类。不行，这是他得到的机会，是他自己的机会，他必须把握住。现在，也就是两个世界接触的早期，这事儿看起来就像是一场意外：一只讨厌的虫子从一边爬到了另一边。很遗憾，但最终，它会让伊甸园无法居住，而这一切只需要一位智人受害者——科尼利厄斯·拉斯金，等他没用后，就能把他抛弃了。

而拉斯金呢，他当然只知道那些可以被知道的事。举个例子，他和大部分遗传界人士并不知道埃博拉病毒在自然界的栖息地，也就是这个病毒在感染人类之前，存在于哪里。但乔克知道拉斯金所不知道的事：美国政府在1998年就已经为鲸头鹳划立了自然保护区，那是一种在热带的非洲东部沼泽中发现的高大涉禽。这个信息已经被保密了，以防被不友好的势力利用。

埃博拉病毒是一种RNA病毒，而且基因组已全部被测过序了，当然了，拉斯金也不会知道这些，因为这些也是因为同样的原因被保密了。所以按照推测，拉斯金只知道乔克要求他编辑的序列只是某个不知名的病毒，而不是埃博拉病毒真正的遗传密码。

埃博拉病毒名下有好几种毒株，均以首次发现地的名称命名。目前最致命的亚型当属扎伊尔型病毒，但它只通过体液传播。而不会感染人类的莱斯顿型则是通过空气传播的。不过拉斯金没碰到什么问题，他只是把这当作了练习的一部分，利用密码子编写器把两者的部分基因交换了一下,这样就产生了一种杂交种病毒。既有扎伊尔型的致命性,又有莱斯顿型的空气传播性。

再做几次调整,将改良病毒的潜伏期缩短到自然界的十分之一,并将致死率从百分之九十提高到百分之九十九以上,最后再调整一下影响病毒天然宿主的遗传标记……

项目的第二部分更难,但科尼利厄斯·拉斯金却如鱼得水。二十万美元的咨询费居然能这么激励一个人,真是难以置信。

这个概念理论上来说很简单:宿主细胞只有满足特定特征后才会激活病毒。幸运的是,当大使图卡娜·普拉特带着十名最著名的尼安德特人来到联合国的时候,也一并无偿分享了许多知识。其中一位名叫波尔·卡达斯的首席遗传学家提供了从尼安德特人基因测序中得到的所有信息,不过乔克知道,这项工作早在1953年就完成了。这个数据库提供的信息刚好让病毒只会杀死那些想要杀死的人。

现在只剩一个问题:怎样才能把病毒传染到另一边?乔克起初认为最简单的方法就是用它感染自己——毕竟它对拥有二十三对染色体的智人没有影响。但是,传送门那里的调谐激光技术轻易就能把病毒从他的体内去除。就算外交邮袋也要过这道工序,所以单单把病毒放在某个邮袋里也不行。

不行,他还是需要造个气溶胶炸弹,它应该被装在某种容器里,可以免疫尼安德特人消杀室里的激光。这东西要怎么做?乔克自己是完全没有头绪,不过他有个光学团队,最初是为了研究机侣植入体的成像技术而成立的,里面的人都是从博士伦、柯达和施乐公司里精心挑选的,他们肯定能解决这个问题,而且调谐激光技术也是尼安德特人与智人自由共享的技术之一。

于是乔克拿起桌上的电话,拨了个内线号码。"凯文?你好,"他说,"我是乔克。你、弗兰克还有莉莉能来一下我的办公室吗?我有些小任务要给你们……"

玛利亚找到了一个简单的办法,能在短期内解决和科尼利厄斯·拉斯金在一幢楼工作的问题。她每天晚点来,一直工作到晚上。科尼利厄斯在她来之后不久就会走,如果她运气好,那她没来之前科尼利厄斯就走了。

庞特和阿迪克跟着玛利亚一起住在布里斯托港,两人只能让她开车载着他们出去。他们把大部分时间都花在了朗维斯·特洛波的量子计算项目上,经常和露易丝·贝努特合作,不过她的工作时间更加正常,这个时间点已经回家了。

玛利亚在给乔克写报告,把自己从露特、维桑和其他人身上学到的尼安德特遗传学知识详细记录下来。这份工作让玛利亚既高兴又沮丧,高兴是因为她从中学到了很多,沮丧是因为尼安德特人在这个领域领先她们几十年,这说明她之前做的许多工作都已经过时了,而且——

沉重的脚步声——有人在走廊上奔跑。

"玛!玛!"

阿迪克出现在玛利亚的门口,他那张宽大的圆脸上写满惊恐。

“怎么了?”玛利亚问。

“朗维斯·特洛波——他突然就倒下了！我们需要医疗援助,赶快！还有——”

除了知道那个猎人报警的笑话的班德拉外,其他尼安德特人对这样的事一窍不通,他们的机侣在传送门的这边也没法联系到任何人。玛利亚立刻站起来,沿着走廊一直跑到量子计算实验室。

朗维斯平躺在地上,眼睑不住地颤动着。眼睛张开的时候只能看到蓝色的金属球体,机械虹膜显然已经翻过去了。

庞特跪在朗维斯边上,用一只手的手背反复按压朗维斯的胸腔,看起来不费什么力,这是尼安德特人用的心肺复苏术。而此时,朗维斯的黄金机侣正在用尼安德特语大声说话,描述着朗维斯的生命体征。

玛利亚拿起桌上的电话,先拨了9,转外线,然后拨出了911。

“消防、警察还是急救?”接线员问。

“急救。”

“请描述情况。”

“有人心脏病突发,”玛利亚说,“快!”

这位女接线员面前的屏幕上肯定显示着电话号码所对应的地址。“我派一辆救护车过去。你知道怎么做心肺复苏吗?”

“知道,”玛利亚说,“已经有人在做了,另外,我要事先和你说一下,这名患心脏病的男性是个尼安德特人。”

"女士,这种罪行很严重——"

"我没开玩笑!"玛利亚厉声打断了她的话,"我是从协力集团打来的,我们是美国政府旗下的智库,这里有尼安德特人。"

庞特还在按压朗维斯的胸腔,阿迪克这时候打开了朗维斯的医疗带,用一个压缩气体注射器把某样东西推进了朗维斯的脖子里。

"您的名字是?"接线员问。

"救护车来了吗?你们派救护车了吗?"

"是的,车在路上了。您叫什么?"

"玛利亚·N.沃恩。V-A-U-G-H-A-N。我是遗传学家。"

"沃恩女士,请问病人的年龄是?"

"一百零八岁。不,我是认真的。他叫朗维斯·特洛波,是上个月到访联合国的尼安德特人之一。"

在走廊尽头工作的地缘政治学家斯坦·拉斯穆森出现在了走廊里,玛利亚捂住听筒,飞快对他说:"朗维斯心脏病发作,叫乔克过来!"

拉斯穆森点点头,匆匆离去。

"我把您转接给急救员。"911接线员说。

过了会儿,另一个女声响了起来。"我们还有五分钟到,"她说,"您能描述一下病人的症状吗?"

"我不行。"玛利亚说,"我让他的机侣来。"她把桌上的电话拿到房间的另一边,放在朗维斯身旁,然后对他的植入体说:"把语言切换成英语,回答听到的所有问题。援助人员在路上了……"

第三十五章

“我们中的一些人将在火星定居。科学和科幻小说中一直都有‘火星改造’这个概念，也就是让火星变得更像地球，做法就是加固它的大气层，释放冻成冰的水，从而创造一个更适合人类居住的世界……”

乔克、庞特和阿迪克陪同昏迷的朗维斯·特洛波一同赶往史壮纪念医院。玛利亚什么忙都帮不上，于是在乔克的要求下留在协力集团。

玛利亚花了整整一个小时才冷静下来，让自己能够回到工作岗位，最后她也做到了……但现在又得面对更加麻烦的问题。

玛利亚在约克大学工作的时候，有个朋友一直在疯狂给她推荐Linux系统，想要说服遗传系的每个人都放弃Windows系统，转投

Linux系统这个开源操作系统的怀抱。玛利亚则更愿意远离这场电脑战争，她之前在Mac和PC的冲突中始终保持中立，但每次她那台Windows系统的电脑蓝屏死机后，她都想转头向Linux党表达自己的支持。

现在电脑又蓝屏了，这已经是今天的第二次了。玛利亚给电脑回应了个表示反抗的三指敬礼，但在等待系统漫长地重启完毕后，却发现系统顽固地拒绝重获网络连接。

玛利亚叹了口气。现在已经晚上七点了，但今天还不算完。庞特和阿迪克从医院回来后，不管多晚，都要她载他们回布里斯托港的家里。

当然了，在协力集团这幢老房子里还配置了很多其他电脑，但是……

乔克有一把漂亮的艾龙椅，玛利亚之前在尖端印象商店的产品目录中看到过。据说它超级舒适，是人体工程学的至高杰作。乔克应该已经根据自己瘦长的体型调整过各部件的高度和角度，但如果自己在他的办公室里工作的话，应该也能体会到一些。

于是玛利亚站起来，踏着铺有酒红色地毯的楼梯朝楼下走去。乔克办公室门开着，玛利亚走了进去。他的办公室里有扇大飘窗，朝南，可以眺望码头。虽然屋里很暖和，但玛利亚看到这般景色，还是打了个冷战。

她走到乔克那把超棒的椅子前，椅子是用黑色的金属和塑料做的，靠背有极细的网眼，坐着的时候很透气。她放低身子坐下来，靠在椅背上,觉得自己就像个顽皮的孩子。

我的天,瞬间她就感叹道,这产品的炒作宣传所言非虚!真是超级舒服。她用脚左右转动椅子。玛利亚知道艾龙的价格很贵,但她必须给自己买一把……

她又在椅子上放松了片刻,然后才开始工作。朗维斯·特洛波心脏病发作的时候乔克匆匆离开房间,电脑还连着网。玛利亚觉得自己的密码在这台电脑可能也能用,但她不确定,所以她决定不管这些,而是把自己当作乔克,继续工作。然后她打开了服务器上的"尼安德特遗传学"的文件夹——

玛利亚的眉毛突然立了起来。她大部分时间都在和这个文件夹打交道,但现在这当中多了两个她从来没见过的图标。她一下子紧张起来:虽然自己备份起文件很老练,但还是担心楼上的电脑系统崩溃后影响到了整个文件的目录树。

于是她决定双击某个自己不认识的图标加以检查,这个图标是个红黑相间的DNA双螺旋图案。玛利亚知道市面上大多数遗传学的软件和它们对应的文档文件夹图标,但她对这个图标很陌生。

过了会儿,电脑打开了一个新窗口,窗口栏的名称是"USAMRIID Geneplex—Surfaris",里面是满屏的文字和公式。USAMRIID经常出现在遗传学文献里,是"美国陆军传染病医学研究所[①]"的缩写,Geneplex显然就是这个项目的名称了。但玛利亚不

---

① 美国陆军传染病医学研究所的英文全称是United States Army Medical Research Institute of Infectious Diseases,还有一个名称是德特里克堡。

知道“Surfaris”是什么意思。

她继续往下看，然后被里面的内容彻底震惊了。她在协力集团的早期工作包括利用菌落的群感效应[①]来计数，好算出二十三对碱基和二十四对碱基的数量分别是多少，但这没成功。首先，群感效应好像不能准确区分数量的多少。其次，染色体只在有丝分裂的过程中才会把自己从染色质中分离出来，而处在这样状态下的细胞非常少见。

但乔克手下显然还有其他人在研究这个问题，那名遗传学家想出了一个更加简单的方法。在格里克辛人身上，祖先的二号[②]和三号染色体结合成了一条更长的染色体。位于第二染色体末端的基因和第三染色体前端的基因相连，连接处位于新生成的染色体中间某处。

同样的基因也存在于尼安德特人身上，但它们并不是挨着的；相反：二号染色体末端的基因后跟着一个端粒，那是没用的DNA组成的帽子，负责保护染色体末端，就像包裹着鞋带末端的塑料。同样的，在三号染色体的第一个基因前也有另一个端粒，那是染色体末端的保护罩。所以在尼安德特人身上，你会发现这样的序列：

二号染色体末端：

---

① 随着细菌密度的增高，胞间信息物质的流动和密度也相应增高，交流增加，该效应称为细菌群感效应。

② 人类的2号染色体是黑猩猩体内的2A和2B染色体融合后变成的。

……[其他基因][基因A][端粒]

三号染色体末端:

[端粒][基因B][其他基因]……

在格里克辛人的DNA里则不会存在这样的序列。相反,在格里克辛人的DNA中,我们能在距离端粒大约几百万个碱基对的地方发现一种尼安德特人不可能拥有的组合:

……[其他基因][基因A][基因B][其他基因]……

它从逻辑层面扩充了玛利亚最初的工作成果,终于把它变成了一套用来区分两种人类的完美且可靠的方法,而且细胞没有进行有丝分裂的时候也能起效。这就是乔克之前说过的想要的东西:一套可以用来区分格里克辛人和巴拉斯特人的方法,既要简单,又要可靠。

这个方法把所有测试都涵盖进去了,让玛利亚很高兴。理论上,一个人只需要测过三种情况的其中一种就行了。只要去看前两个基因序列的任意一个,看挨着端粒的基因到底是A还是B,就能清楚地判断出那人是不是尼安德特人。再检查第三个,看基因A和基因B是否相邻,如果是,那就是智人。不过事情还是可能出错,所以确定尼安德特人的身份时需要用到一点逻辑树。对方大概是为了能让乔克看懂，用简单的英语做了解释：

步骤1：基因A与基因B相邻吗？

是：中止（受试者不是尼安德特人）

不是：可能是尼安德特人，转步骤2

步骤2：基因A与端粒相邻吗？

是：可能是尼安德特人，转步骤3

不是：中止（这种情况不可能在尼安德特人身上发生）

步骤3：基因B与端粒相邻吗？

是：可能是尼安德特人，转步骤4

不是：中止（这种情况不可能在尼安德特人身上发生）

步骤2和步骤3中的中止情况是一种故障保护手段。如果基因A和基因B不相邻（步骤1测的就是这个），且基因A和基因B都不与端粒相邻，就会发生这种情况，但这种情况在任何智人的DNA中都不可能出现。

这个流程对电脑来说简直是小菜一碟，但把它编成一系列生化反应的程序有点复杂，不过乔克请来的遗传学家显然就在做这件事。玛利亚一行行看下来，这些都是每个阶段所需要计算酶的配方，这对她来说这不成问题，而且结果也的确符合理论上的预期。

在最后,她有点希望能看到它成功生成了某种酶或者其他标记物,很容易就能检测到它们是否存在,就像是一个很明确的标志,上面写着,没错,这位是尼安德特人,或者不是。

但她把滑块拖到满屏的反应式和文字底部时,发现自己还没接近项目的终点。玛利亚继续阅读,之后的内容让她完全惊呆了,她终于发现了步骤4是什么意思。乔克和他团队的许多人都来自兰德公司,玛利亚也已经习惯他们用冷战那套陈词滥调,但接下来的这个词让她心跳骤停:“荷载传递[①]。”

如果,只是说如果,测试对象发现是尼安德特人时才会调用一套新的级联序列,那么最后会导致……

玛利亚几乎不能相信自己的眼睛。她的专业虽然是古代DNA,这也是她最初参与一切项目的原因,但她对近期确定的DNA序列也不是一无所知,尤其是那些登上全球新闻头条的DNA序列。

如果受试者是尼安德特人,的确是会递送某种荷载,这种基于丝状病毒的荷载会导致急性出血热。

某种致命的出血热……

玛利亚靠在乔克的椅子上。她感到胆汁慢慢涌到了喉头。

为什么这个世界上会有人想把尼安德特人抹除?

当然了,真正的问题应该是,为什么这两个世界上会有人想把尼安德特人抹除?

① 荷载传递指的是将特定的生物分子或物质有效地传递到目标细胞或组织中的过程。

出血热有传染性，格里克辛人治不了这种病，她怀疑巴拉斯特人也不行，原因有二：其一，尼安德特人从来没有发展过农业和畜牧业，所以也从未研究过对付瘟疫的技术；其二，目前已知的所有出血热都是热带疾病，而尼安德特人大多居住在北方地区，应对它们几乎毫无经验。

玛利亚艰难地咽了口唾沫，想要压过喉咙口那股酸苦的味道。

但为什么？为什么有人想杀死尼安德特人？这没……

突然，玛利亚想起了自己和乔克在德布拉尔镍矿里有过的一次简短对话：

“太震惊了，”乔克说，“我的理性告诉我，我们把环境搞得一团糟，但我看见这一切之后……”他指着那片整洁的乡野，“就像发现了一处伊甸园。”

玛利亚大笑起来，“是啊，不是吗？不过很不幸这里已经有人了，嗯？”

就是个简单的笑话，就那么简单，但乔克没有笑。只要抹去这些讨厌的尼安德特人，这片伊甸园就在等待着你……

太可怕了——但乔克这辈子都在对付大规模杀伤性事件。对玛利亚来说可怕的东西，对他来说只不过是办公室里平常的一天。

玛利亚首先想到的是删除电脑里的文件，但这肯定没用，这些东西绝对有备份。

她的第二个想法是拿起电话——作为一个土生土长的加拿大人，脑海里最先冒出的答案就是加拿大广播公司，它能把新闻传播到世界上的每个角落。人们不可能支持这种种族灭绝行为。

但她还不知道乔克进行到了哪一步。如果这事已经万事俱备，玛利亚当然不想让他觉得自己走投无路，如果他得知大家已经知道了他的计划，可能会立刻散播病原体。

玛利亚需要帮助、想法和支持——不但包括庞特和阿迪克，她需要另一位了解这个世界运作方式的格里克辛人。

多伦多有她信任的人，但她在美国有谁可以依靠？她的姐姐克丽丝汀？没错，就是真正的克丽丝汀。可她在萨克拉门托，在这片大陆的另一端，她们之间横跨了数千英里。

有个答案突然冒了出来。

这个答案很显而易见，不过她的年轻美丽让玛利亚有点不爽。

就是庞特第一次来到这个世界时救过他命的女人。

就是那位乔克请来的量子物理学博士后，他想让她复制尼安德特人的计算技术。

露易丝·贝努特。

露易丝虽然在医学方面的帮助不大，但是——

但她有个男友！诚然，鲁本·蒙塔戈不是这方面的专家，但他在处理病媒上起到的帮助要比物理学家大得多。

玛利亚知道，自己可能再也接触不到这些电脑文件了。于是她打量了一下乔克的办公室，发现了一叠空白的光盘(当然是柯达产的，这可是罗切斯特市，柯达的总部就在这儿）。她取了一张，放进电脑的光驱，点开了刻录程序。为了保险起见，她把文件夹里的所有文件都刻了进去，大小总计是610MB，一张光盘够了。她点击了“复制”键，然后靠在艾龙椅上，现在这么靠着反而一点也不舒服了。她只希望自己能找到方法，抚平那颗狂跳的心。

第三十六章

“但也有人反对‘火星改造’的做法，他们认为，虽然火星上没有土生土长的生命，但我们也应该保护它那荒芜的自然美景。我们参观它的时候，就应该像对待地球上的公园那样对待它，只带走回忆，只留下脚印……”

庞特、阿迪克和乔克在医院里陪着朗维斯过了一夜。玛利亚最后独自回到了她在布里斯托港的家里，没机会把她的发现告诉庞特。

她疲惫不堪，第二天上午十一点才到协力集团所在的海风社区，但庞特、阿迪克和乔克还没到。她从华莱士夫人那里得知的最新消息是朗维斯状态稳定，然后她上了楼，走到露易丝·贝努特的实验室里。“一起吃个午饭？”她问。

露易丝看着很惊讶,“好啊,什么时候?”

“现在?”玛利亚说。

露易丝看了眼手表,居然这么早,这让她很惊讶,但玛利亚的声音里显然有什么引起了她的注意。“成。”她说。

“太好了。”玛利亚说。她们的外套就在这幢楼正门的衣架上。她们穿上衣服,步入了屋外冬风料峭的十一月,周围还飘着几朵雪花。

库尔弗路两边有不少餐厅,许多只在特定季节里开张,毕竟海风社区是夏季旅行的胜地,但有些餐厅还是全年开放的。玛利亚开始有目的地朝西走,露易丝跟在她身边。

“所以,”露易丝开口道,“你是有什么想法吗?”

玛利亚开门见山地说:“昨天晚上乔克陪朗维斯去医院了,我就在乔克的办公室里办公。他设计了一种病毒,专门用来杀死尼安德特人。”

露易丝的回答里充满怀疑:“什么?”

“我觉得他想把他们都杀光,一个不留。”

“为什么?”

玛利亚转头看了看身后,确保没人跟着她们。“邻家芳草绿,隔岸风景好。他想为了我们,去占领他们生活的地球。”她踢开一些垃圾,“或许我们就能在没有这一切的情况下重新开始。”

前方左侧有个游乐园,冬天闭园了,过山车就像一堆生锈的肠子。“什么——我们要怎么办?”露易丝问,“我们要怎么阻止他?”

“我不知道。”玛利亚回答,“我只是偶然间看到了他的病毒设计计划。我因为昨天晚上电脑断网了,并且知道他当天回不来了,所以就去了他的办公室,用他的电脑办公。由于那时候恰好朗维斯心脏病发作,乔克走得很急,就没有登出自己的账号,于是我把病毒的设计计划复制到了一张光盘上。但我觉得自己真正想做的其实是再登一次他的账户,然后修改源文件,这样就不会生产出任何致命性的东西了。我估计他准备把这些指令发送给密码子编写器,然后在尼安德特人的世界里释放病毒。”

“如果他已经把病毒造出来了呢?”露易丝问。

“我不知道。如果他到了这一步,那我们可能就失败了。”

她们走在一条狭窄的人行道上,一辆车从身边驶过。

“你有没有想过带着那张光盘去找媒体?你知道的,当个吹哨人。”

玛利亚点点头,“但我想……先去除病毒。我需要找到方法重新进入乔克的电脑。”

“协力集团的网络用的是RSA加密算法[1]。”露易斯说。

“有办法黑进去吗?”

露易丝笑了,“在我们见到尼安德特朋友之前我会说:没有,没有可行的办法。毕竟大多数加密系统,包括RSA加密算法在内,都是基于利用两个大素数的乘积产生的密钥,你必须算出密钥所对应

① RSA加密算法是一种非对称加密算法,这是一种使用不同的加密密钥与解密密钥,“由已知加密密钥推导出解密密钥在计算上是不可行的”密码体制。

的素数才能破解。而要是用512位加密，就像我们的系统用的，使用传统的计算机要花上千年时间才能试遍所有可能的素数，但用量子计算机——”

玛利亚突然明白了，“量子计算机可以瞬间试遍所有的结果。”但她随后皱起眉，“所以你的想法是什么？我们要关掉传送门，这样庞特的量子计算机就能帮我们破解乔克的密码？”

露易丝摇摇头。“庞特的计算机并不是尼安德特人世界里唯一的计算机，他的那台只是体积最大而已。我们不用去那里就能解决这个问题。”然后她微笑着说，“过去的几个月里，你可能都在两个宇宙之间闲逛，但我在这里可是认真工作了，我的工作就是在协力集团我自己的实验室里制造一台属于我们自己的量子计算机。虽然还没办法像庞特的大家伙一样在另一个宇宙中打开一扇稳定的传送门，但破解512位加密肯定是不在话下。”

“露易丝，你太棒了。”

露易丝微笑着说：“太好了，你终于意识到了。”

庞特和阿迪克刚从医院回来，玛利亚就说他们应该去吃午饭了——她希望华莱士女士不要告诉乔克，她今天中午吃了两顿饭。等他们到了室外，玛利亚就把他们带到宅子的后面，沿着沙滩向前走。一阵寒风吹过了安大略湖波涛汹涌的灰色湖面。

“有事让你心烦意乱，”庞特说，“怎么了？”

“乔克造了一种生化武器。”玛利亚说，“这是某种可以判断宿主细胞是否属于尼安德特人的病毒。如果是尼安德特人,那就会引发出血热。"

她听见了庞特和阿迪克机侣的"哔哔"声。很正常,他们还没谈论过热带疾病的话题。玛利亚继续说:"出血热会致命,埃博拉就是我们世界中典型的出血热。它会让血液从眼睛和其他孔洞中流出来,这种疾病的传染性非常强,而且我们还没有任何治愈方法。"

"为什么有人会想做这样的事?"庞特问,他的声音里充满了厌恶。

"消灭你们世界中所有的原住民,这样我们就能占领你们的世界,或许可以当作我们的第二家园。"

庞特的语言中显然找不到任何可以用来表达自己此时情绪的词,只能用自己未经翻译的原声用英语说道:"我的天!"

"是啊,"玛利亚说,"但我不确定要怎么阻止乔克。我的意思是,这件事可能是他在独自行动,又或者背后有他的政府撑腰,甚至我的政府也可能站在他身后。"

"你有没有把这件事告诉其他人?"庞特问。

"我只和露易丝说了。我也让她只把这件事告诉鲁本·蒙塔戈。"

阿迪克问:"你能信得过他们吗?"

但玛利亚还没来得及回答,庞特就说:"我可以用性命为这两位格里克辛人做担保。"

玛利亚点点头,"我们能完全相信他们,但其他人就不确定了。"

“那么，”庞特说，“如果乔克释放了他的病毒，这个世界里没人会受影响，但我的世界里的所有人都会面临危险。我们应该回去，然后……”

“然后什么？”玛利亚问。

庞特耸耸肩，“我们应该关上传送门，切断连接，保护我们的家园。”

“在传送门的这边还有十几个巴拉斯特人。”玛利亚说。

“那我们必须先把他们送回去。”庞特说。

不过阿迪克指出：“他们来这里是为了阻止最高银须长老会关闭传送门，要说服他们回去并不容易，再说了，谁也不知道朗维斯还要多久才能下床。”

庞特皱起眉，“不过让乔克找到往我们的世界传播病毒的方法还是太危险了。”

“有没有可能我们搞错了，”阿迪克说，“或许乔克只是讨厌这个世界上的巴拉斯特人。他有没有可能计划在这里释放病毒。”

“不管怎么说，第一步还是要把所有巴拉斯特人送回我们的世界。但你也听到他说的了，‘我能收到所有尼安德特人来往两个世界的消息’。他只要单纯追踪这里的巴拉斯特人，再用更加传统的方法把我们杀掉就行。”

阿迪克深吸了一口气。“我觉得你说得对。”然后他先看了一眼玛利亚，又看向庞特，“你们第一次从这个世界回去的时候我就问过你们，格里克辛人是不是好人，我们是不是应该再和他们重新建立联系。”

庞特点点头,“我知道。这是我的错。这是——”

“不是!”玛利亚强调着自己的语气。如果凯莎给她的小册子教会了她什么,其中一条就是永远不要责怪受害者。“庞特,这不是你的错。”

“谢谢你,”庞特说,“那我们接下来应该怎么办?”

“我今晚要等乔克离开后先登录他的电脑。”玛利亚说,“然后再修改病毒的设计,让它无害化。现在只能祈祷他还没有制造出真正的病毒。”

“玛……”庞特温柔地说。

“我知道,我知道。你们不祈祷,但现在,你们或许得开始了。”

第三十七章

“关于火星的两个设想都能成功实现，这在之前有谁想过？但现在，完全可以大胆设想了。我们会前往这个宇宙的火星，这个点缀着美洲、非洲、欧洲、亚洲和大洋洲夜空的星球。我们会像往常一样征服这片新的领域，为这个宇宙的智人建立另一处家园……”

当他们回到协力的楼里时，乔克正在等他们。玛利亚觉得自己的心脏都要炸了。乔克对他们说：“阿迪克、庞特，恐怕你们得和我们告别了。”

“为什么？”阿迪克不解。

“医院打来电话，说朗维斯的病情正在恶化，他们不知道该怎么办，只能让他尽快回到尼安德特人的世界，在那里接受治疗。我已经安排了一架美国空军的飞机把他送回萨德伯里，但他想让你们两个陪他。他说:‘两位,对不起,但我可能撑不了多久了。’他想和你们两个再讨论一下他对量子计算的想法。”

庞特看了一眼玛利亚。她挑起眉毛,希望这件事还有别的选择。“我开车送你去机场。”她说。

“对了各位,”乔克说,“在你们走之前,我还有一个问题。”

“嗯?”庞特问。

“那个节日,你们是怎么称呼的?‘合欢日’? 那天是什么时候?”

“大后天,”阿迪克说,“怎么了?”

“噢,没什么特别的。”乔克说,“就是好奇问问。”

该死,密码子编写器还在乔克的保险箱里。玛利亚和露易丝要飞加拿大一趟,她很想把它带着,但这不可能。不过,保险箱虽然坚不可摧,乔克电脑里的文件可不是。露易丝轻松破解了乔克的密码,他的密码是“minimax”。玛利亚依稀记得这个词和博弈论有关,好像叫极小化极大算法。等晚上所有人都下班后,玛利亚就溜进了乔克的办公室,露易丝则回到了自己的实验室里。

玛利亚在密码框内输入了“minimax”,获得了协力集团服务器的隐藏文件访问权限。她双击病毒设计文件的图标,USAMRIID的Geneplex项目就跳了出来,展示着病毒的设计图,于是她开始着手修改。

这事可不简单。虽然她接受过相关的科学训练,虽然维桑把这一切的深层原理都告诉了她,但玛利亚的内心仍有一部分觉得,生命之中自有一些神秘在，它的内核不单单是化学本身。但说到底，她体内遗传学家的部分也清楚，这终究是无稽之谈。只要编辑出正确的核苷酸序列，那最后就会得到一系列你想要的蛋白质。不过玛利亚还是对自己做的事情感到害怕，这种感觉就像是她刚刚和科尔姆结婚的时候。当时，他会在闲暇时间写诗，再把它“推销”出去（在诗人的认知世界里，推销就是把自己的诗集送出去，同时再换得其他出版物——比如《马拉哈特评论》[①]《白墙评论》[②]，还有《危险物质》[③]）。每次他坐下来对着键盘，对着Wordstar[④]陷入沉思的时候，玛利亚总是觉得很神奇，他就不能放弃它，转而去写一些美丽的、有意义而且独特的东西吗？

玛利亚现在做的事也差不多：她在辨别那些最后能够转化成某种真实生命形式的东西，或者至少是种病毒，是种以前存在过的病毒。当然了，她现在其实也就是在病毒设计文件里修改某位其他遗传学家创造出的现有模板，但不管怎么说，最后的病毒的确是新的。

但她正在创造的病毒其实并没有用，这个病毒最初设计的时候就是只有寄生在格里克辛人的细胞中才会终止繁殖，而在巴拉斯特人体内则不会。玛利亚设计的版本则是不管进入哪个人种体内都

---

①《马拉哈特评论》（*The Malahat Review*）是加拿大著名文学杂志，创刊于1967年。

②《白墙评论》（*White Wall Review*）是多伦多都市大学英语系的创意写作杂志，创刊于1976年。

③《危险物质》（*HazMat Literary*）是罗切斯特市当地的一本诗歌文学刊物，创刊于1996年，已于2009年停刊。

④ Wordstar是一款发售于1978年的文字处理软件。

会终止繁殖。她修改的只是分支逻辑,但保留了会引发出血热的遗传信息,这不是因为她希望引发这种疾病,而是想确保它乍看上去就像是乔克想用密码子编写器做出的东西。

玛利亚想在心里给自己修改后的版本起个名,好和乔克的区别开来。她皱起眉,努力想找一个合适的词。乔克原版的病毒叫作"Surfaris",牛津在线英语词典里都没收录这个词,但玛利亚随后突然灵光一现,这个词可能是个复数形式,所以又试着去猜这个词的单数形式,只是它本身看起来就很像复数——"Surfari"。

过一会儿玛利亚就想到了,这是把"Surfing"(冲浪)和"Safari"(狩猎)这两个词拼起来后创造出的新词,指的是冲浪者寻找完美海浪的这个行为,可以叫作"探浪"。玛利亚想不出这两者之间有什么联系,所以她把乔克用的这个复数词用谷歌搜索后。

果不其然。

The Surfaris原来是个摇滚乐队[①],他们在1963年的时候录制了后来成为标准电台金曲的曲目:《抹除》(*Wipeout*)。

我的老天爷啊,玛利亚想,抹除。

她厌恶地摇摇头。

那抹除这个词的反义词又是什么?

玛利亚现在三十九岁,相较于45转黑胶唱片的鼎盛时期[②],她

① The Surfaris是一支成立于1962年的美国冲浪摇滚乐队。

②这一时期大约是二十世纪五六十年代。

还是太年轻了。《抹除》这首歌肯定是用这样的唱片形式发行的。但这张唱片的另一面(她居然还记得这个说法)是什么?谷歌救了她——这张唱片的A面是隆·威尔逊[①]写的《冲浪者》(*Surfer Joe*)。

玛利亚承认,她不太记得自己有没有听过《抹除》这首歌了,不过这就是B面歌曲的宿命。

不管怎么样,这个代号非常好:她把乔克原来的病毒版本称作"抹除",而经她之手的版本则叫作"冲浪者"。当然了,她保存"冲浪者"的时候,文件名用的还是乔克手下的遗传学家想出来的"抹除"版本的名字,但她现在至少能把那个名字牢牢记在心里。

玛利亚靠在椅子上。这种感觉就像是在扮演上帝。

而且她得承认,这种感觉非常好。

她轻轻地笑了笑,在想尼安德特人会怎么称呼这种自大的想法,他们肯定不会用"扮演上帝",或许会用"扮演朗维斯"……

"玛利亚!"

玛利亚心里一惊,她还以为这里只有自己一个人。她抬起头,然后——天啊,别。

科尼利厄斯·拉斯金就站在门口。

"你在这里干吗?"玛利亚的声音都在发抖,顺手抄起了办公桌上沉重的孔雀石镇纸。

科尼利厄斯举起一只手,手里是个棕色的皮夹,"我把钱包忘在桌上了,我只是过来拿东西的。"

---

① 隆·威尔逊(Ron Wilson)是The Surfaris乐队的主唱兼鼓手。

玛利亚突然闪过一个念头。另一位遗传学家。那个乔克请来为这串……这串邪恶东西编码的遗传学家。是科尼利厄斯。肯定是他。

“你在乔克的办公室干什么?”科尼利厄斯问。科尼利厄斯在门口看不到乔克的显示器屏幕。

“没什么,我就是在找一本书。”

“是这样的,”科尼利厄斯说,“玛利亚,我——”

“你拿好钱包,给我出去。”

“玛利亚,如果你只是——”

玛利亚只觉胃里一阵翻腾,“你也知道,露易丝就在楼上。再动我就喊人了。”

科尼利厄斯站在门口,神色憔悴地说道:“我只是想告诉你,对不起——”

“出去!给我滚出去!”

科尼利厄斯犹豫了一会儿,然后转身走了。玛利亚听见他下楼梯的脚步声,还有办公楼沉重正门开合的声音。

她的视线模糊了,只觉胃里一阵恶心。她深吸了一口气,又一口气,试着让自己平静下来。她的双手满是冷汗,滑腻腻的,喉头深处反出一股酸味。该死,该死,该死……

被强奸的细节又一次在玛利亚的脑海中炸开,她已经很久没有感受到这些具体的细节了。科尼利厄斯·拉斯金黑色滑雪面罩下那双冷酷的蓝色眼睛,他呼吸里透出的恶臭烟味,手臂顶着她的后背,把她往水泥墙上按。

该死的科尼利厄斯·拉斯金。

该死的乔克·克瑞格。

他们都该下地狱。

男人都该下地狱！

只有男人才会做出这种叫作“抹除病毒”的东西，只有男人才会做出这种丧尽天良、穷凶极恶的东西。

玛利亚哼了一声，她甚至都找不出一个恰当的词去描述它所对应的邪恶。“令人发指”这个词在基努·里维斯1989年主演的《比尔&泰德历险记》里登场后就失去了它的力量[①]，而“穷凶极恶”这个词基本总是跟“雪人”搭配[②]，好像这般邪恶只能存在于神话中。

但她总是把这些邪恶的词和这个世界联系在一起，和阿道夫·希特勒、波尔布特[③]、保罗·贝尔纳多[④]和奥萨马·本·拉登所在的世界

---

①《比尔&泰德历险记》(*Bill & Ted's Excellent Adventure*)是一部1989年的美国科幻喜剧电影，讲述了两个年轻人通过时光旅行机器，穿越历史，收集历史名人的故事，以完成历史课的作业。这部电影中，令人发指(heinous)这个词被用来形容坏人或坏事。由于这部电影的成功，令人发指这个词在英语世界里被广泛使用，成为一个流行的俚语。

② 穷凶极恶(abominable)和雪人(snowman)的固定搭配源自二十世纪五十年代英国探险家在喜马拉雅雪山地区发现的神秘足迹引发的一系列关于喜马拉雅雪人的传说。由于探险家最开始使用abominable来形容雪人，再加上后来一系列文艺化的改编，使得abominable和snowman这两个词逐渐成为固定搭配。

③ 波尔布特(Pol Pot)，柬埔寨红色高棉领导人，他掌权期间至少造成超过二百万柬埔寨人民非正常死亡。

④ 保罗·贝尔纳多(Paul Bernardo)，加拿大连环奸杀犯，三年时间里在多伦多士嘉堡附近制造了至少十二起强奸案。

联系在一起。

还有乔克·克瑞格。

以及科尼利厄斯·拉斯金。

一个男人的世界。

不,不是广义上的男人,而是特定的某种男人,雄性智人。

玛利亚深吸一口气,平静下来。也不是所有男人都是坏的。她知道,非常清楚。比如她的父亲、兄弟,还有鲁本·蒙塔戈、卡尔迪考特神父和贝尔方廷神父。

还有菲尔·多纳休[①]、皮埃尔·特鲁多[②],以及拉尔夫·纳德。

还有圣雄甘地和马丁·路德·金。

悲悯的人,可敬的人。是的,是有这样的人。

玛利亚不知道要怎么从基因上区分高尚和低劣的人、区分梦想家和精神病,但是具有暴力倾向的男性都有一个明显的标记:Y染色体。不是每个拥有Y染色体的人都是邪恶的,大多数人都不是。但是从定义上看,每个邪恶的人都会有一条Y染色体,它是所有智人染色体中最短的一条,也是对人心理影响最大的一条。

是对历史……

也是对妇女和儿童的安全……

科尼利厄斯·拉斯金就有一条Y染色体。

乔克·克瑞格也是。

---

① 菲尔·多纳休(Phil Donahue),美国媒体人,作家和主持人。

② 皮埃尔·特鲁多(Pierre Trudeau),加拿大前总理。

Y。

为什么？

不，不，这太过了。这真的太像上帝了。

但她也能这么做。她做梦都没想过自己会在这个世界，在这里释放这个东西。她并不是杀人犯，这已经远远超出了她的个人道德准则所能承受的范围。即便是那个她最恨的人、那个她最想亲眼见证受罚的人，也就是科尼利厄斯·拉斯金，当庞特之前问她要不要把他杀了的时候，玛利亚也坚持让庞特不要这样。

还有乔克·克瑞格的“抹除”病毒，虽然阿迪克觉得他打算在这个世界里释放，但玛利亚可以肯定他的目标绝对是另一个世界，尼安德特人的世界。他就是一条觊觎圣洁伊甸园的毒蛇。

当然，如果一切按计划进行，如果她成功地阻止了乔克，那么尼安德特人的世界就不会有任何病毒。

但如果真的释放了，那就只能祈祷释放的要么是玛利亚的“冲浪者”，要么是根据她的病毒修改的后续版本，也就是感染之后无事发生的种类，或者……

或者……

她可以做一处更加激进的改动，对原始的病毒加以修改后，再生成一个新的版本，只有在特定的情况下才会表现出来——这很简单，非常简单。

这个版本的病毒只有在宿主细胞不属于尼安德特人且仅当含有Y染色体时才会起作用。

只有,且仅……

玛利亚皱起眉。修改后的“冲浪者”。

就像马克二世,那位新教皇,那样矫枉过正。

她摇摇头。疯了,这是犯罪。

真的吗?她这是在保护全世界不受男性智人的伤害。如果她和那些与自己观点相同的古人类学家是正确的,那么把那些有着眉脊的同胞杀光的,正是智人自己,而且是智人男性。他们是部落中的狩猎者,而这和部落中的采集者,也就是女性,无关。

现在,智人男性利用二十一世纪的工具和从巴拉斯特人那里借来的技术,准备旧戏重演,重演他们之前做过的事。

玛利亚看着乔克的电脑屏幕。

很简单,非常简单,流程图就在眼前。她只需要修改一下之后要测试的碱基序列,以及流程分叉的位置即可。

检测Y染色体很容易,只要从人类基因组计划中选一个只会出现在这个染色体上的基因做检测就行。玛利亚在乔克的桌上翻找纸笔,然后在黄色的便笺纸上写道:

步骤1:是否存在Y染色体?

存在,则为男性,前往步骤2。

不存在,中止(不是男性)

步骤2:基因A与端粒相邻吗?

是,中止(这是尼安德特人)

不是,或许是格里克辛人,前往步骤3。

步骤3:基因B与端粒相邻吗?

是,中止(格里克辛人不会出现这种情况)

不是,则肯定是格里克辛人,前往步骤4。

玛利亚反复看了好几遍自己写的东西,找不到任何瑕疵。流程图不可能无限循环,只有检查两次才能确保她对付的是智人男性,而不是尼安德特人。

这些当然都是后话了。他们肯定能在乔克释放病毒前阻止他。现在的修改只是保险起见,以防它被转移到另一个世界里去。

玛利亚摇摇头,看了看表。早就过了零点,新的一天开始了。

她得回家了。乔克的"抹除"病毒已经失效,它什么用都没有,至少理论上是这样的。玛利亚非常希望他还没有用密码子编写器生产出真正的病毒。"冲浪者"人畜无害。毕竟她最初就是这么设想的。

要做的就是这些。

但是……

但是……

谁都不会受伤。她会想办法传播这个信息,保证这个地球上的每个人都知道,前往尼安德特世界的格里克辛男性并不安全。巴拉斯特人的调谐激光消毒技术会确保"冲浪者"病毒永远不会经由传送门传播到这个世界。格里克辛男性中,好人占了大多数,但是少数可怕的人却又造成了巨大的伤害,但他们都会是安全的,只要他们放过庞特的世界就好。

玛利亚深吸一口气,然后缓缓吐出。

她双手合十,放在膝盖上,左手的第三根手指上仍有着苍白的凹痕,那是结婚戒指曾经的归宿。

玛利亚·沃恩陷入了长考。最后她松开了手。

然后,当然了,她做了自己唯一能做的事。

第三十八章

“在尼安德特人的宇宙中，这颗红色星球名叫达加尔。它就像一个深红色的信标，向杜尔卡努、伯德拉、拉尼拉斯、伊芙索伊、加拉索伊和纳卡努投下光芒。未来我们或许也会前往那里，但不会染指它。我们正在进入一个新的时代，而就像这当中发生的很多事一样，我们定能从中获益……”

玛利亚·沃恩突然惊醒，笔直地从布里斯托港家里的床上坐起。

那个叫什么来着，合欢日，是什么时候？下次是几号开始？这个问题是乔克昨天问她的。那时候的她因为朗维斯病情恶化以及庞特推迟出发这两件事，心情相当沮丧。但现在她突然想起了这件事，这让她完全清醒了过来：乔克关心这件事干吗？

合欢日是释放病毒的完美时机。至少那时候所有男女都在萨尔达克城中,感染当地的男男女女要容易得多。当然了,在合欢日,城市之间的交通也比其他时候都要繁忙,所以病毒会迅速传播开来。

持续四天的节日将在后天开始,也就是说,乔克要到那时候才会采取行动,同时也意味着玛利亚要在那之前拿出对策。

她抬头看着天花板,想看看时间,但她在这个世界,而不是在那边,她家的天花板上什么都没有。她转头看向床头柜的数字时钟,红色的数字在夜里亮着光:05:04。玛利亚摸索着打开床头的台灯,然后拿起手机,给露易丝·贝努特在罗切斯特的家里打了个电话。

电话响了六声后,那头传来了一句困倦的法语:"喂?"

"露易丝,我是玛利亚。你听我说,合欢日就在后天,乔克肯定会在那天释放病毒。"

露易丝显然还在努力回过神来,"合欢……"

"对对! 合欢日。那天是尼安德特人的世界里人口密度最高的时候,城市之间的交通非常繁忙。我们得做点什么。"

"好的。"露易丝说,她的声音听着哑哑的,"做点什么?"

"就是你之前说我们要做的那些事:去找媒体曝光,做吹哨人。但你听我说,如果我们两个先回加拿大再做这些事,可能会更加安全。我半小时后从这里出发,也就是说我能在六点半接到你。然后我们开车去多伦多。"

"成,"露易丝说,"我会准备好的。"

玛利亚挂断电话,走向浴室,开始冲澡。要是她知道该怎么当一个吹哨人就好了。当然了，她之前也在电视和电台接受过很多次采访，她还想到自己以前在1996年参加过加拿大广播公司的《新闻世界》节目，遇到了一个人很好的女制片人。那时候尼安德特人还只是以化石的概念被人所知，玛利亚还没从德国莱茵州立博物馆里分离出他们的DNA样本。加拿大广播公司那些著名的电台嘉宾的联系电话可能不会公开，但是制片人的电话如果没有什么特别的原因，应该不会藏着掖着。玛利亚回到卧室后，抄起电话听筒，拨打了多伦多查号服务台的电话1-416-555-1212，要到了她要的号码。

一分钟后，她听见电话那头传来另一个软弱无力的女人声音，“唔——喂？”

“凯瑞？”玛利亚问，“凯瑞·约翰斯顿？”

她几乎都能听到对方揉眼睛的动静，“嗯？你是谁？”

“我是玛利亚·沃恩。你还记得我吗？约克大学的遗传学家，尼安德特人DNA方面的专家。”

露易丝和凯瑞都没说出那句陈词滥调：“你知不知道现在几点了？”这让玛利亚有一点点失望。相反，凯瑞现在好像一下子就清醒了过来。“对，我记得你。”她说。

“我要爆个大料。”

“我在听。”

“不行，这些话不能通过电话说，我现在在纽约州的罗切斯特，不过五个小时后就能到多伦多。等我到了之后，我想让你安排我直接进《新闻世界》的直播室……”

玛利亚和露易丝开车行驶在横跨尼亚加拉河的昆士顿-刘易斯顿大桥上。在桥的正中间,三杆旗帜迎着微风飘扬,标明了两国的边境:先是星条旗,然后是浅蓝色的联合国旗,最后是枫叶旗。当车驶过这些旗帜的时候,露易丝说了一句:“回家真好。”

回到家和回到自己的祖国,总会让玛利亚有种如释重负的感觉,现在也是如此。她想起来一个很老的笑话:加拿大本来可以拥有英国的文化、法国的菜肴和美国的技术……结果呢,现在反而是美国的文化、英国的菜肴和法国的技术。

尽管如此,回来真好。

一下大桥,她们就遇见了一排海关岗亭,一共有四个亭子,轿车在头三个前面排着队,而卡车则在第四个岗亭前大排长龙。玛利亚把车驶入中间那排,等待前方车辆办理入境手续,左手不耐烦地拍着方向盘。

终于轮到她们了。玛利亚把车停在岗亭前,摇下车窗。她本来以为加拿大的海关工作人员会照惯例问:“加拿大公民吗?”可这名女工作人员却问她:“是沃恩女士吗?”把她吓了一跳。

玛利亚的心怦怦直跳。她点了点头。

“请把车停到前面。”

“是有什么……问题吗?”玛利亚问。

“就照我说的做。”她对玛利亚说,然后拿起了电话的听筒。

玛利亚慢慢向前行驶,只觉得搭在方向盘上的掌心开始冒汗。

“他们怎么知道你的?”露易丝问。

玛利亚摇摇头,“车牌?”

“我们要逃吗?”露易丝问。

“我的名字是玛利亚,不是塞尔玛[1]。但是,天啊,如果——”

一个秃顶的海关工作人员挺着个啤酒肚,从又矮又长的检查大楼里走出来。他对玛利亚挥挥手,示意她把车开进前面一个斜线停车位。她以前在这里停车只是为了用这里的公共厕所,而且只有在憋不住的时候,这里厕所的环境相当糟糕。

“您是沃恩女士? 玛利亚·沃恩女士?”那名工作人员问。

“嗯?”

“我们一直在等您。我的助手正在电话联系别人。”

玛利亚眨眨眼,“和我有关系吗?”

“有——而且这还是个紧急情况。跟我来!”

玛利亚下了车,露易丝也下来了。她们走进海关大楼,那个胖男人把她们带到柜台后面,拿起听筒,按了个按钮,接通了一条线路。“我接到沃恩女士了。”他对听筒说,然后把听筒递给了玛利亚。

“我是玛利亚·沃恩。”她说。

“玛利亚!”一个有着牙买加口音的人喊道。

“鲁本!”她抬起头,看见露易丝露出了灿烂的微笑。

---

① 塞尔玛这一名字来自著名公路冒险电影《末路狂花》,影片讲述了一个二女因意外杀人而逃亡的故事。故事中一位女主角叫作塞尔玛·迪金森,而另一女主角叫作露易丝·索耶。

“怎么了?”

“我的天,这位女士,你真得弄个手机了。”他说,“我知道你和露易丝正在往多伦多赶,不过我觉得你最好还是直接去萨德伯里,尽快!”

“为什么?”

“你们的乔克·克瑞格已经穿过传送门了!”

玛利亚的心狂跳不止,“什么? 但他怎么那么快就过去了?”

“他肯定是坐飞机过来的,你本来也应该这样。从你目前在的地方开车过来要六个小时,但我让‘酸黄瓜’在圣凯瑟琳斯机场等你了。”酸黄瓜是英科公司自有的喷气式飞机,侧边漆成了墨绿色。“他过去这件事,我也是偶然才发现的。”鲁本继续说,“我在给矿场的访客名册上签字时看到了他的名字。”

“为什么没人阻止他?”玛利亚问。

“他们没必要啊。我在地下的中微子观测站和加拿大军方的人核实过了,他们说他有美国护照,所以就直接把他带到传送门的另一侧了。不管怎么样,我已经给海关发了张传真,那是张地图,能告诉你去机场的路怎么走……”

第三十九章

“这是我们正在步入的新时代。我们生活至今的时代——新生代——的确行将就木。而新星代，这个属于未来的纪元，即将缓缓展开……”

“紧急医疗情况！”鲁本·蒙塔戈喊道，他那颗剃得锃光瓦亮的黑色脑袋在这座巨大建筑物里刺眼的灯光下反着光，“我们需要直达地下六千八百英尺。”

电梯技术员点了点头，“好的，医生。”

玛利亚知道，鲁本从办公室里给电梯打了电话，所以它才一直在地面上等着。三人匆匆跑进轿厢，而留在地面的技术员拉下沉重的电梯门，蜂鸣器响了五声——快速下降，中途不停。电梯开始沿着竖井向下，这里的深度是世贸中心双子塔高度的五倍有余——直到,当然了,直到一些男性智人摧毁了它们……

玛利亚、露易丝和鲁本三人在跑进来的路上从更衣区的衣架上拿了安全帽和矿工服,电梯在嘈杂声里下降的时候,三人把这些东西都换上了。

“那边有没有什么警察之类的?”鲁本用他低沉的牙买加口音问道。

“几乎没有!”玛利亚几乎是喊着说话才能盖过下降时的吵闹声。她也觉得他们应该保持这种状态:保留一个没有犯罪和暴力的世界。

“那就只能靠我们了?”鲁本问。

“恐怕是这样。”玛利亚说。

“我们带一些加拿大军队的人过去怎么样?”露易丝问。

“但我们还不知道这件事的幕后主使是谁,”玛利亚说,“它可能是乔克的个人行为,也可能有加拿大国防部和五角大楼参与。”

露易丝看着鲁本,玛利亚看到他把露易丝拉近了一些。如果他们感到的恐惧有玛利亚体会到的一半,那想把对方保护在怀里也不是什么错。玛利亚走到满身泥泞的电梯角落,假装在看闪过的层数,好让鲁本和露易丝能有一时半会儿独处的时间。

“我的英语词汇量明显不够,”克丽丝汀通过玛利亚耳蜗中的植入体说道,“‘You Ta Mu’是什么意思?”

玛利亚还没反应过来,显然机侣的麦克风比她的耳朵更加敏感。于是她轻声低语,这样那对情侣就不会听到她说的话了。“那不是英语,而是法语。'Je t'aime'的意思就是'我爱你'。露易丝对鲁本说这句话的时候总是用法语。"

"哦。"克丽丝汀应了一声。他们继续向下,电梯最后终于震动着停了下来。鲁本拉开电梯门,露出了后面的巷道,三人朝远处走去。

他们终于到了身处萨德伯里中微子观测站内的传送门门口集结区,这个桶状的观测室足有六层楼高。"他们是什么时候穿过传送门的?"玛利亚问。

一名加拿大军人抬起头,挑着眉毛问:"你问谁?"

"乔克·克瑞格,"玛利亚说,"协力集团的。"

这个金发白皮肤的男人查了下书写板,"我们只见过一个叫约翰·凯文·克瑞格的人,他大约是在三小时前从这里过去的。"

"就是他。"玛利亚说,"他随身带了什么?"

"沃恩博士,不好意思,但我真的觉得自己不能透露——"

鲁本向前走去,掏出自己的工作证,"我是蒙塔戈医生,这个矿场的医生,这件事事关紧急医疗情况,克瑞格可能携带高度传染性的疾病。"

"我应该和上级汇报一下。"士兵说。

"没问题,"鲁本厉声说,"但你得先和我说他带了什么?"

这人皱起眉想了会儿,"他带了个有滚轮的短途旅行箱。"

"还有吗?"

“对了,还有个金属盒子,大概鞋盒大小。”

鲁本看了一眼玛利亚,她忍不住骂了句:“妈的。”

“这个盒子过消杀室了吗?”露易丝问。

“当然,”这名士兵的语气中充满戒备,“所有东西都要过。”

“很好,”玛利亚说,“让我们过去吧。”

“我能看一下你们的身份信息吗?”

玛利亚和露易丝“啪”地打开护照。“现在总行了吧?”玛利亚说,“让我们过去吧。”

“他呢?”士兵指了指鲁本。

“我靠,哥们儿,我刚刚不是才给你看过我在英科公司的工作证吗?”鲁本说,“我没带护照。”

“这样我不能——”

“老天爷!”玛利亚说,“这是紧急情况!”

士兵点了点头,最后还是通融了,“好吧好吧,过去吧。”

玛利亚跑了起来,带头穿过德克斯管。她跑到入口,然后继续往前,穿过它——

一圈蓝焰。

静电场。

然后是另一个世界。

玛利亚可以听见身后传来两人的脚步声,所以她匆匆走出德克斯管,没有费心回头看。一个健壮的尼安德特男性技术员惊讶地抬头瞥了他们一眼,大概是之前从没见人这么冲出来过。

玛利亚一眼就认出了那个尼安德特人,他显然也认出她了,但玛利亚惊讶地发现他居然直奔自己身后的鲁本。

玛利亚突然意识到发生了什么:尼安德特人肯定以为露易丝和鲁本正在追她,而不是跟着她。"停!"玛利亚喊道,"没事的！他们和我一起的！放他们过来!"

她自顾自地喊出这些话,也就意味着克丽丝汀需要等她说完后才能翻译,并通过外置扬声器播放出来。因为扬声器的音量就是人正常说话时的音量,比不过大喊大叫,所以如果同声传译,就会被叫喊声盖住。玛利亚听见尼安德特语从前臂的扬声器内传出来:"Rak! Ta sooparb nolant, rak! Derpant helk!"

翻译到一半的时候,这名尼安德特技术员就想刹住车,但计算室里光滑的大理石地面让他滑了一跤。他直接滑向鲁本脚下,让这位医生飞了起来。露易丝也被尼安德特人绊倒了,在空中翻了个身,背部着地。

玛利亚弯腰帮助露易丝起身,鲁本也从地上爬了起来。

"Lupal! "这名尼安德特人说。他在道歉。

玛利亚走上通往控制室的半段楼梯,经过另一个惊讶的尼安德特人,然后继续朝着连通量子计算机和镍矿其他部分的巷道走去。

"等下!"第二名尼安德特人说,"你们还没过消杀室!"

"来不及了!"玛利亚喊道,"这次是紧急情况,而且——"

但鲁本打断了她的话,"玛利亚,他说得对。你还记得庞特第一次来我们世界的时候他病得有多重吗？我们是去阻止瘟疫蔓延,而不是带去瘟疫。”

玛利亚暗暗骂了声,然后说:“好吧。”她看向鲁本和露易丝,一个是有牙买加血统的加拿大黑人光头男,一个是肤色雪白的魁北克褐色长发女。他们肯定互相见过对方的裸体很多次了,但谁也没见过玛利亚不穿衣服的样子。“全部脱掉,”玛利亚明确地下达指令,“全都脱光,手表和首饰也要摘掉。”

露易丝和鲁本已经习惯了萨德伯里中微子观测站的灭菌程序,那里一直保持着洁净的状态,直到庞特第一次来的时候摧毁了探测器。话虽如此,他们还是犹豫了一会儿。玛利亚则开始动手脱下上衣。“快点,”她说,“没时间磨蹭了。”

于是鲁本和露易丝也开始脱衣服。

“衣服留在这里就行。”玛利亚把裤子丢在一个圆形的篮子里,“我们可以在隔壁穿尼安德特人的衣服。”

现在全裸的玛利亚走进圆柱形的消杀室内。这个东西最初是给一名成年的尼安德特人的体型设计的,但在玛利亚的坚持下,他们三个人为了节约时间,挤在了一起。露易丝的屁股顶着玛利亚的皮肤,而鲁本则面朝她,前胸贴着她的乳房。但玛利亚太紧张了,甚至都感觉不到尴尬。她拉出一个控制钮,地板开始缓慢旋转,消杀室内射出激光。玛利亚已经习惯了这个过程,但露易丝见到吓人的激光束嗡嗡动起来时,吓得直喘气。

“没事的。”玛利亚说,她的脑子在努力不去想鲁本的那个部分正在顶着她,“这非常安全。激光知道哪些蛋白质属于人体,包括肠道中的蛋白质。它会直接穿过它们,但是能分解不属于人体的蛋白质,杀死所有病原体。”

玛利亚能感到露易丝轻轻地扭动着身体,她的声音听起来对这一切充满好奇:“什么激光能做到这点?”

“量子级联激光器,”玛利亚转述了自己从庞特那里听来的话,“频率是一太赫兹。”

露易丝听罢惊呼道:“可调谐太赫兹激光器!确实如此!这样的东西可以选择性地与不同大分子相互作用。整个过程要持续多久?”

“大约三分钟。”玛利亚说。

这时候鲁本开口了:“玛利亚,话说……你有空应该找人看看你左肩上的痣……”

“什么?我的天,鲁本,现在不是说这事的时候——”但玛利亚打住话头,因为她意识到,鲁本在做的事和露易丝一样:转变思维,专心思考技术相关的问题,努力让自己变得专业。毕竟鲁本现在光着身子和两个女人挤在一起,一个是他的对象,另一个是他对象的朋友。他或者玛利亚现在最不该想的就是在脑海里给成人杂志写一封信,详细描述现在的场景……“我会去看皮肤科医生的。”她的语气缓和了下来,然后在这个拥挤的场景下尽可能耸了耸肩,“臭氧层真该死……”

说罢,她微微扭头说道:“露易丝,你前面那扇门上面应该有一盏方形的灯,看到了吗?”

“对,哦,它变绿了！很好。”她轻轻动了一下,像是准备离开。

“别动!”玛利亚喝道,“尼安德特人的绿色是‘停止’的意思,他们说一块肉是绿色的,意思是它烂了。所以等灯转红的时候才意味着可以继续。变红后马上说一下。”

露易丝点点头,玛利亚几乎都能感觉到这个年轻女人的脑袋在上下移动。把这两个对尼安德特世界完全没准备的人叫过来可能是个错误。毕竟可能会——

“红了!”露易丝喊道,“灯红了!”

“好了,”玛利亚说,“把门推开,门把看着和海星差不多,看到了吗？向上推,门就开了。”

玛利亚感觉到露易丝又动了一下,然后她踏出房间,玛利亚顿觉身后的压力消失了。于是她向后退了一步,匆匆转身走出了房间。“这边!”她喊道。

他们走进一间房间,墙面布满了立方体的小隔间,每个隔间里都有一套尼安德特人的衣服。“鲁本,这边的应该适合你。”玛利亚指着一边说,然后她又指向另一侧对露易丝说,“这边应该适合你。”

说到怎么穿尼安德特人的衣服,玛利亚现在已经是老手了,但露易丝和鲁本显然是一头雾水。玛利亚嘴上大声教鲁本怎么穿,自己则在露易丝身边弯下腰,因为她搞不懂尼安德特人那个和裤子连在一起的鞋子是怎么回事。玛利亚帮她系好了脚背和脚踝处的鞋带。

事毕,他们匆匆跑进巷道。玛利亚本来希望那里会有一辆车或者类似的交通工具等在那里，当然了，就算那里原来有，乔克也会把它开走的。

于是玛利亚暗想：整整三公里的长跑啊，老天爷，她从本科毕业后就没这么跑过了。但她体内的肾上腺素急速分泌，仿佛不会再有明天了。她清楚，对于巴拉斯特人来说，没有明天这种事很可能真会发生。于是她沿着这边铺设了木地板的巷道飞也似地跑着。

这个通道内的照明情况比格里克辛世界里对应的通道要差得多。尼安德特人用机器人采矿，所以不怎么需要照明。同样的，尼安德特人也不怎么需要光线，他们的嗅觉很灵敏，对周围发生的事情有着心理准备。

“这……有……多远……？”身后的露易丝喊道。

虽然事态紧急，玛利亚听到这名年轻的姑娘气喘吁吁的声音时还是很高兴。“三公里！”玛利亚喊道。

玛利亚面前的通道里突然闪过一个东西。如果说她之前的心率还比较平稳，现在可能已经狂跳不止了。但这其实也只是另一台采矿机器人而已。她大声喊了出来，免得它吓到鲁本和露易丝，然后她对着机器人喊道：“等下！回来！”

克丽丝汀奉命翻译，过了会儿，机器人又出现了，玛利亚端详着它：这是个低矮、扁平的、带有六条腿的设备，就像一个两米长的大螃蟹。铰接的机械臂上向外伸出圆锥形的钻头和半球形的勺子。天哪，这玩意儿造出来是用来运石头的，强度肯定没问题。“你能捎我们一程吗？”玛利亚问。

她的机侣翻译了这些话,机器人外壳上的红灯开始闪烁起来。“这个型号没有语音功能,但它的回答是可以。”克丽丝汀说。

玛利亚爬上机器人的银色外壳,过程中狠狠磕到了自己的右腿胫骨。上来后,她转身对着在她身后停下的鲁本和露易丝说:“上车!”

露易丝和鲁本交换了一个惊诧的眼神,但也很快爬到了机器人的背上。玛利亚拍着它的侧边,“嘚儿——驾!”

她的机侣可能不知道这个词的解释,但肯定能领会玛利亚要传递给机器人的意思。它的六条腿弯了一下,像是在衡量自己所承载的重量,然后就朝着他们之前奔跑目标的方向前进,速度很快,玛利亚甚至都能感到热风吹过她的脸颊。沿途有不少蓄满泥浆的水坑,每次机器人的脚踩进水坑的时候,就会溅起坑里的泥浆,弄得玛利亚和其他两人身上到处都是。

“慢点!”玛利亚不断地喊着,虽然她觉得鲁本和露易丝可能不用她这么喊,但是玛利亚觉得自己好几次要从这个机器人的外壳上颠下去了,她的膀胱也在努力抗议着这种虐待。

他们经过另一个采矿机器人,它的体型细长,而且是站着的,玛利亚觉得它有点儿像螳螂。然后他们大约又往前跑了六百米,与两名朝着另一个方向走去的尼安德特人男性擦肩而过,他们看到机器人冲过来,及时跳开了。

终于到了电梯口,谢天谢地,两名尼安德特人刚刚从轿厢里出来,电梯还在底部。玛利亚手脚并用爬下这只机器大螃蟹,冲向电梯。露易丝和鲁本紧随其后,三人刚进这个圆柱形的轿厢,玛利亚就狠狠踩了两下地板上的开关,开始漫长的上升之旅。

玛利亚花了一点时间去看其他人状况如何,在荧光素发出的微光照耀下,一切都有点泛绿。露易丝第一次不再是时尚模特的样子,她的脸上淌着汗,头发上沾满泥,身上的尼安德特人衣服上也沾满了泥土,还有别的什么东西,玛利亚过了会儿才反应过来,那是机器人用的润滑油或者类似的东西。

鲁本的情况更糟糕。机器人跑的时候上下跳动,鲁本光秃秃的脑袋肯定是撞到了矿井的顶部,上面有一道严重的伤口,他小心翼翼地用手指检查,刚碰到伤口就龇牙咧嘴起来。

"好了,"玛利亚开口道,"电梯升到地面还有几分钟,上面会有一个或者两个人守着。如果你们的手腕上没有绑临时机侣,他们是不会让你们通过的。你们最好还是戴上,这会比你们说服对方这次是紧急事件要快一些,而且机侣既能让我们互相交谈,也能让我们和尼安德特人顺利沟通。存放在矿场的所有机侣都内置了翻译数据库。"

玛利亚知道,电梯在上升的时候,轿厢会缓慢旋转一百八十度,但她觉得露易丝和鲁本未必能感觉得出来。然后她抬起前臂问道:"克丽丝汀,你重新连上全球信息网络了吗?"

"没有,"玛利亚的耳蜗植入体响了起来,"可能只有等我们接近地表的时候才能连上,但我会一直——等下,等下。好了,我成功了。我连上了。"

“太好了。”玛利亚说,“帮我接通庞特。”

“在打了,”植入体响道,“但没人接。”

“快点啊,庞特。”玛利亚催促道,“快接啊……”

“玛!”是庞特的声音,不过是经由克丽丝汀翻译和模仿后的音调,“你在这边干吗?后天才是合欢日,而且——”

“庞特,嘘!乔克·克瑞格已经过来了。我们得找到然后阻止他。”

“他应该会在手腕上戴一个临时的机侣。”庞特说,“这些格里克辛人上次过来的时候没有戴,但我在窥机上看到最高银须长老会关于这件事有过争执。相信我,这种情况不会再发生第二次了。”

玛利亚摇摇头,“他又不是傻子。下令对他的机侣进行三角测量法肯定能有所收获,但我敢打赌,他肯定用什么方法把机侣拆了。”

“不可能的,”庞特说,“那样会引发一连串警报,而且他肯定也不能独自闲逛。现在他可能和贝多斯或者其他官员们在一起。没事,我们应该能想办法知道他的位置。你在哪儿?”

电梯轿厢颤抖着停了下来,玛利亚示意鲁本和露易丝赶紧出去。“我们刚出电梯,进了德布拉尔镍矿上面的设备间,露易丝和鲁本和我在一起。”

“我在家里。”庞特说,“哈克,帮玛和我叫两辆旅行块,再联系一位审判长。”然后玛利亚就听见哈克表示知晓。然后庞特继续说道,“知不知道克瑞格去哪儿了?”

“现在，不知道。”玛利亚说，“虽然我猜他打算在合欢日的时候去城中释放病毒。”

“这个很合理，”庞特说，“那时候的人口密度是最高的，节日结束的时候还会有城际旅行，所以——”

哈克的声音响了起来，打断了他们的对话，它说的话没有翻译，是直接对庞特说的。

过了一会儿，庞特开口道：“玛，哈克帮我联系到了一位审判长，你的旅行块到了后就直接去城中的远程档案馆，我们在那里会合。”

此时，一名尼安德特男侍正在往鲁本的左前臂上系临时机侣，过了一会儿，他又走到了露易丝身边，给她也戴上。等他走到玛利亚身边的时候，她抬起手，给那个人看了看自己手臂上的永久机侣。“这样就行了。”她对露易丝和鲁本说，“拿件衣服，我们出发。”

玛利亚上次离开后这里下过了雪，白色地面的反光很强。庞特过了会儿又重新连线：“那位审判长带上了另外两名审判长，这样他们就能下令对乔克机侣传输的数据进行司法审查，之后就能对他使用三角测量法进行定位。”

“老天爷，那要花多久？”玛利亚手搭凉棚，扫视着地平线，寻找旅行块。“不会太久，希望吧。”庞特说。

“好，有事我再联系你。克丽丝汀，帮我联系一下班德拉。”

接着，班德拉的声音响了起来：“日康。”

“班德拉，亲爱的，我是玛利亚。”

“我亲爱的玛！我还以为你在后天不会回来呢，合欢日让我很紧张,如果哈伯——”

“班德拉,离开城中,不要问我为什么,照做就是了。”

“是不是哈伯——”

“这件事和哈伯没关系,你叫一辆旅行块,上去后让它往任何方向开,只要远离城中就行。”

“我不理解,这——”

“照我说的做!”玛利亚说,“相信我。”

“当然——”

“班德拉?”玛利亚说,她看着露易丝和鲁本,然后想了想,管他呢,“班德拉,我之前就应该告诉你。我真的爱你。”

班德拉的声音里满是欣喜,“玛,我也爱你。我等不及再和你见面了。”

“我得走了。”玛利亚说,“快点,你也抓紧,离开城中!”

露易丝的脸上露出了“这是什么鬼?”的表情,但玛利亚决定不理她。这时露易丝指了指玛利亚身后,她转过身,原来是旅行块正飞过一片被雪覆盖的空地朝他们驶来。他们朝它跑去,它刚一落地,玛利亚就跨坐上司机边上的鞍形椅。司机是第144代的男性,长着一头红发。玛利亚看着鲁本和露易丝两人爬进车后座,笨拙地跨坐在座椅上后,就对司机说:“去萨尔达克城中,越快越好。”她的机侣花了好几秒把这些话翻译给司机听,之后又把司机说的话翻译给她。这花的好几秒,实在是让她心急不已。

“是的,我知道现在不是合欢日!”玛利亚大声说,然后朝着鲁本的方向扭扭头，"我也知道他是男的，但这事和医疗相关，快走！"

克丽丝汀真是一台聪明的机侣，因为玛利亚听到了尼安德特人语言中的祈使词"Tik！"，而且还是放在第一个词说，这表示机侣把"快走！"这个词放到了整句话的开头。等司机发动以后，机侣再把玛利亚说的其他内容补充完整。

"克丽丝汀，帮我联系庞特。"

"好。"

"庞特，为什么要三个审判长才能追踪乔克的行踪？"

庞特的回答又一次在玛利亚的耳蜗植入体内响了起来。她拔出机侣银质面板上的一个控制钮，这样他接下来的回答就会从外部扬声器播放，鲁本和露易丝也能听到。"嘿，你之前不是还说我们的远程档案系统对于个人隐私的保护不够吗？其实如果某人身上没有犯罪指控，那就要三名审判长一致同意对他进行司法检察后，才能查阅那人的远程档案。"

玛利亚瞥了眼窗外飞速掠过的风景（至少对尼安德特人来说，旅行块开到这个速度已经算快了，但其实大概也就每小时六十公里），然后问道："那你不能直接指控他有罪吗？这样只要一个审判长就行了，对吧？"

"现在这个方法更快。"庞特说，"走指控程序更加复杂，而且——啊，我的旅行块到了。"玛利亚能听到它下降的声音，还有庞特上车时发出的碰撞声。他用尼安德特语说了几句话，玛利亚只听出了"远程档案"这几个字，然后他又把注意力转回到玛利亚身上。

“好了,”他说,“现在我们——噢,等下……”通信中断了几秒,然后庞特的声音又回来了,“审判长已经下令对乔克进行司法审查,远程档案馆的一名技术员正在确定乔克的位置。”

鲁本凑上前,好方便对着玛利亚的机侣说话:“庞特,我是鲁本·蒙塔戈。等他们确定乔克的位置后就清空那片区域。我是安全的,露易丝和玛利亚也是,但尼安德特人要是暴露在乔克的‘抹除’病毒中就死定了。”

“我会照做的。”庞特说,“我们可以对每台机侣发出紧急广播,我快到远程档案馆了,包在我身上。”

萨尔达克城中的建筑若隐若现。外面有数十名妇女在为合欢日做布置。

“我们找到他了。”庞特说,“哈克,先别翻译,直接发送地址。”庞特用尼安德特人的语言喊了几句话,显然在把坐标告诉玛利亚旅行块的司机。

司机说了好几个词作为回答,其中一个是“Ka”。然后开始缓缓掉转车头。

“他在孔博广场。”庞特说,他的话现在又被翻译了,“我和你们的司机说过了,他会带你们过去。我们在那里会合。”

“不行,”露易丝凑上前说,“不行,庞特,这对你来说太危险了,对任何尼安德特人来说都太危险了。这事就交给我们吧。”

“他没有独自行动。三位审判长正在看他机侣传输的数据,他和德康特·多斯特在一起。”

“他是谁?”玛利亚问。

“她是萨尔达克城中的民选官员之一,”庞特说,“141代的女性。”

“该死。”玛利亚暗骂了一句,她相信随便哪个巴拉斯特女性都能牢牢制服格里克辛男性,但第141代的人现在都已经78岁了。“我们不希望整件事最后变成劫持人质,我们得把她救出来。”

“没错。”庞特附和道。

“德康特·多斯特耳蜗里肯定有植入体,对吧?”玛利亚问。

“当然。”庞特答道。

“克丽丝汀,帮我联系一下德康特·多斯特。”

“好了。”

那位巴拉斯特女人还没反应过来,玛利亚就立刻说了一大堆话,两耳之间的植入体响起了连珠炮似的话音:“德康特·多斯特,你先别说话,不要在乔克·克瑞格面前暴露出任何你在和别人通信的迹象。明白了就咳一声。”

克丽丝汀的外置扬声器里传来一声咳嗽声。

“很好,我叫玛利亚·沃恩,是格里克辛人。乔克正在接受司法审查。我们相信他正在向萨尔达克城中偷偷运输某种危险的物质。你一有机会就迅速躲开他。我们现在正往你的位置赶。明白了吗?”

又一声咳嗽。

玛利亚觉得很糟糕,这位老太太肯定吓坏了。

“她可以和乔克说她想去厕所。”露易丝说。

“妙啊！庞特,乔克和这位女士现在在哪儿？室内还是室外？”

“我问问审判长……他们在室外,步行前往中央广场。”

然后玛利亚说:“乔克的‘抹除’病毒是靠空气传播的,他身上携带的金属盒子里肯定有某种气溶胶炸弹。或许他想把它放在中央广场,然后在合欢日引爆。”

庞特说:“如果是这样,那他可能会在合欢日快结束时引爆。这样所有男性在到家之前都不会出现生病的迹象。这样就不止能把疾病散播到萨尔达克城缘了——有些男性还是从更远的地方来的。”

“没错。”玛利亚说,“德康特,时机成熟的时候,你就告诉乔克,你要去公共大楼上洗手间,这样他可能会待在外面,因为他是男的。可以吗？我们很快就到。”

对方又咳了一声,接下来,玛利亚第一次听见德康特的声音,她听起来非常紧张:“学者克瑞格,你一定得体谅我,我这个老身子骨……感觉我得去解个小便。我能用的设施在那里。”

接着传来了乔克的声音,听起来闷闷的,感觉很遥远,“好,那我就……”

“不行,你得在外面等着。你也知道,现在还不是合欢日——还没到!”

乔克说了什么,玛利亚没怎么听清。大约二十秒后,德康特说道:“好了,学者沃恩,我现在在室内,安全。”

“很好。”玛利亚说，“现在如果——”

她的声音被一位女尼安德特人打断了，那声音从身处旅行块内的四位的手腕上响了起来，或许也从每个机侣连着萨尔达克远程档案的人身上响了起来：“我是审判长迈卡洛。”

“现在发生了一起紧急事件。立刻撤离萨尔达克城中。各位可以选择步行、乘坐悬浮巴士或旅行块。请立刻离开，不要耽搁。空气中很快就会开始传播致命疾病。如果你见到一位长着银发的格里克辛男性，请加以回避，他正在接受司法审查，目前身处孔博广场。我重复一遍……”

突然，司机停下了旅行块，降落在地上。“我只能到这么近了。”他说，“你们也听见审判长说的话了，如果你们还想继续往前，那就得自己走过去。”

“该死的。”玛利亚骂道，但克丽丝汀没把这句话翻译出来，“还有多远距离？”

司机指了指，“孔博广场就在那里。”玛利亚可以看到远处有一排低矮的建筑，还有一小堆旅行块，以及一片开阔的空地。

玛利亚很生气，但还是推了一下她身边的星形控制钮，从旅行块里走了出去。露易丝和鲁本跟在她后面。他们一走，旅行块就又升了起来，朝着他们来时的方向飞走了。

玛利亚开始朝着司机示意的方向跑去。乔克身处一片开阔的空地，上面已被积雪彻底覆盖。玛利亚看到其他旅行块正在远离城中，朝城缘开去。她希望审判长思路还算清晰，没有向乔克的机侣发出警告。玛利亚、鲁本和露易丝迅速接近他,直到离他不到二十米。喘了口气之后,玛利亚喊道:“乔克! 一切都结束了!”

乔克穿着一件这边特有的猛犸皮大衣,手里拿着加拿大军官所说的盒子,里面可能装着他的气溶胶炸弹。他闻声回头,一脸惊讶。“玛利亚? 露易丝? 还有——我的天,这位是蒙塔戈医生?”

“我们知道你的探浪病毒,”玛利亚说,“你逃不掉的。”

但乔克居然笑了起来,让玛利亚很意外。“不错,不错,不错,三位勇敢的加拿大人跑来拯救尼安德特人。”然后他摇摇头,“你们这帮傻不拉几的左翼分子和被人误导的圣母,真是可笑。知道我觉得加拿大人最有意思的地方是什么吗?”他把手伸进上衣口袋,拿出了一把半自动手枪,“就是你们出门不带枪。”说罢,他把枪口正对着玛利亚,“亲爱的,你现在又要怎么阻止我呢?”

第四十章

“新生代的黎明是导致恐龙灭绝的白垩纪–第三纪灭绝事件，它的标志是一层黏土，而且我们在两个地球上都发现了这层黏土。而这个宇宙、我们生活的宇宙、智人宇宙所独有的新星代，将以首位殖民者踏上火星为起点，在我们这个人种里，他是首位离开地球摇篮的人，而且将一去不复返……”

庞特和另外三名审判长身处远程档案室最大的房间里，从各个视角观看正在发生的一切。审判长们不但把乔克·克瑞格的机侣设置成了司法审查的状态，玛利亚·沃恩、露易丝·贝努特和鲁本·蒙塔戈也受到了同样的待遇。四个好几米长的全息泡飘浮在房间里，每个都显示着四台机侣记录的周遭影像。

庞特和三名审判长当然也身处危险之中。虽然远程档案馆位于城中的外围,但离乔克与三人对峙的地点仍然太近。“黑发的格里克辛女士说得没错。”审判长迈卡洛说,她是位身形矮胖的142代人,“学者博迪特,你必须走了,我们都必须撤退。”

“你们三个走吧,”庞特双手抱胸道,“我留下。”

接着庞特就看到乔克把枪掏了出来,此时他浑身都僵住了。庞特自从上次在联合国总部外被人放冷枪袭击后,就再也没见过枪了。但他还记得子弹撕开他身体的感觉,灼热感,穿刺感,还有——

他不能让这件事发生在玛身上。

于是他问:“这里有什么武器?”

迈卡洛挑起她的白色眉毛,“这里? 档案馆?”

“隔壁也行,”庞特说,“议事厅有什么吗?”

这位尼安德特女性摇了摇头,“什么都没有。”

“执法者用的镇定枪呢?”

“收在多布罗尼亚广场的执法站了。”

“执法者不是随身带着的吗?”

“一般不是。”另一名审判长说。

“因为没必要。萨尔达克的银须长老会只给六处地方颁布了授权令,我怀疑这六个地方都把枪存放起来了。”

“有什么方法可以阻止他?”庞特指着飘浮在空中的乔克画像问。

“方法是有,但这些瘦小的格里克辛人可办不到。”审判长迈卡洛说。

庞特点点头表示理解，“那我去帮他们。距离多远？”

第二名审判长瞟了眼状态栏，“七千二百臂左右吧。”

这点儿距离他跑跑就能到了。“哈克，你记下精确地点了吗？”

“记了。”机侣说。

“好了，各位审判长，请躲到安全地带，并祝我顺利。”

“你不能开枪打死我们。”玛利亚努力让声音保持平稳，但却没法儿让视线从枪口上移开，“远程档案里会有记录。”

“喔，对啊，是这样。”乔克说，“我得承认，他们在这里真的搞出了一个迷人的系统，为每位男女提供了可以远程传输内容的黑匣子。当然了，找到我们四个人的档案块很容易。但只要所有尼安德特人都死了，我就能大摇大摆走进档案室，把这些数据都毁掉。”

玛利亚从眼角瞟见鲁本正在慢慢远离自己。他前方几米处有一棵树，或许能利用它来隐藏自己，这当然也意味着，乔克的位置如果不变，那就没法儿打中他。鲁本想要自保，玛利亚怪不得他。而露易丝则在她身后的某个地方，很可能是右边的位置。

“你可别以为散布一次病毒就能让它传播到全世界。”玛利亚说，“尼安德特人的人口密度远不够让他们暴发一场瘟疫，它永远逃不出萨尔达克城中的。”

“这就用不着你担心了。”乔克说着提了提那个金属盒子，“说实话，我还得谢谢你。正是你的早期研究，才让这一切变成了现实。我们已经将这种埃博拉病毒的自然宿主从非洲的鲸头鹳变成了旅鸽,这些鸟会带着病毒飞遍整个大陆。”

“尼安德特人生性和平——”露易丝说。

“没错。”乔克说着,把目光和枪口一起转向露易丝,“接下来他们即将陨落,就在此时,就在此地,就像两万七千年前那样,就像我们上次打败他们那样。”

玛利亚正在考虑怎么逃跑,接着——

鲁本这时也动了起来,他突然向前冲去,乔克把枪口甩向他的方向,射出了一发子弹。枪声惊动了一群鸟,玛利亚认出来,那是一群旅鸽。乔克这枪打偏了,鲁本现在已经躲到了树后,暂时安全了。

当鲁本闪到玛利亚左边的时候,露易丝也抓住机会向右扑去。这里的地面上遍布漂砾,看来不管是哪个宇宙的安大略省北部,地质状况都差不多:这些石头是冰河世纪结束时被冰川搬运过来的,冰层消退后,它们就留在了这里。露易丝先跑了一段,然后猫着腰,躲在了一块长满青苔的大石头后面,但石头没法儿把她完全遮住。

玛利亚依然被困在当间,左边的树和右边的石头都离她太远了,过去肯定会被乔克·克瑞格瞄准。

“啊哈,这样也行吧。”乔克说着耸耸肩,他觉得露易丝和鲁本的临时庇护所只不过给他带来了一点小小的不便罢了。他又把枪口对准玛利亚,“沃恩博士,祈祷两句呗。”

庞特这辈子都没跑得那么快过,双腿重重蹬着地。虽然地上积雪还是很多,但已经清出了许多人行道,所以目前的前进幅度还不错。他小心翼翼地只通过鼻子呼吸，好让巨大的鼻腔使清冷的空气进入肺部之前变得足够温暖湿润。

“我现在还有多远？”庞特问。

哈克通过耳蜗内的植入体回答道：“如果他们的位置没变，那跑过接下来那个上坡就到了。”机侣顿了顿，继续说，“你得强忍着保持安静，你肯定不想让乔克注意到你吧。”

庞特皱起眉，一名老练的猎手可不用别人告诉他怎么偷袭猎物。

玛利亚的机侣从耳蜗里告诉她：“庞特离你只有五十米，如果你能再让乔克说一会儿话……”

玛利亚点点头，刚好能让克丽丝汀察觉出这个动静。“等下！”玛利亚说，“等下，还有件你不知道的事！”

乔克的枪口并没有偏，“什么？”

玛利亚飞快地想了一个借口：“尼……尼安德特人……他们……他们有心灵感应的能力！”

“得了吧！”乔克说。

“不，不……这是真的！”

庞特的身影突然从乔克后方的山脊里蹿了出来，落日勾勒出了他的轮廓，玛利亚努力不动声色，“所以我们才发展出了宗教，而他们却没有。我们的大脑一直在努力和其他人的大脑沟通，却徒劳无功。因为我们的神经线路出了问题。所以我们觉得，这世上有种更高的存在,但我们无法与之建立联系。可在他们那里,这套机制就运作得非常正常。他们没有宗教体验——”我的天,这段话她自己听了都不信,又怎么希望乔克会相信这套说辞?“——他们没有宗教体验的原因是他们总是能知道别人心里的想法!”

庞特以一种夸张的方式张开双腿移动着,小心翼翼地迈过雪地,几乎没有发出任何声音。乔克在庞特的下风处,所以如果他是尼安德特人,现在肯定能靠嗅觉探查到庞特的存在,还好他不是,谢天谢地……

“想想看心灵感应在秘密行动中的价值!”玛利亚故意抬高声音,为的是掩盖庞特发出的细微动静,但她尽力让这个行为看起来不太刻意,“我正在追踪这个情况在基因层面的原因!如果你杀了我,还有全体巴拉斯特人,那这个秘密就会永远消失。”

“沃恩博士,图什么!”乔克大喊道,“这只是对我进行误导而已。也算令我惊讶了。”庞特眼看着就要够到乔克了,可他投下的长长的影子却先一步落在了乔克的面前,冬天低垂的落日真是该死!庞特攥紧拳头,准备砸进乔克的脑袋里,可随后——

乔克肯定听到了什么。就在庞特的手砸下来的前半秒,他突然转身。这下,拳头没有打到乔克的头骨,而是砸中了他的左肩。玛利亚听见了骨头断裂的声音。乔克痛苦地号了一声,松开了炸弹箱。但枪还握在他的右手,于是他开了一枪。不过,乔克没有尼安德特人那般凸起的眉脊,所以当他转向落日的时候被眩光迷了眼,子弹打偏了。

玛利亚没法儿安全地接近庞特,所以她做出了另一个最好的选择:她朝着左边跑去,和鲁本一起躲在树后面。庞特发出一声震耳欲聋的吼叫,又抡出一记重拳,把乔克打得转了一圈,脸朝下摔在雪地上。尼安德特人迅速跟上,抓住乔克的右臂向后扯,弯出了不可思议的角度。一记可怕的断裂声划破了空气!乔克尖叫起来,一道残影抢过手枪,将其甩向一边。枪口掠过干冷的空气,发出"咻咻"的响声。庞特把乔克翻了个身,好让自己对着他的脸,然后举起自己的右臂,巨大的拳头攥成一团。

乔克突然向右滚去,伸出另外那只完好的手臂,抓住银色的盒子,把它拉到自己身边,并对它做了些什么,接着一股白色的气体开始从盒子里喷了出来。庞特立刻被这股气体罩住,身影难辨。但玛利亚还是能看到他掐住了乔克的喉咙,另一只手向后拉,把拳头对准了他的正脸。

"庞特,别下死手!"露易丝从巨石后冲了出来对他喊道,"我们要知道——"

庞特已经挥出了重拳,不过他肯定听到了露易丝说的话,下手的力道多少也收敛了一些。不过这一拳仍打在乔克脸上,听起来还是像百来磅重的皮革砸向地板。乔克的头向后一折,身子瘫在积雪覆盖的地面,闭上了眼睛。

雾气继续弥漫,玛利亚冲上前,直冲那个盒子。气体还在不断从中涌出,遮挡了她的视线。她伸出手,想找些东西把它盖住,却什么都找不到。

鲁本也跑上前,但他却是冲着乔克去的。他蹲下来,查看对方的脉搏。“他晕过去了,但还有意识。”说着,他抬头看向庞特。

玛利亚脱下外套,想把炸弹裹起来。她有那么一会儿好像控制住了这个盒子,但其随后就把她的外套炸得粉碎,将她皮肤划出了十几道口子,烟雾越散越大,让人像是置身于伦敦的浓雾中。玛利亚只能看到前方一两米远的东西。

露易丝弯腰查看乔克的情况,“他会晕多久?”

鲁本抬头看着她,耸耸肩,“你也听见庞特的拳头打在他脸上的声音了,他现在最少也是脑震荡,可能还伴有颅骨骨折,至少得好几个小时才能醒来。”

“但我们需要知道!”玛利亚说。

“知道什么?”鲁本问。

玛利亚的心怦怦直跳,她的胃翻腾不止,反上来的酸水涌进了食道,“他用的到底是哪种病毒!”

鲁本彻底蒙了。

“什么?”他站了起来。

“玛利亚昨晚修改了病毒的设计。”露易丝说,“如果这些是乔克今早造出来的,那么……”

玛利亚没在听。

她的脑袋晕乎乎的,心怦怦直跳。她想尖叫,如果乔克是今早用的密码子编写器,那他制造的就是经过自己修改后的“冲浪者”病毒。但如果病毒是他早些时候造的,那他们身处的毒云就是最初的

“抹除”病毒,这也意味着——

玛利亚的眼睛有点刺痛,难以保持平衡。

这也意味着那个躺在雪地里的畜生格里克辛人刚刚杀了她的爱人。

第四十一章

“一些科学家认为，既然在地球出现意识的四万年之前只有一个宇宙，那么在我们这个广袤宇宙中就再也没有其他有意识的生命了，或者至少没有比我们更加古老的生命存在。如果真是这样，那么探索其余的太空世界不仅是我们的命运，更是我们的义务。除了身为智人的我们之外，再也没有谁会有这样的想法和手段……”

庞特这时看起来还很健康，没有哪种病毒会那么快发作。他扯下鲁本外套上缝着的一条条猛犸象皮毛，让鲁本和露易丝用它捆住昏迷过去的乔克的胳膊和腿，等他全身被捆紧后，鲁本和庞特就把乔克带到最近的一座建筑里去，或许是德康特·多斯特之前藏身的那幢楼，希望她早就离开了。太阳已经落山，温度低得吓人，可就算发生了这些事，他们还是不愿把他留在外面，把性命交给上天。

鲁本关上这幢楼的大门，和庞特一起回到了玛利亚和露易丝所在的地方。“来吧，壮汉，”鲁本说，“我们带你去矿场——我们可以试试那里的激光。”

庞特抬起头，挑了挑他金棕色的眉毛，他和玛利亚一样，根本没想过这件事。

“你觉得这样有机会能治好他吗？”玛利亚抬头看向鲁本问道，双眼通红，脸上透着急切的神情，渴望奇迹的发生。

“我觉得没有不可能的理由。”鲁本说，“我是说，如果这些激光的工作原理和你说的一样，那就应该能杀死病毒，不是吗？至少对庞特来说是个解决方案，但城中的消杀室可能更好些。”他看着庞特问道，“你们的医院是不是在那里？”

庞特摇摇头，“是在那里，但目前最先进的消杀室还是传送门边上的那个。”

“那我们就带你去那儿。”鲁本说。

“我们必须先把所有人从矿井和量子计算室里清出来，不能冒险感染到其他人。”庞特说。

“我来叫旅行块。”玛利亚说，然后她就开始对着自己的机侣说起话来。

但鲁本碰了碰她的胳膊，“谁会把旅行块开到这里？我们不能冒险让其他尼安德特人接触到这个东西。”

“那——那我们就把他抬过去！”

“这不可能，”露易丝说，“我们离那里有好几公里远。”

“我能走过去。”庞特说。

但鲁本摇了摇头,“我想让你尽快接受医治,过去要好几个小时,我们耽搁不起。”

“妈的!”玛利亚攥紧了拳头怒骂道,“这也太荒唐了!肯定有办法在病发前把他弄过去!”随后她突然想到了一个主意,“哈克,你是这里最有经验的机侣。你肯定能帮庞特借一辆旅行块的,对吧?”

庞特的前臂发出声音道:“对,我可以接入程序和对方解释现在的情况。”

“我去!”玛利亚说,“我突然想到,我们过来的时候还看到一堆旅行块。走吧!”

他们很快就走到了存放旅行块的地方,那堆交通工具边上有一个圆柱形的控制器,庞特鼓捣了几下,一台类似叉车的机器托起顶部的旅行块,再放在地上,让旅行块透明的那面朝上。

庞特跨坐在右前方的鞍形椅上,玛利亚坐在他身边,鲁本和露易丝则钻进了后座。“好了,”庞特说,“哈克,告诉我它怎么开?”

于是哈克通过外部扬声器说道:“如需激活系统电源,请拔出琥珀色的控制钮。”

玛利亚看着庞特前面的控制面板,它其实要比自己那辆车的仪表板简洁得多,但便利功能也要少得多。“那边!”她说。庞特伸手向前,把控制钮拔了出来。

哈克继续说:“右手的操作杆控制升高降低,左手的操作杆控制左右方向。”

“但它们都只能上下动啊。”鲁本完全被搞蒙了。

“没错，”哈克说，“但是对驾驶员的肩关节来说，这么设计会更舒服一些。如果你现在想操作负责地面效应的电机，可以使用操作杆之间的控制组件，看到了吗？”

庞特点点头。

“大的控制器负责设置主风扇的转速。现在……”

“哈克！”鲁本从后头喊道，“我们时间不多了，你就告诉他要动哪个钮！”

“好的，庞特，放空脑袋，尽量不要思考，照我说的一步一步来。你先拔出绿色的控制钮，再拔蓝色的。抓住两根操作杆，对，很好。当我说‘起’的时候，把右操作杆朝你的方向拉五十四度，同时把左边的拉杆朝自己拉十八度，好吗？”

庞特点点头。

“准备好了？”

庞特又点点头。

“起！”

旅行块剧烈地晃动着，但它也的确从地上飞起来了。

“现在，按下绿色的控制钮。”哈克说，“没错，尽量把右操作杆向外推。”

旅行块开始向前加速，虽然它向侧边斜得很厉害。“它现在不平！”玛利亚说。

“别担心,”哈克说,“庞特,把右操作杆往后拉四十五度。对,现在……”

去萨尔达克城中只要几分钟,但到矿井还要很久,而且操作这个东西起飞其实相当复杂困难。电视剧里有些时候会有这样的情节:飞行员昏倒了,然后地面管制员透过通话,教会乘客如何降落。但玛利亚从来都不信这套,而且——

“不对!庞特!另一条路!”哈克提高了它的声音。

庞特把水平操作杆拉向自己,但为时已晚,旅行块的右侧撞上了一棵树。庞特和玛利亚向前倒去。操作杆缩入了仪表盘,就像收起的单筒望远镜,这显然是种安全措施,可以防止它们刺穿驾驶员。旅行块侧翻后停了下来。

“有谁受伤吗?”玛利亚喊道。

“没有。”鲁本说,然后露易丝也应道,“我也没事。”

“庞特呢?”

没有回应。玛利亚转头看着他,“庞特?”庞特低头看着植入他左前臂的机侣。它显然撞到了什么东西。他打开了哈克的面板,而这显然费了一些力气。它因为撞击而变形了。

庞特抬起头,那双凹陷的金色眸子湿润了。“哈克的损坏很严重。”他说,克丽丝汀翻译了这句话。

“我们得走了。”玛利亚温柔地说。

庞特又看了几秒手上的机侣,然后点点头。他转了一下星形的车门控制钮,旅行块的侧门弹了开来。鲁本自己爬出车外,倒在地上。露易丝跟在他身后。庞特轻易把自己从车前座弄了出来，再伸手帮了玛利亚一把，完事后看着旅行块仰面朝天的车底。玛利亚顺着他的目光看去，可以看到两个螺旋桨已经彻底变形了。“它再也飞不起来了，对吧？”

庞特摇摇头，右手对着它做了个“你看啊”的手势，显得很懊悔。

“我们现在离德布拉尔镍矿还有多远？”玛利亚问。

“二十一公里。”克丽丝汀说。

“最近一辆还能开的旅行块在哪儿？”

“稍等，”克丽丝汀，“向西七公里。”

“妈的。”露易丝骂道。

“好了，我们走过去吧。”玛利亚说。

夜色已深，而且他们又在郊外。玛利亚今早见到的动物已经够大了，一想到晚上可能见到的动物，她就有点儿害怕了。他们在雪地里大概走了有十公里，也就是在这种艰难的状况下走了五个小时，而露易丝的那双大长腿则让她一直走在最前头。

天上的星星出来了，他们能看到两极附近的星座，巴拉斯特人把它们叫作裂冰座和猛犸首座。他们继续往前，越走越远，玛利亚的耳朵因为寒冷，已经完全没有知觉了，接着——

“烂骨头！”庞特骂了一句，玛利亚转过身，发现他正靠在鲁本身上。庞特抬起手，然后——

玛利亚感到自己的心脏在狂跳，然后听见露易丝发出了恐怖的声音。庞特的手上有血，在月光下显得墨黑。已经太迟了，可怕的出血热病毒经过人为修改后缩短了潜伏期,已经开始发作了。玛利亚看着他的脸,她怕自己会看见他的五官拧作了一团,但他看起来还行,只是脸上有些惊吓。

玛利亚立刻赶到庞特身边,扶住他的另一只胳膊,扶他站起来,然后才意识到,并不是鲁本在帮庞特站着,而是庞特在帮鲁本站着。

光线昏暗,而且鲁本的皮肤很黑,所以玛利亚一开始才没发现:他脸上全都是血。她匆忙跑到他身边,差点吐了出来。血从鲁本的眼眶、耳道渗了出来,鼻孔和嘴角也淌着血。

露易丝大步走到自己的男友身边,弯腰为他擦去血迹,先是用袖口,再是用双手。但现在血开始汹涌而出,她再也擦不完了。庞特扶着鲁本坐在雪地上,鲜血在白色的背景里肆意飞溅,透入雪地深处。

玛利亚只能轻叹一句:"天啊!"

"鲁本,我亲爱的……"露易丝弯下腰,用法语低语着,一只手温柔地托在他的脑后,显然是在感受他今天新长出的发茬。

"露……易丝,"他的声音很轻,"亲爱的,我——"他咳了几声,血从嘴里涌了出来,然后用法语说道:"我爱你。"玛利亚知道,每次他说出这个具有魔力的词时,都会换成法语。

鲁本随后头向后一仰,倒在了露易丝手上,她感受着他身体的重量,泪水止不住地往下滴。玛利亚摸索着鲁本右手臂的脉搏,庞特则在摸索他的左手,然后他们互相看了一眼,同时摇了摇头。

露易丝哭个不停,她的脸因痛苦变得扭曲。玛利亚走到她身边，跪在雪地上，伸手把这个年轻女人拉向自己，搂在怀里。“节哀顺变。”她一遍又一遍地重复着这句话，用手抚摸着露易丝的头发，“节哀顺变，节哀顺变，节哀顺变……”

过了一会儿，庞特才伸手温柔地碰了碰露易丝的肩膀，她抬头看着他。“我们不能留在这里。”他说，克丽丝汀再度担起了翻译的责任。

玛利亚也附和道：“露易丝，庞特说得没错。这里太冷了，我们必须走起来。”

但露易丝还在哭，她攥紧双拳，浑身发抖，“那个混蛋，那个该死的怪物！”

“露易丝，”玛利亚温柔地说，“我——”

“你看到了吗？”露易丝抬头看向玛利亚问道，“你看到克瑞格做了什么吗？杀光尼安德特人还不够！他还让他的病毒把黑人也杀光！”说着她摇了摇头，“但……但我认识的病毒里，没有哪种能那么快就发作的。”

玛利亚耸耸肩，“多数病毒感染都是由少量病毒引起的，潜伏期多数时候都是在把最初的少量病毒增殖到足够干脏活的数量。但我们那时候被病毒烟雾笼罩，吸入的数量足有数十亿之多。”她抬头看着黑色的天空，然后转向露易丝，“我们得找个室内待着。”

“鲁本呢？”露易丝问，“我们不能就把他留在这儿。”

玛利亚看着庞特，用眼神恳求他保持沉默。露易丝现在最不需要别人告诉她“鲁本已经不在了”。

最后,玛利亚开口道:“我们明天再来接他,但现在必须去室内。”

露易丝犹豫了好几秒,玛利亚知道,自己现在不能再去刺激她。最后这个年轻女人点了点头,玛利亚扶她起来。

一阵狂风扬起了积雪,但他们还是能看到一路走来的痕迹。”克丽丝汀,” 玛利亚说,,“这附近有可以躲一躲的地方吗?”

“我看看。”克丽丝汀说,过了一会儿便给出了答案,“根据中央地图数据库,旅行块损毁的地方附近有一幢猎人小屋,去那里要比去城中容易得多。”

“你们两个去,”庞特说,“我要想办法去消杀室。虽然这么说不礼貌,但你们两个会拖慢我的速度。”

玛利亚的心跳了起来。她有万千言语想对他说,但是——

“我没事的,”庞特说,“别担心。”

玛利亚深吸一口气,点点头,任由庞特拉过自己,用一个拥抱作别。她浑身颤抖。然后他松开了手,步入寒冷的夜晚。玛利亚靠在露易丝身边,跟着克丽丝汀的指引,艰难地跋涉前进。

过了一会儿,露易丝一个踉跄,脸朝下栽在了雪里。“你还好吗?”玛利亚扶她站了起来,问道。

“还好。”露易丝说,“我——我一直没法儿回神。他是个超级好的男人……”

她们差不多花了一个小时才到猎人小屋,玛利亚一路上都冷得直打战,但她们终于到了。那间小屋看着和维桑的屋子很像,但更大一些。她们走了进去，打开照明的肋状凸起，室内充满了冷绿色的光。屋内只有一台小小的加热器，她们花了很大功夫才明白怎么开。玛利亚看着手表，摇了摇头。就算是庞特，此刻也没法儿赶到矿井的消杀室那里。

她们身心俱疲。露易丝躺在一张沙发上，双手抱紧自己，轻声低啜。玛利亚躺在地面的一张软垫上，发现自己也在哭。心痛、沮丧，整个人被悲伤和内疚所吞没，好人流血的场景始终浮现在眼前。

第四十二章

“如果这个想法错了，如果真的像另一些科学家和哲学家所认为的那样，这个宇宙和其他的宇宙里存在大量智慧生命，那我们接下来迈出一小步的时候，还将负有另一项责任，就是要把这一步做到最好，向所有其他形式的生命体展现智人的伟大，展现我们那奇妙和无穷的多样性……”

玛利亚整夜都在不断祈祷，她压低声音，努力不去打扰露易丝，“天上的父，仁慈的父，保佑他……”

之后：“上帝，求求你，别让庞特死掉。”

之后又是：“上帝，该死，你欠我一个……”

最后，辗转反侧一整夜，同时也被挣扎在血海中的噩梦所折磨的玛利亚终于发现，阳光照进了木屋的小窗，旅鸽那“咯、咯、咯”的叫声提示着黎明的到来。

露易丝也醒了，她躺在沙发上，看着木制的房顶出神。

这间猎人小屋里有一台真空箱和一台激光厨具，大概是用太阳能电池板供电。玛利亚打开真空箱，发现了某种排骨和块茎，她不知道排骨是什么动物的，但还是把它们都弄熟了，为她和露易丝做了一顿简单的早餐。

屋内还有一张方形的小桌，四面各摆着一把鞍形椅。玛利亚跨坐在一把椅子上，露易丝坐在她对面。

她们吃完早餐后，玛利亚轻声问露易丝：“你还好吗？”她从来没见过这样的露易丝：浑身脏污，双眼还挂着深深的黑眼圈。

“我没事。”她轻声说，还是带着法语口音，但听起来根本不像她说的这么回事。

玛利亚不知道自己要说什么。她不知道自己要不要提起鲁本的话题，还是说随它去，希望露易丝能将他忘记，至少是暂时忘记。但玛利亚后来想到了强奸的事，她最初根本没办法不让自己去想，所以要露易丝不去想自己死去的男友根本是不可能的事。

玛利亚把手伸过桌子，握住了露易丝的手。“他是个好人。”她用沙哑的声音说。

露易丝点点头，棕色的双眼虽然不再流泪，却布满血丝。“我们之前讨论过同居的事。”然后她摇摇头，“他离婚了。而且，你也知道，我这个年纪的人都不想在魁北克结婚，反正不管有没有证，都会受到法律保护,所以为什么要那么麻烦?但我们商量过把现在同居的状态长期化。”说到这里,她将视线瞥开,“我和他讨论这件事时有点儿开玩笑,他会说:‘如果我们搬到一起住,那我们要另外找个地方,能放得下大衣柜。’因为他以为我有很多衣服。”露易丝看着玛利亚,后者的眼睛也湿润了。“这种就是两个人之间的玩笑话,但……”她摇摇头,“但,你知道吗,我之前以为这一切都能成真。我结束了协力集团的工作后就会搬回萨德伯里,或者我和他一起去蒙特利尔,鲁本会做私人执业医师,或者……”她耸耸肩,显然意识到继续列举这些不可能发生的未来已经毫无意义了。

玛利亚握了握露易丝的手,之后便静静地陪她坐着。最终,她还是开口了:“我想去找庞特。”说罢,她用力摇了摇头,“该死,我已经习惯用机侣和他保持联系了,但哈克坏掉之后……”

“庞特肯定没事的。”露易丝说,她肯定也意识到,现在要轮到她来提供安慰了,“他根本就没有发烧的迹象。”

玛利亚努力想要点头表示同意,但她的头好像根本不想动。她很难过,很紧张,很……

门上突然传来一阵刮擦声,令玛利亚的心怦怦直跳。她知道自己用不着怕尼安德特人,但这里是他们主要的狩猎区,不然这间木屋就不会建在这儿了。现在谁知道外面有什么野兽。

“我们不能去找庞特。”露易丝说,“你想想,就算激光杀灭了他体内的病毒,也很难让他对此产生免疫力,而且我们也感染了,对吧?这个病毒可能对格里克辛白人没有作用,但我们是它的携带者。只有等我们接受净化设备的处理后才能见他。”

“那我们现在要做什么?”玛利亚问。

“去找乔克·克瑞格。”露易丝说。

“什么? 为什么? 我们把他留在那里,他现在也伤不了人。”

“是不会,但如果这种病毒有什么抗病毒的药物,或者有什么可以治疗大规模感染的方法,那他肯定知道,对吧?”

“你凭什么觉得他会告诉我们?”玛利亚问。

自从鲁本死去后,露易丝的语气第一次变得坚定起来,但她的回答很简单:“不说我就杀了他。”

之前门外有动物的动静,所以她们等了好几分钟才小心翼翼地打开木屋的门,门一开,雪立刻被风吹了进来。

她们花了大半个上午才走到孔博广场附近的那幢楼,被绑住的乔克·克瑞格就被他们丢在这里。

他们走近那扇关着的门,露易丝说:“他逃了也不奇怪,这个混蛋真的满肚子坏水……”

她推开星形的控制器,打开了门。

乔克还在。

他侧卧在地上,周围是一摊暗红色的血。他的皮肤很白,有种蜡像的质感。

玛利亚把乔克翻过来,他的脸颊和下巴上满是凝结的血块,耳朵两侧往下的血迹就像酒红色的鬓角。她向下瞥了一眼,发现他的裤子上也沾满了血,或许是从他下体流出来的。

玛利亚努力忍住反胃的冲动,把早餐吃的块茎和肉类往下咽。她又看了眼露易丝,她正咬着自己的下嘴唇。玛利亚把头转过来,想把这一切都理理清楚。

死了两个格里克辛人。

死了两个格里克辛男性。

似乎……

冲浪者,二型。

不对。不,不可能。绝对不可能!玛利亚的确是胡乱设计了一种只会杀死格里克辛男性的病毒,但这个设计最后还是作废了,她也从来没有把它编入乔克的程序里去。他显然是在玛利亚让病毒变得人畜无害之前生产出这些武器的,但是……

但是它表现的样子和玛利亚之前设想的并没有什么差别,它就是那种会杀死携带Y染色体智人的病毒。

玛利亚没有制造这种病毒,她没有……

除非……

不,不,这太疯狂了。

但她从一个宇宙到了另一个宇宙,乔克也是。如果,这只是假设,如果在她所处的某个现实里,她并没有制作对男性智人致命的冲浪者病毒,那么……

那么或许在另一个世界里,她不断延续自己的幻想,绘制出了这个病毒的基因序列……

而这个世界的乔克·克瑞格,这个身体上的每个孔洞都在流血的男人,或许是来自那个平行世界的……

玛利亚摇摇头。这也太奇怪了。另外,庞特和露易丝不是经常说,那个被玛利亚称为家的宇宙以及被庞特称为家的宇宙正在相互纠缠吗?四万年前的地球上,人类第一次出现了自我意识,世界由此分为两支。

如果是这样……

如果是这样,那么修改病毒的人就不是玛利亚,而是另有其人。

但那人是谁?又是为什么?

第四十三章

“这就是我们：一群伟大的和杰出的人。没错，我们是走过一些弯路，但犯错是因为我们总是在不断向前，总是朝着我们的命运不断前进……”

科尼利厄斯·拉斯金努力控制着自己看到新闻报道时的反应，但无济于事。他浑身哆嗦起来。

他本来打算把乔克·克瑞格的“探浪”病毒改造成一种防御性武器，而不是用来入侵——它本来是一种可以保护尼安德特世界免遭破坏的……

……怎么说，免于那个世界遭他们这类人的破坏，以免重蹈覆辙……

但现在，已经死了两个人。

当然了,从此时起,如果一切都照他的计划进行,就不会有人死了。男性智人会待在自己的世界里,除了不能通过传送门散布自己的恶意外,没有别的损失。

科尼利厄斯在罗切斯特发现了一套不错的房子可供租住,其位于一条两侧有着高大阔叶树的林荫道上,这里和他之前在贫民窟所住的那间破旧的顶楼公寓比起来,简直一个天一个地。但他现在一点也不舒服,感觉好似身处地狱。CNN采访玛利亚·沃恩的时候,他一直紧握着自己新买的安乐椅的扶手,努力稳定情绪。她说的并不是她曾经被他强奸这件事儿,而是在向采访者解释为什么格里克辛男性必须留在这边,留在这个世界,永远不要去尼安德特人那边。陪在她身边的是庞特·博迪特,看起来精神很好。

这是CBC《新闻世界》进行的采访,CNN转播了这段采访。玛利亚几天前显然是放了《新闻世界》的鸽子,那时候她赶着去阻止乔克·克瑞格,但现在她已经回来了,回到了这个世界。

这个科尼利厄斯·拉斯金生活的世界。

“您是说,任何男性智人前往尼安德特人的世界都会面临风险?”一名男性亚裔记者问道。

“没错,”玛利亚说,“乔克·克瑞格释放的毒株是——”

“是被美国疾控中心称之为‘埃博拉-萨尔达克型’的毒株吗?”记者问。

“是的。”玛利亚说,“我们认为克瑞格本意是想制造一种只对尼安德特人致命的毒株,但最终制造的却是某种会选择性杀死智人男性的变体。我们不知道这个毒株在尼安德特人世界里的传播范围有多广,只知道在接触其后数小时内,就会让人类男性致死。”

“尼安德特人的消杀技术呢?博迪特博士,您能和我们说说吗?”

“它是利用谐调激光来杀灭体内的外源性生物分子。”庞特说,“沃恩博士和我回到这个世界之前都接受了它的照射,它是完全有效的,但正如沃恩博士所言,任何感染了埃博拉-萨尔达克型的格里克辛男性除非在短时间内接受同样的治疗,否则就会死亡。而在我的世界里,这样的净化室数量很少。”

“除了这种激光技术外,就没有治愈方法或疫苗了吗?”

“暂时没有。”玛利亚说,“当然了,我们会努力发现新的方法。但请记住,我们多年来一直都在研究治愈埃博拉毒株的方法,但始终未能成功。”

科尼利厄斯摇了摇头。当他发现乔克并不是在做模拟实验,而是真的打算生产出他的病毒时,他对自己写的密码子序列做了些改动,然后看着乔克在密封的玻璃容器中生产出数升病毒。等一切完成后,他再把密码子改回原来的序列,即便乔克再检查,也不会知道它被改过。

这是某种补偿,是对科尼利厄斯那晚出门所造下的孽所做的一点点补偿——单凭这件事当然没法补偿他在多伦多的行为,但那个强奸犯是过去的自己,是以前愤怒的自己。现在的他已经是一个崭新的人了,自己确实觉得不公平,但已经能够控制住自己感到不公平时的愤怒。不,他已经不会再像之前那样了,不会再像他性侵玛利亚·沃恩或者对奎赛尔·伦图拉施暴时那样了,不会再回到体内还有睾酮的时候了。但她们肯定还能感受到,肯定还会带着一身的冷汗在夜里惊醒,那些恐惧的画面还残留在脑海……

也不对,她们脑海中的画面不是他,而是一个戴着黑色滑雪面罩的人。至少奎塞尔眼里的他肯定是这样,因为她不知道那个性侵自己的人是谁。

但玛利亚·沃恩知道。

科尼利厄斯清楚,这是一把双刃剑。玛利亚不能指认他,否则庞特便会因对自己进行的……治疗……面临指控。但话又说回来,那个一直萦绕在玛利亚内心的画面里肯定出现过一张脸:一张白皮肤、蓝眼睛的扭曲脸庞,带着愤怒和仇恨。

现在,科尼利厄斯·拉斯金意识到,他在鲁本和乔克死亡的这件事中所扮演的角色根本无人知晓,也根本无关紧要。玛利亚早已告诉全世界,乔克·克瑞格在设计病毒时犯了一些错,现在他自食恶果,成了自己造物的牺牲品。

而且说句老实话,科尼利厄斯对克瑞格的死感触并不深,毕竟他筹划了对尼安德特人的屠杀。

但有一位无辜的人也死了,是位医生,是位真正救死扶伤的人,是鲁本·蒙塔戈。

科尼利厄斯松开椅子的扶手,抬手仔细端详,想看它们是否还在颤抖。没错,还在。他再次紧握住扶手。

“一个无辜的人!”他大声说道,但周围只有他一个人。他摇了摇头。

说得好像真有这样的人……

但……或许真的有呢。

网上已经有了鲁本·蒙塔戈的讣告和对他的称赞,科尼利厄斯在协力集团见过他的女朋友露易丝·贝努特,现在她因为他的死几近精神崩溃,一遍又一遍地称他是一位温柔善良的人。

科尼利厄斯又给一名女人带来了巨大的悲伤。

他知道自己要尽快因遭受的阉割去做点儿什么,毕竟他身上很快就会出现其他变化:新陈代谢会减慢,体内会开始堆积脂肪。他已经注意到,自己胡子的生长速度比之前慢了很多,大部分时间都有点无精打采,或者说情绪低落。最简单的方法就是用睾酮治疗。睾酮是一种类固醇,主要在睾丸的间质细胞中产生。但他也知道它能通过更容易获得的类固醇来合成,比如薯蓣皂苷元[①],肯定有卖这些东西的黑市。科尼利厄斯之前努力无视他在浮木区的那间旧公寓附近的毒品交易。但如果他想,肯定能找到一个贩卖睾酮的经销商,应该能在那边或者罗切斯特市的什么地方找到。

但是,不行,他不想那样。他不想做回从前的自己,不想再体会那种感觉了。

他没有退路。

①薯蓣皂苷元是一种糖苷,这是由酸、强碱或酶水解皂苷产生的。可从盾叶薯蓣、穿龙薯蓣、黄山药、柴黄姜等薯蓣属的块茎中提炼出来。

而且……

而且也没有未来。

他举起双手。它们已经不再发抖,它们现在非常稳当。

他在想,等他死后,后人会怎么评价他。

他看了媒体上全球各地与宗教相关的辩论,如果像玛利亚·沃恩那样的人是对的,那他就会被人记住,就算死了之后也会。他让尼安德特人的世界免遭他这类人染指的事迹可能会被人铭记在心,只是可能。

话又说回来,如果尼安德特人的观点是对的,那么死亡就意味着湮灭,单纯地不再存在于这个世界上。

科尼利厄斯·拉斯金希望尼安德特人那派的观点是真的。

他不想让自己受到的痛苦留下任何证据。他不在乎庞特·博迪特之后会怎么样,他只是不想让他的家人知道他在多伦多所做的事而已。

科尼利厄斯·拉斯金走向车库,从自己车的油箱里抽出汽油。

"班德拉,说说什么感觉?"玛利亚问。

班德拉现在穿了一身格里克辛人的衣服,脚踩一双褐灰色的耐克鞋,下身穿了一条蓝色的石磨水洗牛仔裤,上身是一件宽松的绿色衬衫。这些都是在马克工装店买的,庞特第一次到访玛利亚世界的时候,那身新衣服也是出自这家店。班德拉把手搭在自己的大屁股上,惊讶地环顾四周。"我……我从来没见过这样的住宅。"

玛利亚也看了一圈客厅。"至少北美大部分人都住在这样的房子里。呃,其实这是一座非常好看的房子,这个世界大部分人都住在大城市里,而不是乡下。"她停下来问道,"你喜欢吗?"

班德拉说:"我需要一段时间去适应它,但,没错,我非常喜欢,它很宽敞!"

"两层楼,"玛利亚说,"三千五百平方英尺,还有个地下室。"她停了一秒,让班德拉的机侣进行换算,然后继续微笑道,"外加三个卫生间。"

班德拉小麦色的眼睛瞪得大大的,"简直奢华!"

玛利亚微笑着想起了她用的染发剂的广告语:"物有所值。"

"周围的地也是我们的吗?"

"是的,全部加起来有二点三英亩[①]。"

"但……但我们能付得起吗?我知道这一切都有代价。"

"如果这房子在多伦多附近,我们肯定是付不起的;但如果在这里,在莱弗利郊外,那肯定可以。毕竟劳伦森大学会给我们两人开出不错的工资,作为参与学术研究的报酬。"

班德拉坐在客厅的沙发上,指着摆满小雕刻的深色木制古玩柜。"家具和装饰都很漂亮。"她说。

"这个组合可不一般。"玛利亚说,"加拿大人和加勒比海人。当然了,鲁本的家人想要带走一些东西,我相信露易丝也想带走一些,但大多数还是会留给我们。我买下这幢房子的时候是连着家具一

① 1英亩约等于0.4公顷。

起的。”

班德拉低下头，“我真想见见你的朋友鲁本。”

“你会喜欢他的。”玛利亚挨着班德拉在沙发上坐下，“他是个非常好的人。”

“但住在这里不会让你难过吗?”班德拉问。

玛利亚摇摇头，“不会。你看，这里就是庞特、露易丝、鲁本，还有我在庞特首次到访这个世界时一起隔离的地方。这是我认识他的地方，也是我爱上他的地方。”她指着房间的另一边，“他把远处的那个书架当作痒痒挠，整个身子左右摇晃，这个画面如今还能浮现在我眼前。我们在这张沙发上有过很多绝妙的对话。我知道自己之后每个月只能和他在一起四天，而且那段时间的大多数时候都是在他的世界而不是在这里。但怎么说，从某种程度上讲，这里也是他的家。”

班德拉微笑起来，“我理解。”

玛利亚拍拍她的膝盖，“这就是我爱你的原因，因为你总能理解我。”

“但是呢，”班德拉说着就笑了起来，“之后就不会只有我们两个人了。我已经很久没有和孩子住在一起过了。”

“我希望你能帮我一把。”玛利亚说。

“当然可以，我太知道第九个十分日起来喂奶是什么感觉了！”

“噢，我不是这个意思……不过要是能帮我，我肯定会很感谢你！其实我的意思是，我希望你能帮我一起抚养我和庞特的女儿。

我希望她能同时了解和欣赏格里克辛人与巴拉斯特人的两种文化。”

“这才是真正的协力,”班德拉灿烂地微笑道,“这才是真正的合家欢!”

玛利亚也用微笑向她回应,“一点儿没错。”

电话是两天后晚上六点左右打来的。玛利亚和班德拉刚刚在劳伦森大学待了一整天,正在那幢曾经属于鲁本的家里放松身心。玛利亚舒展身子躺在沙发上,终于读完了好几年前就开始读的斯考特·杜罗[①]的小说,这书的开头她还是在两个世界的传送门首次出现之前读的。班德拉则倒在乐至宝多功能沙发上,玛利亚在隔离的时候睡的就是这张沙发。她在用尼安德特人的数据板看书。

沙发边桌上的老式电话响了,玛利亚折起书页,坐直身子,拿起听筒,“喂?”

“玛利亚,你好啊。”一个带着巴基斯坦口音的女声说道,“我是奎塞尔·伦图拉,从约克大学给你打的这个电话。”

“我的天,你好! 最近怎么样?”

“我还不错,但是——但是我给你打电话是想和你说一个坏消息。你还记得科尼利厄斯·拉斯金吗?”

玛利亚只觉得胃部一阵痉挛,“当然。”

① 斯考特·杜罗(Scott Turow,1949—),美国作家,律师,其小说的主要题材为法律惊悚小说。

“是这样,我很抱歉要由我来开口和你说这件事,但他去世了。”

玛利亚挑起了眉毛,“真的吗?但他还很年轻……”

“他们说他三十五岁。”奎塞尔说。

“怎么回事?”

“失火,然后……”她停了下来,玛利亚都能听见她费劲吞咽的声音,“从现场看来也没留下什么。”

玛利亚努力想说些什么作为回应。最后,一个“噢”字从她的双唇中溜了出来。

“你——你想参加追悼会吗?这周五,就在多伦多。”

玛利亚根本想都不用想。“不,不用了,我和他不怎么熟。”她说。我和他真的不熟。

“好吧,行,我知道了。”奎塞尔说,“我就是想着要和你说一下。”

玛利亚想告诉奎塞尔,她应该能睡个安稳觉了,因为现在那个强奸她,或者说强奸了她们两人的男人已经死了,但是……

但是玛利亚本来不该知道奎塞尔被强奸的事。她的思想剧烈地斗争着,最后,她想自己终究会想到让奎塞尔知情的办法。“非常感谢你的电话,我不能来,很抱歉。”

她们道别后,玛利亚把听筒放回听筒架,班德拉也调直了自己的多功能沙发,“谁的电话?”

玛利亚走向班德拉,张开双臂,扶她起来,然后把她拉到自己身边。

“你还好吗?”班德拉问。

玛利亚紧紧地抱着她。“我很好。”她说。

但班德拉说:“可你在哭。”玛利亚的脸贴在她肩膀上,班德拉看不到,但或许能闻到泪水中的咸味。

“别担心,”玛利亚温柔地说,“抱着我就好。”

班德拉照做了。

第四十四章

“我的人类同胞，我的智人同胞，我们将继续我们伟大的旅程，继续我们精彩的探索，继续向着远方进发。这既是我们的过去，也是我们的未来。我们不会停止，不会动摇，不会放弃，并直抵最遥远的星辰。”

庞特和阿迪克在联合国待了很久，负责给决定是否继续在联合国总部和多纳卡特岛之间建立永久传送门的委员会提供建议。有些人声称，如果智人男性没法儿过去，那这些工作就都应该放弃。露易丝·贝努特也被任命为这个委员会的成员。

而现在，劳伦森大学已经放圣诞假了，意味着玛利亚和班德拉也开始了她们的假期。所以她们决定飞去纽约，在时代广场和露易丝、庞特与阿迪克共度除夕。

“难以置信!”班德拉在人群中大喊道,“这里有多少人?”

“一般五十万人左右吧。”玛利亚说。

班德拉环顾四周,“五十万！我觉得巴拉斯特人从来都没有那么多人聚在一起过。”

“话说,”庞特问道,“你们为什么在这一天庆祝新年呢？这天既不是夏冬至,也不是春秋分。”

“唔,其实我也不知道。玛利亚知道吗?”露易丝说。

玛利亚也摇摇头。“我也毫无头绪。”她搜寻着露易丝的双眼,试图在一片喧闹声中模仿她的口音,“但日日是好日!”但想要在她脸上看到微笑还是太难了,毕竟之前的事才过去没多久。

“那今晚会发生什么?”阿迪克问。

周围的一切都沐浴在霓虹灯下。“看到那边的建筑了吗?”玛利亚说着指向了某处。

阿迪克和庞特点了点头。

“那里之前是《纽约时报》的总部,所以这里才叫时代广场。还有,你看到上面的旗杆了吗？它有七十七英尺高,一个约重一千磅[1]的球体会从晚上十一点五十九分开始向下移动,在整整六十秒后到达底部。这就意味着新的一年开始了,随之而来的就是一场盛大的烟花表演。”玛利亚举起一个袋子,他们每个人都有一个,是时代广场商业改良区给的,“当球砸到底部的时候,你们应该先和自己最爱的人接吻,然后再喊‘新年快乐’,之后还要把袋子里的东西抛向空

① 1磅约等于0.45千克。

中。这里面装满了碎纸片，我们叫它五彩纸屑。”

阿迪克摇摇头，“这个流程真是复杂。”

“但是听起来很欢乐，”班德拉说，“我觉得我们——天啊！天啊！”

“怎么了？”玛利亚问。

班德拉指了指，“是我们！”

玛利亚转过身，一块巨型屏幕上显示着班德拉和玛利亚的画面。玛利亚专心地看着，这场面实在是太吓人了！图像开始向左移动，拍到了庞特和阿迪克。过了一会儿，画面又变成了在朝众人挥手致意的纽约市市长。玛利亚转身面向了其他人。

“看来，我们来这里也逃不掉被关注的命运。”她微笑着说道。庞特也大笑起来，“我们已经习惯了！”

“你们每年都来吗？”阿迪克问。

天上飘起了小雪，玛利亚说话时呼出的白气清晰可见，“我？我以前从来没来过——但我每年都会和全球大约三亿人一起在电视上看直播。这是个非常传统的节目。”

“现在几点了？”庞特问。

玛利亚看了看表，周围的霓虹灯很亮，看时间也不费力。“刚过十一点半。”她说。

“噢！”班德拉又指着屏幕，“现在是露的个人时间！”

大屏幕上现在是露易丝那张美丽脸庞的特写，她看到自己的脸出现在大屏幕上，笑得非常迷人。成千上万的男性发出山呼海啸的叫好声。著名模特和演员帕米拉·安德森·李的脸也出现在了大屏幕上……

屏幕上又换成了著名主持人迪克·克拉克的脸,他穿着一身黑色的丝质上衣,站在一座巨大的舞台上,周围环绕着数百个粉红色透明的气球。“你好,世界!”他喊道,然后又用一个夸张完美的微笑来修正自己的错误,“你好,全世界!”

人群欢呼起来。玛利亚也用自己戴着手套的双手鼓起掌。

“欢迎来到迪克·克拉克的新年摇滚夜!”

接着是更多的欢呼声。周围的人群挥舞着和装满五彩纸屑的袋子一起分发的小型美国国旗。

“真是令人惊讶的一年。”克拉克说,“在这一年,我们见到了失散多年的表亲尼安德特人。”屏幕上给了庞特一个大特写,庞特花了一会儿才发现了镜头,然后勇敢地挥了挥手,哈克的新面板在彩色的霓虹灯下闪闪发光。

人群开始喊起口号:“庞——特!”“庞——特!”“庞——特!”

玛利亚觉得自己的心因为骄傲而怦怦直跳,而迪克·克拉克则继续说道:“今晚,除了世界上最庞大的乐队之外,克里克·唐纳特还会在我们的好莱坞演播室内现场表演他的榜首金曲《合欢日》,但现在,我们——先生,先生,我很抱歉,但你得离开这里。”

玛利亚困惑地看着大屏幕,克拉克现在独自站在台上。

“对不起,先生,我们正在直播。”克拉克对着空气说完,转身喊道,“马特,我们能把这个小丑请出去吗?”

人群开始窃窃私语。克拉克对那人试了很多方法,显然都不管用。班德拉凑到玛利亚身边说:“他演得也太差了……”

突然,一个背对他们的人转过身来看着庞特,说道:“我的天,是你!是你!”——考虑到这里的人们就像一捆柴一样相互挤着的,这个恶作剧的效果真不错。

庞特礼貌地微笑道:“是的,我——”

但那个男人圆睁着眼,把庞特推到一边,又说:“是你!是你!”他似乎想要推着人群走,但大部分时候人群会自行分开给他让路。

“耶稣!”班德拉身边的女人喊道,但玛利亚看不到是什么让她如此受惊。她回头看了眼那个推开庞特的人,只见他跪了下来,吓了她一跳。

扬声器里又冒出了迪克·克拉克的声音,听着有点慌张。“他要是在这儿,我就受不了!”

玛利亚觉得自己的喉咙发干。她伸出左手,想要稳住自己的身子。班德拉扶住她的胳膊,“玛,你还好吗?”

玛利亚勉强点了点头。

“耶稣!”那女人又喊道。

但玛利亚摇了摇头。

“不。”她说,声音更轻了。

不,不是耶稣。

是玛利亚。

是圣母玛利亚!

“庞特,”玛利亚的声音颤抖不已,“庞特,你看到她了吗？你看到她了吗?”

“谁?”庞特问。

“她在那儿。”玛利亚指向某个方向,接着就立刻把手缩了回来,用手画了个十字,“她就在那儿!”

“玛,这里有整整五十万人……”

“但她发着光啊。”玛利亚轻声说。

庞特转向露易丝,玛利亚又强迫自己朝那个方向看了一会儿。露易丝棕色的眼睛瞪得大大的,一遍又一遍地用法语轻声说着什么,玛利亚听不太清,但她能读懂露易丝的唇语:“上帝啊,上帝啊,上帝啊……”

“你看!”玛利亚说,“露易丝也看到她了!”但就算玛利亚这么说,她心里还是有疑虑。圣母的确是圣洁的,但通常人们不会对她用“上帝啊,上帝啊,上帝啊……”

玛利亚发现她又把目光收回到了面前那个完美的发光体身上,它的左右两侧则是高耸的建筑。

班德拉还抓着玛利亚的胳膊,而班德拉另一侧的女人则直接跪倒在地大喊道:“玛利亚！荣福童贞圣母玛利亚!”

“快看。”有个人喊道,而这只不过是万千同时叫喊的声音之一。同时,玛利亚恰巧听见身后的人喊道:“母舰!”

玛利亚抬头看去,只见探照灯发出的光束相互交叉,照过漆黑空旷的夜空。

“玛！”那是庞特的声音，“玛，你还好吗？发生什么了？”

玛利亚面前的一个人转过身，把手伸进外套口袋。玛利亚最初以为他是在伸手掏枪，但那人却拿出了一个装满现金的钱包。他打开钱包。“给，”说着塞给玛利亚一些现金，“给，拿好！拿好！”他又转身对着庞特，也给他塞了一些现金，“拿着！拿着！我的钱实在太多了……”

玛利亚身后传来一声高呼：“真主至上！真主至上！”

而前面的人则喊道：“弥赛亚！终于降临了！”

她左边的人：“对，对！主啊，带我走！”她右边则有人在唱：“哈利路亚！”

玛利亚真希望自己随身带着诵经用的念珠。圣母就在这儿——就在她面前！她在示意自己向前走。

“玛！”庞特喊道，“玛！”

有人在玛利亚身后哭泣，有人在她身前无法自已地大笑，其他人则把脸埋在手心，或者一起鼓掌，或者向上天举起双手。

一个男人在喊：“那是谁？谁在那里？”

一个女人在喊：“走开！走开！”

还有一个人喊道：“欢迎来到地球！”

几英尺外，玛利亚看到有人昏厥了，但人群太挤，他甚至都没法倒在地上。

“今天是审判日！”有个声音喊道。

“是第一次接触！”另一个人喊道。

“马赫迪！马赫迪！[①]”又一个人喊着。

有个女人在她边上吟诵着:“我们在天上的父,愿人都尊你的名为圣……[②]”

她身边的男人则不断地重复道:“对不起,对不起,我非常对不起……”

还有人在强调:“不可能发生这种事！不可能是真的!”

“玛!”庞特抓住她的双肩,用力摇晃着,想要让她远离圣母玛利亚,“玛!”

“不行,”玛利亚努力挤出这几个字,“不行,不行,放开我。她在这里……”

“玛,人群太疯狂了,我们得从这里出去!”

玛利亚扭动身子,体内升起一股前所未有的力量。为了和圣母在一起,她什么都愿意做……

“阿迪科,班德拉,快!”那是庞特的声音,被翻译成英语后突然闯入了她的脑海,淹没了圣母的话。玛利亚举起双手,将手指勾起变成爪子,想要扯出耳蜗植入体。庞特的声音又响了起来:“我们必须把玛和露从这里带出去!”

白光——完美的白光——闪闪发光,边缘闪着棱镜折射般的光泽。玛利亚觉得自己的心在膨胀,灵魂在飞翔,她——

---

①马赫迪意为“蒙受真主引导的人”或“被真主引上正道的人”,伊斯兰教认为马赫迪是世界末日来临前的领袖。

②《圣经·新约·马太福音》6:9。

枪响了！

玛利亚向右看去，一个大约四十岁的白人拿出手枪，对着看不见的恶魔射击，恐惧扭曲了他的脸。人们死在他的面前，但时代广场太挤，尸体倒不下来。子弹射入人群，玛利亚先是看到一个人的脸，然后又看到另一个人的面孔。

尖叫声此起彼伏，几近与狂喜的呐喊声媲美。

“班德拉！”庞特喊道，“你负责开路！我把玛带出去，阿迪克，你负责露！”

虽然天气很冷，玛利亚还是觉得脸上疯狂冒着汗。庞特想带她离开这里——

但玛利亚心中理性的部分努力从她的意识中浮现出来，告诉她：不是的！圣母不在这里。

但另一部分的她又尖叫道：不！她在！

不——不，这不是圣母！世界上根本没有——

但那里不就——肯定有！玛利亚突然间觉得自己从地上升了起来，飞向空中……

那是因为庞特把她抱了起来，越举越高，最后扛在了他宽阔的肩膀上。他们前方的班德拉负责推开人群，好像在打保龄球，或者就像摩西分开红海那样，在人群中开出一条道来。庞特横冲直撞，赶在班德拉清理出的空位被毁灭性的人群重新塞满前挤过去。左侧原本给应急车辆预留的车道上人流量还不是很密集，所以班德拉正在朝那里冲去。

玛利亚看了看两侧,想再次找到圣母的光芒,却发现露易丝也被扛在了阿迪克肩头,他们正跟在玛利亚和庞特身后。

有人朝他们走了过来,神情疯癫,二话不说就抡拳朝庞特挥去,但被庞特轻易地挡开了。但又有另一个人冲向了他,嘴里喊着:“恶魔!快滚!”

庞特也想象之前那样挡开那一下,但这次行不通。这个袭击者好像,不对,玛利亚意识到他就是被什么东西附身了。他的拳头狠狠打向了庞特宽阔的下巴,庞特不得已做出了回击,他的掌心拍在了对方的胸口正中。玛利亚虽然身处这样嘈杂的环境里,但也还是能听见肋骨断裂的声音,之后那人就倒下了。人群立刻涌进班德拉之前清出的地方,那名袭击者好像被人踩在了脚下,但几秒后,庞特就被推向前方,玛利亚已经看不到那个倒下的人现在是什么情况了。

庞特向前猛冲的时候,玛利亚的视线不断跳动起伏,但突然,她看到了一个巨大的发光球体开始沿着旗杆下降,直径大约六英尺,上面镶了一层华登峰水晶,由内而外发着光。玛利亚没法儿想象现在还有人能镇定地慢慢送它下去,肯定是电脑控制的。

频闪的彩灯、探照灯、激光在干冰生成的云中纵横交错。

尖叫声、枪声、玻璃的碎裂声、哀号的警报声,一名纽约警察的马受惊跃起,把他摔在地上。

“圣母玛利亚!”玛利亚喊道,“救救我们!”

“庞特!”那是阿迪克的声音,是从他们身后传来的,“当心!”玛利亚能感觉到庞特飞快地甩了一下脑袋，因为又一个挥着撬棍的疯子被人群挤到了他身边。为了脑袋不被开瓢，庞特开始向右跑，撞到了好几个人。

班德拉转身抓住了那人的手腕，用力一握。玛利亚又听到了骨头断裂时清脆的声音，撬棍“啪”的一声掉到了人行道上。

玛利亚摇摇头，依然在寻找圣母。那只巨大的球几乎就要到底了，他们即将离开时代广场，正朝四十二街东边跑去。

天空突然传来一声炸响——

玛利亚抬头看去。是耶和华的天军！是他的——

不，不，那只下落的球肯定是电脑控制的，那么这阵巨响，显然就是烟花表演。一束如孔雀开屏般的光芒在他们身后散开，随后，红色、白色和蓝色的烟花冲向天空。

庞特的腿上下翻飞，肌肉就像活塞。人越来越少了，他们现在的速度也快了起来。班德拉依然跑在前面，肩扛露易丝的阿迪克还是跟在他们身后。他们不断奔跑，跑向黑夜，跑向新年。“圣母玛利亚！”玛利亚·沃恩喊道，“荣福圣母玛利亚，快回来！”

联合国总部就在时代广场以东一英里左右的地方。他们花了九十分钟才到，一路与车流和人流搏斗，最后终于成功抵达，安全进入室内——格利克辛保安认出了庞特，放他们进去了。

午夜时刻过后不久，玛利亚的幻觉就结束了，结束的时候和来的时候一样突然。玛利亚头痛欲裂，内心空虚寒冷。“你看到了什么?”她向露易丝问道。

露易丝慢慢地摇了摇头,一切奇妙的经历都清晰地浮现在了她的脑海里。“上帝,”她喃喃道,“圣父,就像在西斯廷教堂里的米开朗基罗天顶画里那样。这太……”她苦心搜得一个词,“这太完美了。”

他们在秘书处大楼的二十层找了个会议室睡觉,听着远方疯狂的声音和呼啸的警笛声度过了剩下的夜晚。幻觉已经结束,但混乱才刚刚开始。

翌日早上,有些电视台根本就没能开播,但他们还是看了零散的新闻报道,想要拼凑出事情的全貌。

地磁场刚刚崩溃了四个多月,自从意识在这个世界上出现后,这种情况属首次。地磁场的强度一直在波动,磁力线也在不停地疯狂汇聚和发散。

“这个嘛,”露易丝把手搭在自己屁股上,盯着电视屏幕,“严格来说这不是一场冲突,而是……”

“而是什么?”玛利亚问。众人都已疲惫不堪,蓬头垢面,满身瘀青。

“我之前告诉过乔克,磁场崩溃后会引发的一系列问题中,最严重的不是紫外线辐射通过量增加,或者类似的问题,而是对人类意识造成的影响。”

“这和我在维罗妮卡·香农的实验室里感受到的很像,”玛利亚说,“只是更加强烈。”

庞特点了点头,“但我能肯定,我和其他巴拉斯特人的感受也像在维罗妮卡的房间里一样,没有受到任何影响。”

“但是其他人。”玛利亚对电视机示意道,“在这个地球上的所有人,似乎都出现了类似的宗教体验。”

“或者说是被不明飞行物绑架的经历,”露易丝补充道,“又或者至少遇到了一些这个世界上不存在的东西。”

玛利亚点点头。他们要过好几天,甚至是好几个月才能知道昨晚人员死亡和财产损失的精确数据,但很明显,单是以美国东部时间而言的除夕夜,或者说元旦这一天来说,就算没有几百万,肯定也有好几十万人丧生了。

至少有一位评论员已经把那天称为“末日”,而那天的经历意味着什么?关于这个问题的争论肯定会持续很多年。

今天晚些时候,教皇马克二世会对所有信众发表讲话。

但他又能说些什么呢?他会证实耶稣和圣母玛利亚的目击事件,但同时又否认穆斯林、摩门教徒、印度教徒、犹太教徒、山达基教、威卡教,还否认毛利人、切罗基人、米克马克人、阿尔冈昆人、普韦布洛人,以及因纽特人和佛教徒的感受?

那么目击不明飞行物、灰色外星人和复眼怪呢?

教皇要“解释”的东西可不少啊。

所有宗教领袖都是如此。

阿迪克、班德拉和露易丝被BBC的一个新闻报道吸引住了,说的是一件昨天发生在中东的事情。玛利亚拍了拍庞特的肩膀,等他看向自己时,就示意他到会议室远处的角落去。

“玛,怎么了?”他柔声问。

“这不就是一团乱麻吗?”她说。

哈克响了起来,但玛利亚没有理睬它。

“关于我们的孩子,我改变主意了……”

她看见庞特脸一沉。

“不,不!”玛利亚赶忙伸手,抚摸着他粗短结实的小臂,“不,我还是想和你生一个孩子,但现在,你把我之前在维桑的小屋里对你说过的那些话都忘了吧。我们的女儿不该有上帝器官。”

庞特那双金色的眸子在她的眼里搜寻着什么,“你确定?”

她点了点头,“是的,终于决定了,我人生中第一次这么确信一件事。”她的手从他的手臂上滑落,与他十指紧握。

尾　声

除夕夜后的半年时间里再也没有出现过这样的景象，但笼罩着这个地球的磁场依然波动剧烈，不能保证它不会像之前那样再次刺激智人的心智。或许，大概要在十四或者十五年后，等玛利亚所在的世界（现在还没想好要怎么称呼它）终于完成地磁场翻转的进程，才不用担心那天的悲剧重演。

不过在此期间，维罗妮卡·香农和其他从事类似研究的人员一下子爆红了，他们在媒体上解释那天到底发生了什么……至少是说给了那些愿意倾听的人听。北美地区前往教堂的人数先是创下了历史新高，然后又降为历史最低。

但在巴拉斯特世界的詹塔尔，地磁场崩溃已经过去了十年，万事还是一如既往，始终没有产生关于上帝、恶魔和外星生物的想法。

玛利亚·沃恩一直都想在夏天举行婚礼——她第一次结婚，也就是和科尔姆的那场婚礼是在二月份。鉴于尼安德特人的缔约仪式都是在室外举行的,所以对她来说,这次在气候温暖的月份举办仪式更加重要。

缔约仪式会在萨尔达克城中和萨尔达克城缘之间的野外举行。玛利亚之前参加过庞特的女儿婕斯梅尔·凯特和泰伦·鲁卡尔的缔约仪式。那段经历最尴尬的地方是,婕斯梅尔的前监护人以及阿迪克的原告达卡拉·波尔贝出现了,而且她有那么一段时间还喜欢过庞特,是玛利亚的情敌。但就算她来了,整场仪式的规模也不大,巴拉斯特人的惯例就是如此。

但玛利亚一直都想要一场盛大的婚礼。当她和科尔姆喜结连理的时候,只邀请了双方各自的父母与兄妹。仪式很简单,更重要的是价格便宜,符合研究生能负担的预算。

但这次的人可就多了,至少按照尼安德特人的标准来说是这样。阿迪克来了,还有他的女伴露特以及儿子戴伯。同样到场的还有庞特的父母,他们是第142代的人,非常友善,令人肯定想见他们一面。庞特的女儿婕斯梅尔和梅嘎也在场,婕斯梅尔的男伴泰伦也在。班德拉的两个女儿哈伯娜和德拉娜以及他们的男伴届时也会出席。玛利亚想要一个伴娘,但巴拉斯特人的世界里没有这个概念,所以露易丝·贝努特也会到。而且朗维斯·特洛波也会来,因为他主动要求出席,而且现在也是他发明的机侣技术解放巴拉斯特世界的千月纪念的期间,所以什么要求都得按着他的心意来。现在一百零九岁高寿的他,只是因为最近安装了机械心脏,身心稍微有一点儿疲惫。

到场名单上的女性都还没出现，但应该快了。149代的人已经开始孕育了，玛利亚期待着，露特、婕斯梅尔、哈伯娜和德拉娜也是。

庞特也没到，按照传统，那些参与缔约仪式的男性都会因去打猎而晚到一些，他们需要按照自己的计划去收集食物。而玛利亚也做了她该做的事，采了许多松子、块茎、蔬菜和食用菌。

“是爸爸！”小梅嘎指着远方喊道。玛利亚抬头望去，发现庞特出现在了西边的地平线上，两手提着东西，但玛利亚还看不清那些是什么。

“妈妈也来了！”哈伯娜指向东边，没错，班德拉正从那个方向走来。

庞特之前说过，双重缔约仪式相当罕见，但玛利亚觉得这样非常合适，她能同时与男伴庞特和女伴班德拉缔约。头顶万里无云，环境温暖干燥。玛利亚在她所爱的生活里感受着爱与被爱，这种感觉实在美妙。

庞特和班德拉到这里的距离相当，但庞特来的西面地形更为崎岖，所以班德拉先到。她拥抱了两个女儿，问候了庞特的父母，而她自己的父母因住得很远没能到场，但玛利亚知道，他们正在看着班德拉机侣传输的视频。

班德拉看起来很开心，这种情绪也感染了玛利亚，让她也心花怒放。班德拉已经很久没见过哈伯了，她的男伴知道班德拉已经搬到了另一个世界，但班德拉没有采取任何措施去解除这段关系。按照她的说法,如果她这么做了,那么他就会再找一个女伴。当然他或许会在未来的某些时候终止他们的缔约,但玛利亚觉得对哈伯来说,这样也够了。今天是开始缔约的日子,而不是终止缔约的时刻。

班德拉背着一个包,她把包放在地上,里面是她给玛利亚准备的食物。玛利亚准备的数量是班德拉的两倍,但只有一半是给班德拉的,还有一半要给庞特。

很快,或者说终于,庞特来了！玛利亚很惊讶。她之前参加婕斯梅尔和泰伦的缔约仪式时,泰伦现身的时候肩上扛着一头刚被杀死的鹿,鹿身上有许多长矛的伤口,从中汩汩流出鲜血,这画面曾引得玛利亚的胃里一阵翻腾。但庞特手里拿着两个圆柱形的大东西,玛利亚看出来这是保温桶。她疑惑地看着他,但他只是把手里的东西放下来,然后给了玛利亚一个大大的拥抱。他们抱了很久,感觉很好。

仪式自然不需要任何工作人员见证,毕竟有好几台机侣从各个角度记录下了这一切,再传送到远程档案馆。所以他们三人简简单单地开始了仪式,庞特和班德拉分别站在玛利亚的两侧。

玛利亚在班德拉的耐心教导下花了半年时间学习了缔约的誓词。她转向庞特,用尼安德特语对他说道:“亲爱的庞特,我宣誓,我每个月会将你放在我的心里二十九天,在合欢日则会把你抱在怀里。”

庞特拉起玛利亚的一只手,然后她继续说:“我宣誓,你的健康快乐和我的一样重要。若你厌倦了我,那我就会承诺放你自由,并将我们子女的利益放在第一位。”

庞特金色的眸子里闪着光，然后玛利亚转向班德拉：“亲爱的班德拉，我承诺，我每个月会将你放在我的心里二十九天，不论是否在合欢日，我都会把你抱在怀里。我宣誓，你的健康快乐和我的一样重要。若你厌倦了我，那我就会承诺放你自由。”

班德拉已经能比较流利地说英语了，至少能比较流利地说那些她能发出音的词，“对你厌倦？至少还得等上几百万年吧。”

玛利亚微笑着转向庞特，现在轮到他发言了。“我承诺，”他的声音低沉洪亮，“我每个月会将你放在我的心里二十九天，在合欢日则会把你抱在怀里。我宣誓，你的健康快乐和我的一样重要。若你厌倦了我，那我就会承诺放你自由，并将我们子女，也就是我们那个万中无一的混血儿的利益放在第一位。”

玛利亚用力握了握庞特的手，转身看着班德拉，班德拉也重复了玛利亚对她说的誓言，然后她用英语补充了一句：“我爱你。”

玛利亚也吻了一下班德拉。“我也爱你。”她说，然后转身吻了吻庞特，“大块头，你也知道我爱你。”

“他们缔约了！”小梅嘎拍着手说。

阿迪克则向前走去，抱了抱庞特，“恭喜你！”

露易丝则抱了抱玛利亚，“我的好朋友，恭喜你！”

终于，庞特宣布道：“现在是时候大快朵颐了！”他朝自己带来的两个圆柱形容器走去，打开来后，只见盖子内壁覆着一层反射膜。庞特先拿出了一个大纸袋，紧接着又是一个，玛利亚看到上面画着一个熟悉的格里克辛人,他一头白发,戴着眼镜,留着山羊胡。

玛利亚用巴拉斯特人的方式来表示感叹:“我的天!居然是肯德基!”

庞特灿烂地笑了起来,嘴咧开足有一英尺宽,“只把最好的给你。”

玛利亚也回以灿烂的微笑。“当然,我的爱,”她说,“你给了我这两个世界里最好的东西。”